Jack Vance

SOMBRE OCÉAN

Traduit de l'anglais (États-Unis)
par Patrick Dusoulier

Les Mystères inédits de Jack Vance

Déjà parus :

L'homme en cage (2016)

Les Îles de la mort (2016)

Sombre Océan (2016)

À paraître prochainement :

Drôles de gens

Jack Vance

Sombre Océan

Amstelveen
Pays-Bas
www.jackvance.com

Avant-propos

Jack Vance a écrit onze romans policiers, qu'il appelait ses « mystères ». Cinq ont été publiés en français, mais six sont restés inédits à ce jour. J'ai décidé de remédier à cette regrettable situation, du moins en partie pour l'instant, en en traduisant les quatre publiés sous son nom (les deux autres sont parus sous des pseudonymes, Peter Held et Alan Wade). J'ai évidemment confié la diffusion de ces traductions à Spatterlight qui, sous la houlette éclairée de John Vance Jr. et de Koen Vyverman, a déjà publié l'œuvre intégrale de Vance en anglais, telle que restaurée par le Projet VIE en 2005.

J'espère que les lecteurs français les découvriront avec plaisir. Plus encore que l'intrigue policière, ces romans privilégient le cadre et l'atmosphère et présentent de merveilleuses galeries de personnages hauts en couleur… Au détour d'une phrase, d'un dialogue ou d'un type de personnage, les amateurs pourront reconnaître la patte du Grand Maître.

Patrick Dusoulier
La Bresse, 2016

CHAPITRE I

1.

Après Panama, le voyage devint un rêve ensoleillé, bleu et blanc. Le navire fendait paresseusement les flots. Tout incitait à la détente, à la réflexion, à la méditation. À mesure que passaient ces journées lumineuses, la première partie du voyage devint irréelle, ce que Betty Haverhill appréciait beaucoup. Avec un amusement teinté de mélancolie, elle repensait à ce qu'elle avait été seulement un mois plus tôt. Innocente et naïve, tels étaient les qualificatifs qui venaient à l'esprit. Certaines personnes en avaient utilisé d'autres : imbue d'elle-même, gâtée, coquette, égoïste – mais c'étaient des demi-vérités injustes et méchantes. Betty manquait d'expérience du monde, elle s'était montrée superficielle, et la faute en incombait pour une bonne part à Mère.

Le monde de Mère, et par conséquent une grande partie de celui de Betty, se cantonnait strictement aux choses « comme il faut ». Il y avait chez elle du sherry et du bordeaux, mais très peu de whisky. Elle préférait le homard au pavé de bœuf, Chopin à Bach. Par égard pour ses amies mariées, elle approuvait hautement le principe d'avoir un homme à la maison, mais le père de Betty avait quitté le foyer au bout de deux années inconfortables, et Mère ne s'était pas remariée.

Elles habitaient un agréable quartier de vieilles demeures dans Menlo Park, cinquante kilomètres au sud de San Francisco. Mère n'était pas snob, mais elle avait une conscience aiguë des classes sociales qui imprégnait jusqu'à l'air qu'elle respirait. Il ne lui était tout simplement jamais venu à l'idée que les plombiers, les éboueurs et autres gens du même acabit puissent avoir une existence en dehors de leurs tâches.

Elle les voyait remplir leur rôle comme une nécessité organique, de même qu'un piano fournit de la musique ou qu'un noisetier donne des noisettes. Betty avait donc appris à classer les gens en fonction de leurs aspects les plus évidents. Au milieu de l'Atlantique, en y réfléchissant, elle éprouvait une vague excitation, comme si une vérité d'une extrême importance flottait juste à la limite de son esprit. Elle se disait que chacun de nous se déplace dans l'existence derrière un écran de symboles : mots, vêtements, gestes. C'était une étape essentielle dans le processus de maturation que de reconnaître ces symboles pour ce qu'ils étaient, et de savoir aller au-delà pour découvrir la personnalité qui se cachait derrière. Le terme approprié était « sympathie » dans son sens classique, sans connotation de pitié. « *Tout comprendre, c'est tout pardonner.* » Qui avait écrit ça ? Voltaire ? Il se trompait, forcément. On pouvait comprendre l'égoïsme et la cruauté sans pour autant les approuver. Betty se demandait si elle les comprenait vraiment… Non, se dit-elle en soupirant. Je suis plus ou moins normale, et il y a beaucoup de sensations que je n'ai pas encore vécues. Je ne suis peut-être pas encore complètement sophistiquée. Et si je ne le suis pas, je n'ai pas envie de l'être. En repensant à la Betty Haverhill qui avait embarqué il y a peu à bord du *Garda,* elle poussa de nouveau un soupir mélancolique en pensant à son adolescence désormais enfuie…

La mère de Betty, n'éprouvant aucun penchant pour les hommes, considérait comme une évidence que sa fille partageait son point de vue, et s'arrangeait toujours pour que celle-ci ne rencontre que des fils d'excellentes familles. C'est ainsi que Betty, déçue par tous ces jeunes crétins prétentieux qu'on lui présentait, avait sauté la phase où les jeunes filles s'amourachent des garçons et ne causait guère de soucis. Sa mère avait été encouragée dans une de ses ambitions les plus chères : une carrière médicale pour Betty, qui avait docilement suivi – avec difficulté – les deux années préparatoires à Stanford, au cours desquelles elle avait dû manier des concepts et des objets qui, de son point de vue, auraient gagné à rester ignorés. À la fin des quatre semestres, c'est avec un grand soulagement qu'elle s'était vu refuser l'admission à la faculté de médecine.

Mère fut choquée de l'insouciance de sa fille.

— Je suis absolument effarée ! J'ignorais totalement que tes notes étaient si mauvaises !

— Allons, Mère, vous connaissiez parfaitement mes résultats aux partiels.

— Mais je croyais que c'étaient les examens finals qui comptaient vraiment !

— J'ai eu les mêmes notes aux épreuves finales.

Mère se mordilla la lèvre.

— De mon temps, on aurait considéré cela comme un déshonneur.

— C'est déjà arrivé, et ça arrivera encore.

— Mais tu avais de tels projets de faire carrière ! Je n'arrive tout simplement pas à comprendre !

Betty tapota l'épaule de sa mère.

— J'aurais fait un très mauvais médecin. Pour commencer, je ne supporte pas la vue du sang.

— Il y a toujours la psychologie, ou même la recherche ! Pense au Dr Salk, pense à tout le bien qu'il a fait !

— N'empêche, les faits sont là : ils m'ont recalée.

Mère dit d'un air déterminé :

— Tu peux améliorer tes notes ! C'est juste une question d'avoir un but ! Quand on veut *vraiment* quelque chose, on y arrive !

Betty s'assit dans le grand fauteuil vert et respira profondément.

— En fait, Mère, c'est très bien comme ça. Il m'arrive quelque chose de beaucoup plus excitant. J'ai téléphoné à Père ce matin pour le mettre au courant. Il n'a pas été contrarié, ni même surpris. Lui non plus ne me voyait pas faite pour être médecin.

— Ça ne m'étonne pas de lui, dit Mère avec dédain.

Le père de Betty, un ingénieur des mines qui avait gagné beaucoup d'argent dans le tungstène, puis dans l'uranium, puis dans une demi-douzaine d'autres choses, menait une vie insouciante à Denver et incarnait tout ce que Mère désapprouvait.

— Bon, enchaîna prudemment Betty, toujours est-il que Père a dit que si je voulais voyager un peu, il paierait tous les frais – pour aller en Europe, faire le tour du monde, partout où je voudrais aller. Naturellement, j'ai dit que j'étais ravie.

Les deux chocs, liés mais distincts, laissèrent Mère un instant sans voix.

— C'est absurde, dit-elle enfin.

— Mère ! Comment pouvez-vous dire ça ? C'est merveilleux, au contraire !

— Tu es si jeune, tu manques tellement d'expérience !

— Plus pour longtemps. Les voyages forment l'esprit – c'est vous-même qui me l'avez dit. Il est inutile de discuter, Mère – ma décision est prise.

Il y eut néanmoins une discussion, jusqu'à ce que Betty finisse par se fâcher. Elle fit remarquer qu'elle était majeure, saine d'esprit, et libre de voyager jusqu'aux Enfers si elle en avait envie.

— Et tous tes petits amis ? répliqua Mère avec un léger reniflement. Ted Bunpole ?

— C'est le cadet de mes soucis.

— Tu en es sûre ? J'ai cru comprendre que c'était sérieux, entre vous…

Betty eut un rire incrédule.

— Qui vous a dit ça ? Ted ?

— Il me semble que c'est exactement le genre de garçon qu'il te faut. Je connais sa mère depuis toujours. Il a une bonne situation, une belle voiture, et il jouait dans l'équipe de football à l'université.

Betty regarda sa mère d'un air perplexe.

— J'ai l'impression que vous préféreriez me voir épouser ce fléau plutôt que d'aller en Europe.

— C'est vrai, je préférerais, puisque tu sembles déterminée à renoncer à ta carrière. Je ne vois vraiment pas ce que tu as contre lui.

— D'abord, c'est le type même du jeune imbécile. Il fait je ne sais quel travail de bureau ridicule, et il se considère comme un « jeune cadre ». Il porte un chapeau. Il gagne trois cent cinquante dollars par mois, et il s'est acheté une voiture neuve à crédit, qui lui en coûte cent cinquante. Il lit des magazines pour hommes. Il va voir des matchs de boxe. Il ne boit que du Haig and Haig, et c'est ce qu'il exige dans les bars. On lui sert n'importe quelle bibine, et il ne voit même pas la différence. Son idée de la grande vie, c'est un week-end à Las Vegas. Je continue ?

Mère dit d'une voix glaciale :

— Tu es très injuste envers lui. Ted est un jeune homme parfaitement normal qui a beaucoup de charme.

— Ce qui est vraiment rédhibitoire, ajouta Betty, c'est son nom. Ted Bunpole. Quand on le prononce très vite, ça fait « Bumple ». Je serais Mme Betty Bumple…

Mère se détourna.

— Tu es absolument impossible. Vas-y, fais ton grand voyage ! S'il t'arrive quelque chose d'épouvantable, ne compte pas sur moi pour te plaindre.

2.

Ted Bunpole fut également contrarié en apprenant les projets de Betty.

— Ça ne me plaît pas, Betty. Non, pas du tout ! En fait, je suis contre.

Betty répondit que, malgré la meilleure volonté du monde, elle s'en souciait comme d'une guigne. Elle était de mauvaise humeur, une humeur qui n'était pas améliorée par le fait que Mère les avait délibérément laissés seuls dans le salon.

Ted s'était habillé avec soin pour l'occasion : un pantalon de velours marron fumé, une chemise écossaise dans des tons vert, rouge et bleu, un pull en cachemire gris. Il se pencha vers Betty et lui prit les mains, qu'elle retira aussitôt. Ted fit semblant de ne rien remarquer.

— J'ai une idée formidable, dit-il. Tu es là, je suis là : marions-nous. Tout de suite. On saute dans la Mercury et on sera à Reno en moins de temps qu'il n'en faut pour le dire.

— Tu es fou ? Je pars pour l'Europe. J'ai déjà acheté mon billet.

Ted plissa les lèvres.

— Tu es une sacrée petite tête de mule…

— Absolument pas, répondit Betty en prenant une banane dans la coupe de fruits. (Elle entreprit de l'éplucher.) Je sais simplement ce que je veux, et j'ai bien l'intention de le faire.

— Bon, alors, grogna Ted, qu'est-ce que tu vas faire, exactement ?

— Je vais embarquer dans trois semaines à bord d'un cargo qui fera la traversée depuis San Francisco jusqu'à Gênes. Le voyage prend un peu plus d'un mois. Il coûte trois cent quatre-vingt-cinq dollars. Il n'y a que douze passagers. Je pars le 22 juillet.

— Mmf. Et combien de temps comptes-tu rester en Europe ?

— Aussi longtemps qu'il me plaira.

— Mmf.

Ted allongea les jambes et s'enfonça encore plus dans son fauteuil.

— Tu es l'image même du dégoût, fit remarquer Betty en mâchonnant sa banane.

— Comment ne serais-je pas dégoûté ? Je veux que tu m'épouses, et voilà que tu t'enfuis en Europe. Tu vas probablement te mettre en ménage avec un artiste aux cheveux longs, tu vas te retrouver enceinte, et là, tu te demanderas pourquoi ce bon vieux Ted ne rapplique pas pour faire de toi une honnête femme.

Betty éclata de rire.

— C'est juste que tu en veux à l'artiste d'avoir eu ce que tu ne peux pas avoir.

Ted se redressa brusquement dans son fauteuil, le visage empourpré d'une telle fureur que Betty se rendit compte qu'elle était allée trop loin.

— Le problème avec toi, dit-il d'une voix rauque, c'est que tu es une enfant gâtée ! La chère petite Betty, entourée d'une bande de femelles qui la cajolent en roucoulant. Tu as le nez qui coule, et une de tes tantes t'apporte un mouchoir. Tu bâilles, et une autre tante vient mettre sa main devant ta bouche. Tu vas aux toilettes…

Betty l'interrompit.

— En quoi suis-je gâtée, exactement ? Je serais vraiment curieuse de le savoir.

— Tu es snob.

— Parce que je ne veux pas t'épouser ? Ce n'est pas du snobisme, c'est du bon goût. Tu gagnes trois cent cinquante dollars par mois…

— Trois cent soixante.

— … trois cent soixante, bon, d'accord – tu as eu une augmentation. Tu continues d'en dépenser la moitié pour ce tas de ferraille, et l'autre moitié en vêtements. Tu n'as pas lu un seul livre depuis le rapport Kinsey. Et tu as le culot de me demander de t'épouser. Tu m'installerais dans une baraque le long de la grand-route de Bayshore, avec deux postes de télé et un grille-pain. Non, Ted Bumple, non – ce n'est pas pour moi. Il y a des milliers de filles prêtes à monter dans ta Mercury pour filer à Reno, et vivre heureuses comme des truies avec toi et tes postes de télé. L'artiste me mettra peut-être enceinte, mais pour rien au monde je ne me laisserai enterrer vivante.

Il y eut un long silence. Ted se leva lentement de son fauteuil.

— C'est tout à fait clair. J'espère simplement qu'il ne t'arrivera rien de mal.

— Du mal ? Pourquoi m'arriverait-il du mal ?

Ted haussa les épaules.

— Il y a des drôles de types qui rôdent à travers le monde. Tu n'es qu'une gamine.

Betty eut un petit rire.

— Mère et toi, vous faites une belle paire de vautours ! Ça vous ferait plaisir qu'il m'arrive quelque chose !

— Bien sûr que non, répondit Ted avec agacement. Je ne souhaite de mal à personne. (Il hésita un instant.) Au fait, comment s'appelle ce rafiot que tu comptes prendre ?

— Le *Garda*, comme le lac italien.

Arrivé à la porte, Ted se retourna et lui fit un large sourire.

— Et si on sortait ensemble demain soir ? Un dîner en ville ? Quelque chose de grandiose, vraiment bon ?

— Non merci, Ted. D'abord, tu n'as pas les moyens. Tu dois payer les traites pour ta voiture. Ensuite, je ne veux plus entrer dans des discussions. Et enfin… non, n'en parlons plus, tu te fâcherais encore.

— S'il te plaît ?

— Non.

— Pour me faire plaisir ?

— Non, n'insiste pas, Ted.

— Ah, bon sang ! s'écria-t-il. Tu es une satanée petite sorcière !

Il essaya de la prendre dans ses bras, de l'embrasser pour qu'elle se soumette en soupirant, comme il l'avait vu faire dans les films, mais Betty recula et lui claqua la porte au nez. Ted partit dans l'allée pour prendre sa voiture, qu'il détestait tout à coup.

Betty lui lança :

— Bonne nuit, Ted ! Sois prudent sur la route !

Chapitre II

1.

Le *Garda*, un cargo de la Mediterranean Line battant pavillon italien, quitta le port de San Francisco le soir du 22 juillet à destination de l'Italie, avec diverses escales prévues au Salvador, à Panama, au Venezuela et en Espagne. Le père de Betty n'avait pas pu se libérer, mais il lui avait envoyé un télégramme pour lui souhaiter bon voyage. Mère, Tante Ethel et Oncle Graham conduisirent Betty au quai d'embarquement. Mère avait été exaspérante tant elle avait pris son temps.

Ils arrivèrent sur le quai une heure avant le départ. Mère fut atterrée en voyant le navire :

— Mais ce n'est qu'un vieux bateau à vapeur !

— C'est très informel, acquiesça Betty. C'est tout le charme de voyager à bord d'un cargo.

Les trois meilleures amies de Betty attendaient dans une voiture garée non loin de là, avec Ted Bunpole. Il était d'une réserve inhabituelle. Ils empruntèrent tous la passerelle d'embarquement, Oncle Graham et Ted portant les valises de Betty. Cinq ou six matelots au teint basané, sales et plutôt petits, étaient accoudés au bastingage et observaient les arrivants avec un intérêt non dissimulé.

— Ils n'ont pas l'air très propres, fit remarquer Mère. J'espère qu'ils connaissent leur affaire.

— Ils ont su amener le bateau jusqu'ici, dit Betty. On doit pouvoir s'attendre à ce qu'ils arrivent à le faire repartir.

— J'aimerais bien partager ta confiance.

Betty remit son billet et son passeport à un jeune officier plein de zèle, dont elle apprit plus tard qu'il était le commissaire de bord. Un mousse les guida le long de coursives, puis ils grimpèrent deux volées de marches métalliques. La cabine n° 2 se trouvait à bâbord, à l'avant du pont de la timonerie. Elle comportait deux lits blancs, chacun doté d'une lampe de chevet et d'un ventilateur électrique, ainsi qu'une petite table avec un fauteuil pivotant, un lavabo, une armoire à pharmacie et deux placards.

— C'est très bien, déclara Tante Ethel. Aussi propre qu'on peut l'espérer !

Mère ne pouvait guère la contredire.

— N'oublie pas, dit-elle, ferme toujours tes valises et la porte de ta cabine à clé, ou toutes tes affaires disparaîtront !

En ressortant de la cabine, ils montèrent sur le pont supérieur, où se trouvaient quelques dizaines de personnes – des passagers et ceux qui les avaient accompagnés pour le départ. Betty regarda autour d'elle avec curiosité, et elle put repérer quelques-uns de ses compagnons de voyage : quatre Sud-Américaines vêtues de robes à fleurs rose et vert, un petit sexagénaire aux cheveux gris, un grand jeune homme au teint foncé de l'âge de Betty, et un couple à l'air intellectuel.

Ted et Oncle Graham trouvèrent des sièges pour tous ceux qui voulaient s'asseoir. Il y eut une demi-heure de conversation tendue, des échanges de dernière minute, puis l'un des officiers apparut sur le pont et passa de groupe en groupe pour annoncer le départ dans un quart d'heure. Betty descendit jusqu'à la passerelle avec sa famille et ses amis. Tante Ethel l'embrassa en la serrant dans ses bras. Oncle Graham lui fit une bise sur la joue. Mère lui prit les mains. Elle avait les larmes aux yeux, et Betty se mit à pleurer, puis elle éclata de rire :

— Nous avons l'air si drôles, toutes les deux… nous devons bien nous tenir ! Surtout, ne vous morfondez pas pendant mon absence.

— J'essaierai, répondit Mère d'une voix chevrotante. J'espère sincèrement que tu vas bien t'amuser. Mais surtout, sois prudente – très, très prudente !

— Bien sûr, Mère ! Ne vous inquiétez pas ! Il y a des milliers de gens qui voyagent !

Elles s'embrassèrent, et Mère redescendit par la passerelle.

On largua les amarres, la sirène du navire retentit, et deux remorqueurs l'entraînèrent dans le courant.

Betty remonta sur le pont supérieur, d'où elle fit de grands signes aux silhouettes sur le quai jusqu'à ce qu'elles deviennent indistinctes. Elle respira profondément, infiniment soulagée d'en avoir fini avec les adieux. Et maintenant… faire connaissance avec les autres passagers. Le couple d'intellectuels se tenait à côté d'elle. Alec Cato (ainsi qu'il s'était présenté) avait la quarantaine bien avancée. Il portait une veste de tweed marron et un vieux pantalon de flanelle grise. Il avait un visage rond, le teint pâle, de grosses lunettes à monture d'écaille noire, des cheveux noirs clairsemés. Sa femme, Ora, sèche comme un hareng saur, était d'un âge indéterminé, avec un nez en bec d'oiseau et une crête de cheveux roux.

— Vous voyagez seule ? demanda-t-elle en toisant Betty de ses yeux noirs et pénétrants.

— Oui, répondit Betty avec embarras.

Elle se sentit légèrement agacée. Il n'y avait aucune raison d'être sur la défensive.

— Oui, répéta-t-elle d'un air dégagé. Je voyage seule.

Elle regarda autour d'elle pour examiner les autres passagers. À sa droite, les dames sud-américaines. Un peu plus loin, Ted Bunpole était accoudé au bastingage, un léger sourire aux lèvres. Il la rejoignit.

L'espace d'un instant, Betty fut incapable de prononcer un mot. Elle finit par s'exclamer :

— Au nom du ciel, qu'est-ce que tu fais là ?

— Surprise ? demanda Ted.

— Oui, dit Betty en serrant les dents. Je suis surprise.

— J'étais sûr que tu le serais.

— Tu veux bien m'expliquer ce que tu fais là ?

— C'est évident. Je me rends en Europe. Tu m'as convaincu. J'ai vendu ma voiture, j'ai donné ma démission, et me voilà.

Betty était tellement furieuse qu'elle ne trouvait pas ses mots.

— J'ai embarqué sur ce navire pour voir de nouveaux visages, et maintenant, c'est toi que je vois.

— Je suis flatté du plaisir que je te procure.

— Ce n'est pas du plaisir.

— Ça devrait, rétorqua Ted. Je suis exactement comme tu me voulais. Plus de grosse voiture, plus de boulot abrutissant. Je vais devenir musicien errant. Nous allons parcourir les routes et les chemins, tu danseras pendant que je jouerai de l'accordéon, un bandana rouge sur le front, et nous vivrons des pièces de monnaie que les spectateurs nous jetteront...

Betty le regarda sans savoir si elle devait rire ou pleurer. En fait, c'était plutôt touchant... mais elle avait surtout envie de lui donner un bon coup de pied dans les tibias. Elle respira profondément.

— Je ne voudrais pas être impolie...

— Eh bien, ne le sois pas. Fais comme si tu ne me connaissais pas, comme si j'étais un simple passager que tu rencontres pour la première fois.

Betty essaya de le voir objectivement. Grand, raisonnablement musclé, avec des cheveux blonds en brosse, un visage déformé par un sourire de publicité pour dentifrice, une tenue immaculée : pantalon bleu clair, tee-shirt jaune, veste assortie au pantalon avec un ourlet bleu foncé, des chaussures de sport bleu foncé également.

— On te croirait tout droit sorti d'un magazine de mode, ricana Betty.

— L'air marin n'améliore pas ton humeur. Tu voudrais que je me roule dans la poussière ?

— Je voudrais que tu sautes par-dessus bord, rétorqua Betty qui se tourna vers les Cato.

— Je vois que vous avez un ami à bord, dit gaiement Ora.

— Ce n'est en rien un ami, répondit Betty. Je ne savais même pas qu'il venait.

— Une situation un peu embarrassante, conclut Alec Cato, mais romanesque.

Betty grommela avec dégoût :

— Aussi romanesque qu'un poisson à ventouse accroché à un requin.

— Vous ne faites pas un requin très convaincant, répliqua Alec. Plutôt un poisson-ange, peut-être.

— Et toi, mon cher, intervint Ora, je te verrais bien en brochet ou en raie manta.

— Oh, tu sais, nous sommes tous de drôles d'animaux, chacun à sa façon.

2.

Le *Garda* contourna le Ferry Building en longeant l'Embarcadero. Le soleil était une boule orange qui déversait du métal en fusion à travers le Golden Gate. La silhouette des bâtiments de la ville était baignée d'une lueur orangée, les vitres étincelaient, et un vent glacial soufflait de l'océan.

Les dames sud-américaines frissonnèrent et redescendirent. Un homme massif au teint foncé, que Betty n'avait pas encore vu, monta sur le pont. Il portait un complet gris clair, des chaussures jaunes bien cirées, un panama avec un très large bord. Ses traits étaient épais et lourds. Il semblait sourire. Betty se demanda ce qui pouvait l'amuser. Il jeta négligemment un regard autour de lui, puis il alla s'abriter derrière la cloison avant. Betty avait déjà examiné les deux passagers restants. Le plus âgé était un homme d'une soixantaine d'années au visage rose, dodu et agile comme une balle de tennis. Il était presque chauve, avec seulement une frange de cheveux gris inégale, gaie et malicieuse comme celle d'une poupée polissonne. L'autre était un jeune homme, grand, mince et élégant, mais beaucoup plus jeune que Betty.

Elle compta les passagers : dix. Trois hommes sans attache, en excluant le vieil homme au visage rose. Deux, en excluant aussi Ted. Le joli garçon semblait vraiment très jeune. Un seul, donc : l'homme massif au visage sombre. Il tourna la tête, et leurs regards se croisèrent. Betty éprouva une légère impression de malaise, pas vraiment désagréable… Au moins un homme, en tout cas…

Le navire passa sous le Golden Gate Bridge et s'engagea dans le Pacifique. Une cloche sonna, annonçant le dîner.

La salle à manger occupait la partie avant de la dunette. Elle comportait trois grandes tables et une plus petite au fond. Deux chaises de la table centrale étaient déjà occupées par le capitaine Alberto Frascatore – un homme corpulent aux cheveux gris, au visage affable orné d'un nez rouge et dont le sourire étincelait de dents en or – et le très discret chef mécanicien. Ils se levèrent quand les passagers entrèrent, avec le sourire aimable qu'exigeait d'eux leur rôle d'hôtes.

Il y eut un moment de confusion tandis que chacun se trouvait une place. Les quatre Sud-Américaines s'installèrent à la table de tribord au milieu d'un froissement de jupes et de propos échangés à la cadence d'une mitrailleuse. Alec et Ora Cato choisirent la table de bâbord. Ignorant l'invitation muette de Ted, Betty se glissa sur la chaise à côté d'Alec. Ted s'élança pour la rejoindre, mais une silhouette massive lui barra le chemin. Avec un regard furieux, il se retourna et se dirigea vers la table centrale, mais le vieux Bacchus au visage rose y était déjà installé en compagnie du beau jeune homme.

La seule place restante était à la petite table au fond de la pièce. À pas lents, Ted la rejoignit et se laissa tomber sur un des sièges en contemplant la salle d'un air maussade.

Le capitaine Frascatore s'adressa aux Sud-Américaines en espagnol, ce qui les fit glousser de plaisir, puis il se tourna vers les autres et déclara en anglais, avec un fort accent italien :

— Nous devons nous présenter. Je suis le capitaine Frascatore. Voici le chef mécanicien Buscoglio. Ces dames… (il agita vaguement la main dans leur direction)… elles vont au Salvador. Elle ne parlent pas l'anglais. Je ne vais pas les présenter, mais elles sont très gentilles quand même. Ici… (il désigna l'homme massif assis à sa droite)… c'est M. Mik Finsch. Je le connais parce qu'il a voyagé avec nous à l'aller, depuis le Salvador. Il vient juste de vendre sa *finca*, ce qui est une plantation de café, et maintenant il va en Europe.

Mik Finsch fit un petit salut, les coins des lèvres légèrement retroussés dans ce qui semblait être un demi-sourire permanent. Un homme impressionnant, songea Betty. Finsch remarqua son intérêt, et son demi-sourire s'accentua presque imperceptiblement. Il hocha légèrement la tête, et Betty baissa aussitôt les yeux.

— Cette dame et ce gentleman, ils sont mariés. Je crois qu'ils sont le professeur et madame le professeur Cato.

— Alec et Ora.

— Et cette jeune dame, elle n'est pas mariée. Son nom est… ?

— Betty Haverhill.

— Et ce gentleman, il est italien, je crois.

— Je suis Nello di Prieri.

— Son père est le marquis di Prieri, précisa le capitaine avec un sourire étincelant d'or. Et maintenant, nous mangeons. *Zuppa di verdura*. Soupe de légumes.

— Mon nom, dit Ted d'une voix forte, est Ted Bunpole.

— Oui, fit le capitaine. J'oublie. Excusez-moi. Ce gentleman est M. Ted Bunpole. Un nom bizarre, non ?

— Nous n'avons pu remonter qu'à l'époque de Guillaume le Conquérant, répondit Ted d'une voix étranglée. C'était alors Bonpoillez.

Betty faillit ajouter : « Et maintenant, c'est Bumple », mais elle sut se retenir.

Après la soupe vint un plat de poisson grillé accompagné d'une salade verte, puis ce fut un rôti de veau aux haricots verts et pommes de terre. Le repas se termina par du fromage, des fruits et du café. Sur chaque table étaient posées deux bouteilles de vin, une de Soave blanc et l'autre de Valpolicella rouge.

Malgré la présence de Ted Bunpole dans son dos, Betty prenait un immense plaisir à ce dîner, bavardant avec Alec et Ora, et aussi avec M. McFinch (ainsi que Betty avait compris son nom).

— McFinch ? demanda Harry Mayberry, le sexagénaire au visage rose. C'est un nom irlandais, n'est-ce pas ?

— Non, répondit Finsch. Je ne suis pas irlandais. Mon père était belge, et je n'ai pas connu ma mère. Je suis citoyen des Pays-Bas. Je m'appelle Finsch. Mik Finsch.

— Il habite au Salvador, expliqua encore une fois le capitaine. C'est un planteur de café.

— Non, ça, c'est fini, dit Finsch. J'ai été beaucoup de choses, mais maintenant, je ne suis rien. (Il prit une des bouteilles et en examina l'étiquette.) Valpolicella. Un bon vin. (Il se tourna vers Ora.) Puis-je remplir votre verre ?

— Volontiers.

— Et le vôtre ? demanda-t-il en tenant la bouteille vers Betty.

— S'il vous plaît, répondit-elle en regardant avec fascination la main puissante qui enveloppait presque la bouteille.

Les phalanges étaient couvertes de poils noirs, les ongles étaient propres et légèrement lustrés, comme s'ils avaient été soignés par une manucure.

Betty regarda un bref instant le visage de Mik Finsch, puis la bouteille de vin, et elle évita soigneusement de le regarder de nouveau pendant plusieurs minutes.

Dînant ainsi au milieu d'autant de citoyens de pays différents, Betty se sentait déjà transportée en terre étrangère. Au premier abord, ils ressemblaient beaucoup aux gens qu'elle connaissait, mais il y avait des différences significatives : des manières et des gestes inhabituels, des tournures de phrase bizarres. Pourtant – Betty jeta un coup d'œil furtif sur sa gauche –, où pourrait-elle trouver un couple plus excentrique qu'Alec et Ora ? Ou sur sa droite, à la table à côté, un lézard rose plus suave que Harry Mayberry ? Cela étant, ils n'étaient que de simples déviations par rapport à un comportement connu, des maisons faites de briques familières. Comment pourrait-elle comprendre les pensées de Nello di Prieri, de Mik Finsch ou du capitaine Frascatore, ou même de ces Salvadoriennes si respectables ? C'était précisément cette étrangeté, songea-t-elle, qui rendait les voyages aussi intéressants.

Le capitaine Frascatore, un hôte bavard et d'une insatiable curiosité, avait clairement fait comprendre que les affaires personnelles de chacun étaient l'affaire de tous… Au cours du dîner, et en buvant un café italien fort et amer, voici ce que Betty apprit :

A. Alec Cato était professeur assistant au département de littérature anglaise de l'université de Californie, en congé sabbatique. Ora et lui projetaient une visite à Moscou, pour participer à un symposium international. Ils pourraient ensuite retourner en Europe en passant par Kiev, la Crimée et Istanbul.

B. Harry Mayberry possédait une usine de nettoyage à sec à Oakland, de l'autre côté de la baie par rapport à San Francisco. Il avait sillonné le Mexique, mais c'était sa première croisière en mer.

C. Nello di Prieri – qui accomplissait la dernière étape d'un voyage mouvementé autour du monde, était un aristocrate par inclination personnelle autant que par sa naissance. Il affirmait englober les principes les plus purs du pragmatisme et de l'idéalisme. « J'essaie tout ! Peu importe quoi, du moment que ça ne me tue pas… je l'essaie ! Et ensuite, si ça me plaît, je recommence ! » Il avait mâché du *khat* en Iran, des noix de bétel à Bali, de la coca au Pérou. Il avait fumé de l'opium à Singapour, de la marijuana à Los Angeles. Seules les montagnes de l'Himalaya l'avaient empêché de se rendre au Népal sur sa Vespa.

D. Mik Finsch, calé sur sa chaise avec un air d'ennui nonchalant, n'avait pas grand-chose à dire. Il se comportait de façon très polie, avec une sorte de grâce pesante. Quand Ora admira une bague qu'il portait à l'auriculaire de la main droite, il déclara de sa voix posée : « Oui, elle est jolie. Elle a appartenu autrefois à une femme de Djakarta. Elle a essayé de me tuer avec un couteau – un couteau tout à fait horrible, creux et rempli de poison, comme un crochet de serpent. Je l'ai frappée – là ! » En tendant le bras au-dessus de la table, il posa doucement son énorme poing contre la mâchoire de Betty. « Je lui ai brisé l'os. Sa boucle d'oreille s'est détachée de sa tête. » Il contempla un instant la bague. « C'est mon souvenir. »

« Et maintenant, il est planteur de café », dit le capitaine avec un aimable haussement d'épaules comme pour montrer les changements qui peuvent affecter la vie d'un homme.

Mik Finsch alluma un cigare. « À l'époque, j'avais une plantation de caoutchouc. Mais je n'ai pas pu rester. Ils tuaient beaucoup de gens, et ils emmenaient les femmes dans les montagnes pour une mort plus lente, hein ? Ils ont chassé les Hollandais, qui avaient tant fait pour eux. Et voilà, pendant quatre ans, j'ai planté du café. Tout ça, c'est pareil. Il suffit de savoir se débrouiller avec les indigènes. »

E. Les dames salvadoriennes étaient venues à Los Angeles pour rendre visite à des membres de leur famille, et elles

débarqueraient à La Libertad, le port de la ville de San
Salvador.

— C'est vraiment dommage, dit le capitaine. Elles ne savaient pas
que nous ferions escale à Los Angeles. Alors elles ont pris le train pour
San Francisco. Elles auraient pu embarquer à Los Angeles.

— Combien de temps y resterons-nous ? demanda Betty.

— Pas longtemps. Seulement quelques heures. Nous chargeons des
marchandises, et une passagère va embarquer. Elle logera avec vous.

— Ah, fit Betty. Je me demandais si j'allais avoir la cabine pour moi
toute seule.

— Non, dit le capitaine. Mais elle est très gentille. Très belle ! (Il
se fit un baiser sur le bout des doigts.) C'est la femme de notre agent à
La Libertad, elle va lui rendre visite. (Il regarda autour de la table.) Il y
aura beaucoup de belles femmes à bord du *Garda*. On pourra peut-être
faire un concours de beauté. Vous avez un maillot de bain ? demanda-
t-il à Betty.

— Je participerai à un concours de beauté pour les femmes si les
messieurs se mettent en maillot de bain pour un concours de beauté
pour hommes.

Amusé, le capitaine sourit de toutes ses dents en or.

— Où est la beauté ? Je suis trop gros, et mes jambes sont trop
maigres. L'équipage se moquerait de moi.

— Je déclare tout de suite forfait, dit Harry Mayberry. Je suis trop
dégarni, et je suis blanc comme du saindoux.

— Les concours de beauté, c'est seulement pour les femmes, décréta
le capitaine Frascatore.

— J'aimerais bien être le juge, ajouta Harry Mayberry. Toute ma vie,
j'ai admiré les belles femmes, mais toujours de loin, malheureusement.

Mik Finsch hocha lentement la tête.

— Les belles femmes sont une excellente chose. Après tout, c'est la
raison pour laquelle nous sommes sur cette terre, non ? Pour boire du
bon vin, poursuivit-il en levant son verre, manger de bonnes choses,
fumer de bons cigares, savourer l'amitié de belles femmes, conclut-il en
vidant son verre avec satisfaction.

Après le dîner, Betty, Alec, Ora et Ted se rendirent à l'avant du navire, d'où ils regardèrent les flots sombres s'écarter au passage de l'étrave. Le ciel était couvert, la nuit était d'un noir d'encre. Sur le rivage, on apercevait parfois des lumières d'habitations et des phares de voiture sur la route de corniche. Ted réussit à se placer de sorte que son épaule touchait celle de Betty – qui s'écarta avec irritation.

Ted se tourna vers elle. Betty ne pouvait distinguer son visage dans la pénombre, mais elle savait qu'il devait être furieux et maussade. Tant pis. Ted allait devoir apprendre à souffrir. S'il croyait l'amadouer en la suivant pas à pas, il se trompait lourdement.

— Je commence à avoir froid, annonça Ora Cato. Je vais redescendre et mettre un peu d'ordre dans la cabine.

— Je crois que je vais faire pareil, dit Betty.

Ted la prit par le bras.

— Il faut que je te parle.

Betty se dégagea.

— Je préfère descendre là où il fait bon.

Elle suivit rapidement Alec et Ora. Ted resta seul à contempler la côte avec amertume.

Tandis qu'elle se rendait à sa cabine, Betty chassa tout vestige de compassion. Il n'était pas question qu'elle assume une quelconque responsabilité envers Ted. Certes (et sa conscience éprouva une petite pointe de remords), il lui était arrivé, n'ayant rien de mieux à faire, de flirter avec Ted, de le taquiner, de souffler le chaud et le froid. Cruel, peut-être... mais pas *consciemment* cruel. Betty n'avait fait que tester ses armes, tel un chaton aiguisant ses griffes sur un fauteuil à portée de patte... Ma foi, tout ça, c'était du passé. Plus de flirt – en tout cas certainement pas avec Ted. Avec Mik Finsch, peut-être. Un tout petit flirt de rien du tout. Bien sûr, il faudrait qu'elle soit prudente, parce que Mik Finsch n'avait manifestement rien à voir avec Ted Bunpole, qu'on pouvait remettre à sa place d'un simple mot. Mik Finsch était un homme qui connaissait le monde. Il pourrait être dominateur, et l'ego de Betty ne compterait pour rien.

Elle passa de l'obscurité du pont à la lumière de la dunette. Elle grimpa deux volées de marches et s'engagea dans la coursive menant à sa cabine. Encore peu familiarisée avec les lieux, elle prit le mauvais coude et faillit se retrouver dans le poste de timonerie. Elle rebroussa chemin en écoutant les bruits du navire. Un *bip-bip bip-bip-bip* aigu se faisait entendre, venant sans doute de la cabine radio, puis le son cessa brusquement. Seule dans le couloir sombre avec ses portes en chêne, Betty se sentit soudain inquiète. Elle fut soulagée de se retrouver dans la sécurité de la cabine n° 2.

Elle défit ses bagages et rangea ses affaires, en pensant à ses compagnons de voyage. Et à Ted. Ce pauvre Ted, si bête et si agaçant…

Tap-tap. Deux légers coups frappés discrètement à la porte.

— Qui est là ? demanda Betty.

— C'est moi, Ted.

— Qu'est-ce que tu veux ?

— Je voudrais te parler.

Elle courut à la porte et l'ouvrit toute grande, prête à le rabrouer vertement, mais en voyant son air dépité et malheureux, elle se radoucit.

— Bon, allez, entre. Mais tu ne peux pas rester longtemps, parce que je vais me coucher.

Ted s'assit sur un des lits et jeta un coup d'œil autour de lui.

— Ma cabine est plus petite que celle-là. En fait, je suis dans l'infirmerie.

— L'infirmerie ? Pourquoi ?

— J'imagine qu'il ne restait rien d'autre.

— Je croyais que tu étais avec M. Finsch ?

Ted fit la grimace.

— Il a une cabine pour lui tout seul… ce qui me va très bien. (Il jeta un coup d'œil à l'étagère au-dessus du lit de Betty.) Qu'est-ce que tu as emporté à lire ?

— Des trucs d'intello. Rien qui puisse t'intéresser.

— Ah, très drôle. Un de ces jours, je te flanquerai une bonne fessée que tu auras bien méritée.

— C'est tout ce que tu as à me dire ? Tu semblais tellement pressé de me parler… Maintenant que tu es là, vas-y, je t'écoute.

Ted la regarda fixement un instant en se passant la main dans les cheveux.

— Bon, d'accord. Je voudrais te dire pourquoi j'ai décidé de venir.

— Je sais pourquoi. Pour me suivre à la trace.

— C'est à peu près ça. J'ai l'intention de t'épouser…

— Ah, non, tu ne vas pas recommencer !

— … et en attendant, je veille sur toi.

— Ted, dit patiemment Betty, je ne veux pas que tu veilles sur moi !

— Je le ferai que ça te plaise ou non. Tu en as *besoin* ! Tu es aussi innocente qu'un agneau qu'on mène à l'abattoir !

Pendant une dizaine de secondes, Betty ne trouva pas ses mots. Elle respira profondément.

— Je ne vais pas t'épouser. Jamais. Mets-toi bien ça dans le crâne. Je ne t'aime pas, je ne te déteste pas, je suis simplement indifférente. Mais il y a un point sur lequel je dois insister : si tu crois pouvoir me suivre à travers l'Europe en épiant chacun de mes mouvements, tu te trompes. Parce que je ne le tolérerai pas.

Ted se fâcha.

— Tu n'es qu'une petite sorcière arrogante !

— Si tu as dit tout ce que tu avais à dire, tu peux t'en aller.

Ted se releva d'un bond.

— Non, ce n'est pas tout. Je voulais te mettre en garde. Tu dois faire très attention.

— Attention à quoi ? demanda Betty – alors qu'elle connaissait très bien la réponse.

— À Finsch. Je connais ce genre d'homme. Il peut dévorer toute crue une petite fille comme toi.

— Ted Bunpole, dit Betty d'une voix posée, tu me crois donc totalement dénuée d'intelligence ? Ou de caractère ? Ou de bon sens ? Sans compter que tu ferais mieux de te mêler de ce qui te regarde.

— Je t'ai vue, dit Ted d'une voix sourde. Tu lui faisais les yeux doux, pendant que lui souriait jusqu'aux oreilles comme un ours devant un pot de miel.

— M. Bumple…

— Et arrête de m'appeler Bumple. Mon nom, c'est Bunpole.

— … je ne me souviens pas de t'avoir invité à faire ce voyage. Je ne sais pas comment le dire poliment… mais s'il te plaît, est-ce que tu pourrais arrêter de m'embêter ? Est-ce que tu veux bien débarquer à Los Angeles ?

— Non, pas question.

— Si c'est comme ça, je dois te rappeler que j'ai presque vingt-deux ans. Je ferai les yeux doux à Finsch, et d'autres choses encore si je me sens d'humeur.

Ted ouvrit la porte.

— Je te le dis, ça va mal finir. Je t'aurai prévenue !

— Bonne nuit, Ted.

La porte claqua. Songeuse, Betty s'assit sur le bord du lit. Ce satané Ted ! Il était aussi agaçant que Mère… Cette idée déclencha une série de réflexions encore plus irritantes. Il était bien possible que… Demain, elle vérifierait, et si les choses étaient bien telles qu'elle le soupçonnait… Betty respira lentement. Il allait y avoir des étincelles…

Il faisait chaud dans la cabine. La chaleur de la salle des machines se diffusait à travers les ponts métalliques. Betty ouvrit le hublot au maximum, verrouilla la porte, se déshabilla et se mit au lit.

Elle resta éveillée dans le noir, écoutant le sifflement de l'eau par le hublot ouvert. Elle crut entendre des voix quelque part, étouffées et inintelligibles… Elle se demanda comment serait sa nouvelle compagne de cabine. La femme d'un agent maritime de La Libertad. Très belle, d'après le capitaine…

Quand Betty se réveilla, une lumière grisâtre filtrait par le hublot. Elle regarda sa montre : 7 heures. Elle se leva, encore à moitié endormie, puis elle fit une toilette rapide, s'habilla – pantalon bleu, polo blanc, sandales – et descendit dans la salle à manger.

Après le petit déjeuner, elle alla s'installer avec un livre sur le pont dans un coin abrité, où elle put lire tranquillement, détendue, en contemplant de temps à autre la côte montagneuse aux tons vert et gris. Malgré la présence de Ted, le monde semblait un endroit bien agréable. Nello apparut sur le pont et regarda dans sa direction. Betty se replongea aussitôt dans son livre. Nello se détourna.

Harry Mayberry apparut à son tour, en chantonnant d'une voix éraillée une vieille chanson de marin, et convainquit Nello de jouer aux palets avec lui. Le jeu semblait amusant, et Betty s'apprêtait à demander si elle pouvait se joindre à eux quand Mik Finsch fit son apparition. Il regarda un instant l'horizon en tirant de grosses bouffées de son cigare, puis il prit une chaise longue et s'installa à côté de Betty en étendant les jambes devant lui.

— Ah, ça fait du bien de se reposer. On aura beaucoup de temps pour se reposer, sur le *Garda*.

Betty acquiesça.

— Je n'ai pas toujours fait des voyages aussi calmes, poursuivit Finsch. Pendant la guerre, j'avais une goélette. (Il secoua la tête, et son demi-sourire se fit nostalgique.) Il y avait des Blancs qui fuyaient les Japonais, et des Japonais qui fuyaient les Blancs. C'était une activité très dangereuse… mais qui rapportait gros, conclut-il en tirant sur son cigare.

— Vous avez travaillé pour les Japonais ? s'étonna Betty.

— Bien sûr, pourquoi pas ? L'argent n'a pas de nationalité. Je les transportais là où ils voulaient aller.

— Mais le gouvernement était d'accord ?

— Bien sûr que non, et alors ? Ils ne pouvaient rien prouver. Il se passait beaucoup de choses bizarres, à l'époque.

— Vous avez eu une existence assez mouvementée, semble-t-il, dit Betty avec une pointe de sarcasme.

Finsch fit un geste qui se voulait modeste.

— J'ai vu beaucoup de choses. J'ai fait beaucoup de choses. Des hommes ont essayé de me tuer. Ils n'ont pas réussi.

— Vous les avez tués d'abord ?

— N'est-ce pas la loi de la nature ?

Betty se tourna, se recala dans sa chaise longue et reprit son livre. Finsch la regarda d'un air amusé.

— Je vous choque ? Vous désapprouvez ?

Betty prit le temps de la réflexion, et répondit enfin :

— Ma foi, oui, je crois bien.

Finsch eut cette fois un large sourire qui révéla de grands dents blanches. Il tira sur son cigare avec un plaisir non dissimulé.

— Vous dites oui… mais vous voulez dire non. Les femmes sont particulières, mais partout les mêmes.

Betty voulut protester avec indignation, mais Finsch poursuivit calmement :

— Dans les matchs de boxe, ce sont elles qui crient le plus fort. Dans les corridas, elles se pâment de plaisir quand le sang coule.

— À mon avis, déclara Betty, il n'y a que les pervers qui vont voir des corridas.

Finsch haussa aimablement les épaules.

— Peu importe. Vous n'avez pas besoin de désapprouver. Ma vie est maintenant très calme. C'est mieux. Être assis à côté d'une jolie jeune femme, fumer un cigare, parler de choses sérieuses – c'est le meilleur de la vie.

— J'espère que ce sont des cigares de prix, dit Betty.

— Hein ?

— Je n'aimerais pas être placée au même niveau qu'un cigare médiocre dans votre liste des plaisirs de la vie.

Finsch examina un instant son cigare avant de secouer la tête avec un air de reproche.

— Ah, là, vous me taquinez. Vous croyez que j'attache plus d'importance à mes cigares qu'à d'autres choses. Ai-je donc l'air si vieux que ça ?

— Je ne sais pas. Ai-je l'air si jeune que ça ?

Finsch éclata de rire.

— Vous posez une question dangereuse. On ne devrait jamais discuter d'âge avec une femme. Seulement d'expérience. J'ai de l'expérience. L'expérience, ce n'est pas l'âge. Je ne suis plus un jeune imbécile. (Il jeta un bref coup d'œil vers Nello di Prieri.) Je suis suffisamment vieux pour reconnaître les bonnes choses de la vie, et savoir comment les apprécier… Ah, voilà votre fiancé.

— Mon quoi ?

Ted Bunpole apparut sur le pont, qu'il balaya rapidement du regard. Il fronça les sourcils en voyant Betty et Finsch installés côte à côte. Il alla s'accouder au bastingage et contempla un instant le défilé des vagues, et puis, sans regarder vers Betty, il se mit à se déplacer distraitement le long de la rambarde et sembla tout étonné de se retrouver à côté d'elle.

— Ted, dit pensivement Betty, je me demande comment M. Finsch a bien pu parvenir à la conclusion que tu étais mon fiancé.

Ted la regarda avec un air de défi.

— Je le lui ai dit.

— Tu ne devrais pas mentir à M. Finsch, Ted. Lui, il ne te ment pas.

— En pratique, c'est la pure vérité.

Betty ressentit une immense lassitude. C'était difficile d'être patiente.

— Non, Ted. Combien de fois faudra-t-il que je te le répète ?

Alec et Ora Cato s'approchèrent.

— Quoi de neuf ? Des choses intéressantes ?

— Oui, d'une certaine façon, répondit Ted avec un pauvre sourire. J'essaie de convaincre Betty que nous allons nous marier.

La patience de Betty ne tenait plus qu'à un fil.

— Tu essaies de me laver le cerveau. Je vais faire une déclaration publique. Je ne vais pas épouser Ted Bumple. Je me fiche comme d'une guigne de Ted Bumple. J'aimerais que Ted Bumple prenne le voile, ou qu'il s'envole vers la lune, ou qu'il se noie.

— Ça me semble tout à fait clair et net, commenta Alec.

Finsch continua de fumer tranquillement son cigare. Ora regardait Ted comme si c'était un veau à deux têtes. Ted se tenait raide, son sourire plaqué sur un visage soudain très pâle. Il n'y avait pour lui aucune issue honorable. Il chercha à sauver la face en insistant sur le mode de la plaisanterie :

— Ce que Betty peut dire ne compte pas. Elle est folle de moi, mais elle ne veut pas le reconnaître. Tout est réglé – nous allons nous marier. Et je ne tolérerai aucune interférence.

La patience de Betty était à bout…

— Je ne voudrais pas de toi même si tu étais le dernier homme sur la Terre. Tu es une calamité ! J'ai décidé de faire ce voyage pour me débarrasser de toi, et tu me suis à bord ! Ne m'adresse plus jamais la parole ! Je t'assommerai avec un cabillot d'amarrage, si j'arrive à en trouver un !

Elle se leva aussitôt et partit en courant pour se réfugier dans sa cabine, où elle se jeta sur le lit et contempla le plafond. Ce maudit Ted ! Elle n'avait plus le moindre soupçon de pitié pour lui. Et dire que ce n'était que le premier jour en mer !

Au bout d'un moment, elle prit un livre et réussit à lire. Quand l'heure du déjeuner arriva, elle avait recouvré son calme et se sentait un peu gênée de la scène qu'elle avait faite sur le pont. Ma foi, il ne lui restait plus qu'à faire bonne figure…

3.

Au déjeuner, ils eurent droit à des *antipasti*, puis des *spaghetti al burro*, *calamari alla romana* accompagnés d'une *ensalata mista*, suivis de *fegato alla veneziana con fagiolini*, un dessert de *frutta* et du *caffè*. Les *antipasti* étaient composés de jambon, condiments, olives et sardines. Les *spaghetti al burro* étaient des spaghettis ordinaires baignant dans le beurre et couverts de parmesan. Les *calamari* étaient des petits morceaux de calamar frits servis avec une salade mixte. Le *fegato alla veneziana* était du foie de veau avec des oignons et des haricots verts. Le *frutta* était une orange, et le *caffè* l'habituelle décoction italienne noire comme de l'encre. Betty s'efforçait d'être gaie, mais Alec et Ora avaient peu de choses à dire, et Mik Finsch semblait se satisfaire de l'observer d'un air interrogateur, les paupières mi-closes. Ted quitta rapidement la salle à manger et, par le hublot, Betty le vit se diriger tristement vers la proue.

Une fois le repas terminé, il n'y avait pas grand-chose à faire. D'ailleurs, songea Betty, c'était *tout le temps* qu'il n'y avait pas grand-chose à faire, à part dormir, manger, lire, jouer aux cartes et bavarder. Elle grimpa sur le pont supérieur où elle trouva Mik Finsch mollement installé dans une chaise longue. Deux autres activités vinrent à l'esprit de Betty : flirter avec Mik Finsch et éviter Ted Bunpole. Elle s'installa dans une chaise longue à côté de Finsch, qui tourna la tête et l'examina avec un intérêt non dissimulé.

Ma foi, pourquoi pas ? Lovée sur la chaise longue, elle se savait attirante avec son pantalon moulant et son polo qui l'était à peine moins. Mik Finsch était manifestement intéressé, et on aurait dit que son... magnétisme animal, si on pouvait appeler ça ainsi, était beaucoup plus fort que d'habitude. Betty se sentait détendue, mais pas du tout somnolente – au contraire, même, plutôt animée. Presque excitée.

— Ce ciel couvert est normal dans cette partie de l'océan, commenta Finsch. Cela devrait durer encore deux jours.

— Ah ?

Intéressant. Finsch était un homme intéressant. Il se pencha vers elle, et elle sentit des picotements sur tout le corps.

— Votre fiancé... verra-t-il une objection à ce que je bavarde avec vous ?

Betty éclata de rire.

— Vous savez ce que je pense de ses objections.

— Une situation difficile.

— Pour Ted, pas pour moi. Vous savez, je crois que c'est ma mère qui l'a convaincu de faire ce voyage, pour garder un œil sur moi. Je ne serais pas étonnée d'apprendre qu'elle lui a payé son billet. Il n'a pas un sou.

— Hmm, dit Finsch. Vous avez besoin d'une surveillance aussi rapprochée ?

— Ma foi, sans doute, puisque j'y ai droit.

Elle se sentait vaguement inquiète. Cette conversation prenait un tour délicat. La voix de Finsch se faisait plus chaleureuse et intime, et elle-même avait adopté un contralto voilé.

— Pourquoi avez-vous vendu votre plantation de café ?

Finsch prit le temps d'une réflexion judicieuse.

— Je l'ai vendue pour trois raisons. D'abord, on m'a fait une offre excellente – plus de cent mille dollars proposés par la compagnie Atlantic and Pacific. Ensuite, la politique et les amitiés personnelles contrôlent tout en Amérique centrale. Si vous savez graisser les pattes, si vous êtes de la famille, si vous êtes capable d'exercer un chantage… alors, vous prospérez. Sinon, c'est très difficile. Et enfin, le plus important, je me suis lassé de l'Amérique centrale. J'ai donc vendu. Je suis monté à San Francisco pour signer les papiers et toucher mon argent. Je vais maintenant au Salvador pour récupérer quelques affaires. Je débarque, et je reviens ensuite sur le *Garda* – c'est aussi simple que ça.

Ted Bunpole apparut sur le pont. Après avoir foudroyé du regard Betty et Finsch, il s'installa dans une chaise longue et sembla s'assoupir. Mais il finit par se relever et se tint debout un instant en chancelant, avec une expression étrange. Il fit demi-tour et se précipita vers l'escalier.

— Il a le mal de mer, dit Finsch avec un large sourire.

— Le mal de mer ? répéta Betty qui s'était fortifiée avec de la Bonamine. Pauvre Ted… Ma foi, ça lui servira de leçon.

Finsch se leva.

— Venez avec moi. Je veux vous montrer quelque chose.

Betty hésita, toutes sortes de réactions lui venant à l'esprit. « Ça y est ! » fit une voix étouffée. « Attention », dit une autre, « il est très malin et très séduisant. » « Mais toi aussi, tu es maline et séduisante », dit une autre, plutôt idiote. « Tu vas te fourrer dans le pétrin », la mit en garde une quatrième. « Et alors », fit une cinquième, « tu es assez grande pour te défendre. Tu l'as dit des dizaines de fois à tout le monde. » « Ted va être furieux », ajouta une sixième voix.

Finsch lui tendait la main. Ignorant toutes les voix, Betty la prit et se releva avec agilité. Elle remarqua que Finsch jetait un rapide coup d'œil à droite et à gauche alors qu'ils quittaient le pont, presque furtivement, comme s'il jugeait préférable de n'être vu de personne. En rougissant, Betty regarda également autour d'elle. Elle pensait la même chose.

Finsch l'emmena dans la coursive et ouvrit largement la porte de sa cabine avec la grâce d'un baron.

Hésitante, Betty le regarda par-dessus son épaule.

— Je ne devrais pas… dit-elle d'une toute petite voix.

Finsch la prit par les coudes et la poussa doucement à l'intérieur, puis il referma la porte derrière lui. La cabine était meublée d'un canapé en cuir, d'un bureau, d'une commode et d'un lit. Finsch avait disposé ses affaires avec une précision spartiate : une brosse et un peigne en ivoire, un flacon d'eau de Cologne, un rasoir électrique. Une grosse valise en cuir était soigneusement rangée sous la couchette.

Betty resta immobile au milieu de la pièce. Elle se sentait tendue et mal à l'aise.

— Asseyez-vous, dit Finsch en désignant le canapé.

Il ouvrit le placard et en sortit une bouteille.

— Je ne veux rien, dit précipitamment Betty.

Là-haut, sur le pont, l'atmosphère avait été très différente. Ici, dans la cabine, elle se sentait oppressée. Finsch semblait immense et plus du tout magnétique. La présence du lit était d'une évidence embarrassante… comme s'il occupait toute la pièce.

Finsch poursuivit ses préparatifs en arborant son petit sourire mi-amusé.

— Je vais vous en verser juste de quoi goûter. C'est le moment parfait pour un verre de bon cognac. Juste une goutte – comme ça. Et après…

Il tira sa valise et la posa sur le lit. Quand il l'ouvrit, Betty vit au milieu des vêtements un gros pistolet noir, avec une crosse incrustée d'ivoire.

— Bonté divine ! s'exclama-t-elle. Pourquoi un tel arsenal ?

Finsch prit l'arme et la soupesa affectueusement.

— C'est mon plus vieil ami. (Il en retira le chargeur et la tendit à Betty.) Pendant plusieurs années, j'ai travaillé avec la police secrète japonaise. J'étais toujours sur mes gardes, vous pouvez me croire.

Betty lui rendit le pistolet.

— Et vos ennemis vous poursuivent partout ?

— Non, plus maintenant. C'était il y a très longtemps, avant la *merdeka*. Maintenant, je suis tel que vous me voyez, un homme oisif. Mais j'ai appris qu'il faut toujours être capable de se protéger. Tenez, par exemple, regardez ça. (Il tendit à Betty une capsule de plastique noir.) Vous savez ce que c'est ?

— Non.

— C'est du gaz. Et ça ?

— C'est un coup de poing américain.

— Oui. Et ça, c'est un petit *kriss*, comme un serpent. Bien sûr, je ne garde pas ces objets pour m'en servir. Ce sont des souvenirs. Mais voici quelque chose que j'aimerais vous montrer.

Finsch prit un objet vert qu'il examina attentivement avant de le tendre à Betty. C'était une petite sphère de jade, incisée de trois rangées parallèles de caractères chinois.

— Alors, qu'en pensez-vous ?

— C'est un très bel objet, bien sûr… Qu'est-ce que c'est ?

— C'est un… (Finsch se frotta le menton.) Je ne connais pas le mot en anglais. Un signe, une pièce magique.

— Un talisman ?

— Un talisman. C'est un joli mot. C'est mon talisman. Il est très ancien. Ces caractères forment un poème. Ils disent :

« Les étoiles sont des fragments d'un soleil-démon, qui avait voulu violer la Lune et qui a été détruit. Il a pleuré des larmes de douleur vertes, quatre-vingt-dix-neuf, et cette sphère est la dix-septième. »

Betty prit la bille entre ses mains. Le contact était doux et frais.

— Elle date de quelle époque ?

— Je ne sais pas. Certains disent qu'elle a cinq mille ans. D'autres disent qu'elle n'en a pas plus de trois mille. C'était un trésor de l'ancienne Cour de Pékin. Son propriétaire précédent était le tortionnaire de l'Empereur. (Finsch secoua la tête.) C'était un homme étrange, un poète, avec une philosophie très bizarre.

Betty lui rendit brusquement la bille.

— Vous êtes troublée ? demanda Finsch avec sollicitude. Il ne faut pas. On doit toujours prendre le monde tel qu'il est, tel que beaucoup de gens le voient : un purgatoire, où seuls ceux qui sont très forts ou très chanceux trouvent la paix.

— Mais le monde n'est pas comme ça ! On peut y être aussi heureux qu'on veut !

Finsch haussa les sourcils.

— C'est un tort de penser au bonheur, ou au bien, ou au mal. Ça n'existe pas. C'est bon pour les prêtres. Il y a beaucoup de choses agréables dans le monde, mais pour en profiter, il faut savoir les prendre. Est-ce que c'est ça, le bonheur ? Peut-être. Nous sommes donc d'accord, finalement.

Betty eut un petit rire hésitant.

— Je n'en suis pas si sûre. Nous utilisons les mêmes mots, mais pour exprimer des choses différentes.

Finsch haussa tranquillement les épaules. Il joua un instant avec la bille de jade, puis il la remit avec précaution dans sa valise, d'où il sortit une petite flasque en laque vermillon.

— Voici ce que je cherchais. Je suis facilement distrait.

L'étiquette était merveilleusement décorée de fleurs de différents tons pastel. Finsch versa quelques gouttes dans chaque verre de cognac.

— Qu'est-ce que c'est ? demanda Betty avec un mélange de curiosité et de méfiance.

Dans son esprit, il n'y avait plus de voix en conflit.

— C'est une essence de Java. On l'appelle « Fleurs d'Amour ». Goûtez, c'est très bon.

Betty prit son verre et en huma le contenu. Un aphrodisiaque ? Une drogue ? Un somnifère ? Il s'en dégageait un léger parfum, plus acide que sucré, citronné plutôt que musqué. Elle goûta : c'était apparemment du cognac ordinaire. L'essence de « Fleurs d'Amour » était à peine perceptible. Elle goûta encore : juste du cognac. Elle reposa le verre et se leva :

— Je crois que je vais…

Mik Finsch se leva de son fauteuil. Sa masse imposante semblait remplir la pièce. Betty recula.

— Il faut que vous goûtiez encore, dit Finsch. C'est le… comment dites-vous ? C'est le rituel.

Il lui tendit le verre avec un sourire aimable et nonchalant.

Betty s'abstint de demander la signification de ce rituel. Elle prit le verre, s'humecta les lèvres et le reposa sur la commode.

— Et maintenant, je…

Mik Finsch posa ses grosses mains sur ses épaules et l'attira à lui. Toujours avec son demi-sourire, il l'embrassa. Elle sentit son menton râpeux contre son visage. Il avait une forte odeur de cigare.

Betty recula en chancelant et s'essuya la bouche du revers de la main.

En la tenant par la taille, Mik Finsch lui fit un grand sourire :

— Je vous plais, hein ? Vous me plaisez.

Betty se contenta de le regarder, paralysée, incapable de prononcer un mot. Il n'y avait plus aucune voix dans son esprit, seulement une appréhension et une faiblesse indicibles. Elle essaya d'écarter les bras de Finsch : on aurait dit deux barres d'acier. Il se pencha et l'embrassa encore, sur la bouche, le front, le cou…

— Non, dit-elle d'une voix étouffée. Non ! S'il vous plaît !

Il l'entraîna vers le lit, où il s'assit en la prenant sur ses genoux.

— Non ! s'écria farouchement Betty. Ça suffit, bon sang ! Lâchez-moi !

Avec un grand sourire, Finsch ignora ses protestations. En la tenant d'un bras par les épaules, il entreprit de défaire la fermeture Éclair de son pantalon. C'est ridicule, songea Betty. Je le connais à peine, et voilà qu'il prend les plus extrêmes libertés avec moi… Elle essaya d'adopter un ton ferme et assuré.

— Je vous en prie, M. Finsch, je n'ai absolument pas l'intention…

Il l'embrassa, étouffant les mots qu'elle voulait dire. Elle commença à éprouver une certaine panique… Il était fort comme un ours. Elle pourrait crier, mais quelqu'un l'entendrait-il ? Elle aurait l'air d'une idiote. La fermeture Éclair se défit et elle sentit son pantalon se relâcher à la taille. C'était épouvantable. Elle s'était mise elle-même dans cette situation, et elle devait maintenant affronter les conséquences. Elle se sentait faible, honteuse, furieuse.

— Vous allez *arrêter*, à la fin ? Je vais m'en aller tout de suite !

La porte s'ouvrit et Ted apparut. Betty était dans un tel état d'esprit qu'elle n'éprouva aucune surprise. Elle aurait pu le prédire. Toute cette affaire était une farce.

— Eh bien, Ted, dit-elle, comme tu le vois, tu nous déranges.

Ted était comme fou. Il beugla quelque chose et s'élança. Finsch roula en arrière en faisant basculer Betty, pantalon relâché et tout, en travers de sa poitrine. Il leva les genoux, mais gêné par Betty, il ne réussit pas à donner un coup dans l'estomac de Ted.

Celui-ci sauta à la gorge de Finsch alors que Betty était encore entre les deux hommes. Ils roulèrent tous les trois sur le lit. Betty réussit à se dégager et à se réfugier dans un coin de la pièce, en tenant son pantalon d'une main.

Ted avait la bouche molle, le regard vitreux. Finsch semblait très calme, méprisant, même. Ted se jeta sur lui, et Finsch leva brusquement un genou, mais Ted s'arrêta net et balança un terrible coup de poing au visage de son adversaire, juste sous la pommette.

La tête massive de Finsch trembla et une marque rouge apparut sur sa joue. Il sourit de plus belle en montrant toutes ses dents, et posa les mains sur le lit pour tenter de se lever. Ted le frappa à nouveau et Betty grimaça en entendant le bruit mat. Du sang coulait au coin de la bouche de Finsch. Il était trop lourd pour céder sous le coup, et il avait le crâne trop épais pour être assommé. Il ne pouvait qu'encaisser et saigner.

Ted riait, à présent, d'un rire sauvage et vindicatif. Ce combat lui permettait d'exhaler toutes ses émotions refoulées. Avec un sourire stupide, Finsch essaya encore de se relever, et cette fois il parvint à se mettre debout. Il semblait aussi solide qu'un arbre.

— Ah ! dit-il avec satisfaction.

Il fit un grand moulinet du bras, qui aurait projeté Ted dans la coursive s'il l'avait touché… mais Ted se baissa et enfonça son poing dans l'estomac de Finsch, et quand celui-ci leva le genou, il le saisit par-derrière, le souleva et le fit basculer sur le lit. Finsch se cogna lourdement la tête contre la cloison.

Betty recouvra ses esprits. Elle hurla – en fait, cela faisait un moment qu'elle hurlait. Tout à coup, la cabine fut remplie d'hommes en uniforme. Le capitaine, les officiers du navire…

Ted poussa un profond soupir. Il baissa les bras et repoussa les Italiens qui l'agrippaient en le suppliant de se calmer. Betty le regarda, étonnée. C'était un nouveau Ted, dynamique, efficace, inquiétant…

— Écoutez-moi bien, Finsch, dit-il en haletant. Ne recommencez pas un de vos vilains tours, pas sur ce bateau, ou sinon, je vous flanquerai une raclée bien pire que celle-là. (Il se tourna vers Betty.) Et toi, ajouta-t-il, c'est justement à ce genre de chose que je m'attendais.

Pauvre Ted… Il lui suffisait d'ouvrir la bouche, et au lieu d'être admirable, il devenait stupide et agaçant.

Ted entreprit d'achever le travail en étouffant le dernier vestige de sympathie chez Betty.

— À partir de maintenant, déclara-t-il, tu es ma petite amie. Je vais t'épouser dès que nous débarquerons de ce bateau. Si jamais tu jettes ne serait-ce qu'un coup d'œil à ce rustaud, je vous flanquerai une correction à tous les deux.

Betty faillit verser des larmes de rage.

— Et si tu te mêlais plutôt de tes oignons ?

Ce qui n'était pas une remarque bien originale, mais l'emphase avec laquelle elle avait été prononcée lui donnait une vigueur toute fraîche.

Finsch dit d'une voix douce :

— Allons, ça n'était pas vraiment un combat. C'était un coup en traître. Montons sur le pont. Je vais faire voir à ce jeune homme ce que c'est que se battre.

— Non, non ! s'écria sèchement le capitaine. Ces bêtises, ça suffit !

— Je ne peux pas en rester là, dit Finsch. Il croasse comme un coquelet sur un tas de fumier.

— M. Finsch ! lança le capitaine. Ça suffit. Ce n'est pas bien que les passagers se battent. Pas sur mon navire. Ça ne se fait pas ! Vous devez vous serrer la main.

Sans un mot, Finsch tourna le dos et s'approcha du lavabo, où il mouilla une serviette pour se l'appliquer sur le visage.

Ted, avec un instinct infaillible pour l'ineptie, dit à Betty :

— Allez, tu viens avec moi.

— Il n'en est pas question ! Je suis venue ici de mon plein gré, et j'en partirai quand je me sentirai prête. Pour la dernière fois, vas-tu me laisser tranquille ? (Dans son désespoir, elle se tourna vers le capitaine :)

Vous ne pouvez pas l'empêcher de me harceler ? L'obliger à quitter le bateau ?

— Non, non, je ne peux pas faire ça, répondit le capitaine en secouant la tête avec irritation. Je dois vous demander de vous comporter comme des dames et des messieurs bien élevés. Vous me mettez dans une position difficile.

Ted fit un pas vers le capitaine et lui tapota la poitrine du bout du doigt, en désignant Finsch de l'autre main.

— Vous allez laisser cette petite idiote se faire attraper dans les filets de ce porc de Hollandais ? Je vous pose la question : vous allez le supporter ?

Le capitaine avait le front en sueur, dans un mélange d'embarras et d'agacement.

— Ce n'est pas mon affaire, aboya-t-il. Je ne peux pas apprendre aux passagers à bien se tenir. Seulement à mon équipage. Mais je pense que vous êtes un intrus dans cette cabine. Ce n'est pas la vôtre. Si M. Finsch veut proposer un verre de cognac à Miss Haverhill… (le capitaine écarta les mains en haussant les épaules)… alors ce n'est pas votre affaire, ce n'est pas la mienne. Ce sont les règles de la compagnie.

Ted se tourna lentement vers la porte. Dans son dos, Finsch lui dit :

— Je vais vous montrer ce que c'est de se battre.

— Quand vous voudrez, répondit Ted d'une voix sourde. À votre disposition.

— Non ! s'exclama le capitaine en haussant ses sourcils broussailleux. Il ne doit plus y avoir de perturbations. C'est aussi une règle de la compagnie. C'est dangereux. Je vous préviens tous les deux, ajouta-t-il en agitant le doigt, cette affaire est terminée. Après tout, vous êtes ici pour le plaisir. Pourquoi ne pas être raisonnables ?

Ted se fraya un chemin au milieu du groupe d'officiers et quitta la pièce. Debout devant le lavabo, Finsch dit à Betty :

— Il m'a pris par surprise. Il ne sait rien. Il va le regretter.

Le capitaine secoua la tête avec désapprobation et sortit à son tour, en emmenant ses sous-fifres avec lui.

Betty regarda Finsch d'un air sarcastique.

— Ma foi, c'était bien agréable. Vous et vos « Fleurs d'Amour ».

Finsch tapota sa joue tuméfiée avec sa serviette, les lèvres étirées en une grimace de jovialité apparente.

— Je vais donner une leçon à votre petit diplômé de l'université. La prochaine fois, il ne nous dérangera plus.

— Il n'y aura pas de « prochaine fois », et à votre place, j'éviterais d'embêter Ted. C'est un abruti, mais il est bon en sports, comme le football et la boxe.

— Ha ! dit Finsch. Vous me prenez pour un bébé ? Si vous prononcez mon nom le long de la côte du Sunda, à Djakarta, à Palembang, vous comprendrez ce que je veux dire.

— Je comprends assez comme ça. Je comprends que j'ai été une idiote de venir ici. Je comprends que tout le monde va me jeter des regards en coin pendant le reste du voyage. C'est ma faute, je ne vous reproche rien. Vous avez l'air aussi idiot que moi.

Finsch, qui était penché au-dessus du lavabo avec sa serviette, tourna sa tête massive vers elle.

— Ce n'est pas une bonne chose à dire.

— Peut-être, mais je m'en fiche. Je m'en vais, maintenant. Merci pour le cognac.

Betty ouvrit la porte toute grande et sortit dans le couloir d'un pas décidé.

Elle regagna sa cabine, où elle trouva Ted Bunpole assis sur son lit.

— Non, non, non ! s'écria-t-elle, exaspérée.

— Je veux te parler.

— Fiche le camp d'ici ! Tu me rends folle ! Je ne peux pas supporter ta vue !

Ted se leva, soudain très pâle.

— Tu le penses vraiment ?

— Combien de fois faudra-t-il que je te le répète ? Tu es bouché ou quoi ?

Ted hocha lentement la tête avec un amusement résigné.

— Le Hollandais te déshabille, tu ne veux même pas me tenir la main… Oui, je comprends très bien.

Il se leva et ouvrit la porte, mais il resta planté là à tripoter la poignée.

— Ted, s'il te plaît… Arrête de me harceler.

— J'ai dit à ta mère que je veillerais sur toi, répondit Ted d'une voix éteinte. Mais c'est fini. Tu peux aller au diable, comme tu voudras.

Betty ne dit rien. Elle détourna les yeux, le feu aux joues. La porte se referma. *Clic*, fit le pêne de la serrure. Un bruit lent, doux et sans appel.

Betty se jeta sur son lit et, le visage enfoui dans ses bras, elle se mit à sangloter.

4.

La cloche sonna pour le dîner. Betty se redressa lentement. Elle avait les yeux rouges, elle se sentait amorphe et de mauvaise humeur. Elle n'avait pas la moindre envie de descendre dans la salle à manger, mais il le fallait. Rester dans sa cabine ne ferait qu'aggraver les choses. Mieux valait faire face. Elle mit une robe bleue toute simple, se lava la figure, s'examina un instant dans la glace, et descendit.

Les dames salvadoriennes étaient déjà en train de boire leur potage. Harry Mayberry, Nello et le capitaine, engagés dans une conversation animée, se turent en voyant Betty, puis ils reprirent leur discussion sur un ton un peu différent. Mik Finsch la salua d'un hochement de tête poli quand elle s'assit. Du talc recouvrait ses hématomes, sans parvenir vraiment à les cacher. Alec et Ora Cato examinèrent Betty avec un intérêt non dissimulé. Aucun signe de Ted, qui ne se joignit pas aux autres convives. Finsch n'avait pas grand-chose à dire. Quelle étrange situation, songea Betty : je dîne en face d'un homme qui, il y a quelques heures à peine, a tenté sinon de me violer, du moins de me séduire avec enthousiasme !

Finsch mangeait avec un plaisir méthodique, dans une attitude tout à fait nonchalante. Betty l'observait à la dérobée. Il se dégageait de chacun de ses gestes une impression de force inexorable. Chaque coup de couteau dans son steak était le Destin personnifié, auquel aucune viande, aucun os ni aucun nerf ne pouvaient résister. Elle examinait son visage avec le détachement d'un anatomiste : les muscles saillants des joues, les os massifs, les traits épais, la crinière noire. Curieuse, la façon dont sa bouche était plissée en une grimace ironique et tolérante ! Se sentait-il toujours aussi calme et amusé ?

Elle se leva de table avec Alec et Ora. Le couple se dirigea vers le pont supérieur, et Betty les suivit dans l'escalier. Arrivée devant la porte de sa cabine, elle hésita. Il était trop tôt pour se coucher, mais d'un autre côté...

Ora prit la décision pour elle.

— Montez avec nous. L'air frais vous fera du bien. Et nous mourons de curiosité.

Pourquoi pas ? songea Betty. Elle avait besoin de parler, et ce serait certainement préférable de satisfaire leur curiosité plutôt que de les laisser se livrer à toutes sortes de spéculations.

— Je vais prendre un chandail.

Ils disposèrent leurs chaises face à l'ouest, vers le grand large du Pacifique. Dans la lueur d'une demi-lune, le ciel nuageux brillait comme du verre opaque, et l'eau avait des reflets d'ardoise.

— Racontez-nous tout, dit Ora. Nous n'avons entendu que de folles rumeurs.

— Eh bien...

Alec avait sorti sa pipe qu'il était en train de bourrer.

— Si je peux me permettre, cette curiosité à laquelle Ora fait référence n'appartient qu'à elle seule. Elle est dotée d'un appétit insatiable pour les cancans et les ragots. Elle aurait dû être sociologue. Ne dites rien si vous ne voulez pas.

— Non, pas du tout, je...

— Ah, le bon, le cher Alec ! répliqua Ora. Alec le charitable, qui mange toujours ses marshmallows en deux bouchées.

— Ha ha, ma très chère, dit Alec avec indulgence, cela m'indiffère. Je n'ai tout simplement aucun goût pour la cancanerie.

— Quel mot ! C'est tout naturel de s'intéresser aux autres !

— Je suis d'accord. C'est naturel et sain.

Betty s'éclaircit la gorge.

— Après tout...

— La cancanerie est une bonne thérapie, poursuivit Alec. Elle permet d'atténuer ses propres sentiments de culpabilité.

— Parle pour toi !

— Si nous n'éprouvons aucune culpabilité, nous pouvons jouir des vices d'autrui sans devoir en supporter les conséquences. D'où la grande popularité de la médisance.

Ora soupira d'un air dégoûté.

— Ne faites pas attention à lui. Quelquefois, il tombe si bas qu'il disparaît.

— Très bien, dit Alec en allumant sa pipe. Je vais me taire. Racontez-nous ce qui s'est passé.

Betty ne savait plus par où commencer. Elle répondit d'un ton hésitant :

— C'était simplement une de ces situations… J'imagine que dans un an, j'en rirai.

Alec et Ora prononcèrent quelques mots de sympathie, que Betty entendit à peine. Elle était plongée dans les événements de l'après-midi.

— Ce qui m'intrigue, c'est comment j'ai pu me fourrer dans un tel pétrin… Je suis descendue dans la cabine de Finsch pour prendre un verre. Je continue de me dire qu'il n'y avait aucun mal à ça. Pour être tout à fait honnête, je crois que j'avais un peu flirté. Il m'a prise au sérieux. (Elle inspira profondément.) Bon, toujours est-il que… c'était comme un accident de voiture. Tout s'est passé très vite. *Wouf !* Pour une fois, j'ai été contente de voir Ted. Il a flanqué une sacrée raclée à Finsch.

— Ah ! Ce qui explique l'hématome de l'ami Finsch, dit Alec.

Betty eut un petit rire sans joie.

— En gros, voilà la situation. Je me sens moche, Finsch a un bleu et Ted est parti tristement dans son coin. Aucun de nous ne s'en est sorti à son avantage.

Alec agita sa pipe.

— Je ne prendrais pas ça trop au sérieux, surtout pour Ted et vous. Vous n'êtes que deux gamins. C'est différent pour Finsch. Il a une haute opinion de lui-même, et il a perdu la face.

— Oui, dit Betty d'une petite voix. Il a menacé Ted – il lui a dit qu'il lui montrerait ce que c'était que de se battre vraiment.

— Finsch est apparemment un mauvais perdant, murmura Alec d'un air pensif. Si j'étais Ted…

Il n'alla pas plus loin.

— Je dois dire que je suis désolée pour Ted, intervint Ora avec indignation. Il essaie simplement de se montrer courageux et galant !

Betty soupira.

— C'est un idiot. Mais moi aussi, il me fait pitié. J'aimerais pouvoir le renvoyer d'un coup à San Francisco rien qu'en appuyant sur un bouton. Ah, qu'est-ce qu'il peut me taper sur les nerfs ! Il me tourne autour comme un amoureux transi, j'ai l'impression d'être Ben Bolt. Je ne veux pas être responsable du bonheur de Ted. Ce n'est pas bien de détenir un tel pouvoir sur quelqu'un ! Je n'en veux pas !

— Ma foi, dit Alec en se levant, on dirait que vous l'avez quand même. Bon, voyons si nous pouvons trouver un quatrième pour faire un bridge.

— Je vais parler à Ted, déclara Betty d'un air décidé. J'arriverai peut-être à le persuader de débarquer à Los Angeles.

Ora lui tapota le bras.

— Évitez simplement de vous retrouver dans d'autres « situations ».

— Ça ne m'arrivera plus.

5.

Après avoir erré cinq minutes dans les coursives, Betty finit par trouver la cabine de Ted. Elle frappa au panneau en chêne. Pas de réponse. Elle frappa à nouveau, puis elle entrebâilla la porte.

— Ted ? Tu es là ?

La pièce était silencieuse. Betty ouvrit plus grand et alluma la lumière. Personne. L'oreiller était légèrement creusé, le couvre-lit froissé. La valise de Ted, ouverte mais pas encore défaite, était posée sur la chaise.

Betty éteignit et ressortit. Elle descendit sur le pont principal et se dirigea vers l'avant, où elle s'attendait à trouver Ted accoudé au bastingage et occupé à se complaire dans son malheur.

Pas de Ted. Où était passé cet abruti ? Elle retourna dans la dunette et jeta un coup d'œil dans la salle à manger, où elle trouva Alec, Ora, Nello et Mayberry en train de jouer aux cartes. Pas de Ted.

Elle monta sur le pont des embarcations, puis elle escalada l'échelle d'accès à la passerelle et jeta un coup d'œil dans le poste de pilotage. L'habitacle du compas éclairait faiblement le visage de l'homme de barre, qui observait attentivement l'aiguille frémissante. Le matelot de veille scrutait la mer à travers le hublot. Betty emprunta une autre échelle pour atteindre le pont supérieur. Quelqu'un se tenait sur la passerelle haute.

Betty s'approcha. L'homme tourna la tête : c'était Mik Finsch. Elle sentit l'odeur de son cigare dont l'extrémité luisait faiblement.

— Bonsoir, dit Finsch d'une voix parfaitement calme.

— Je cherche Ted, répondit Betty.

— Je ne l'ai pas vu. Il est peut-être à la proue, ou dans sa cabine. Vous voulez que j'aille voir ?

— Non, merci. Je le trouverai sans doute dans la salle à manger.

— Ah, mais vous ne devez pas partir si vite. Voyez comme la lune éclaire les nuages !

Betty essaya de se sortir de cette situation sans trahir sa nervosité.

— Je préfère chercher Ted.

— Il n'a aucune importance, puisque nous bavardons maintenant. La nuit est magnifique, non ?

— Oui, vraiment magnifique. Mais maintenant…

— Et maintenant, qu'est-ce que vous pensez ?

Betty, qui lui avait déjà tourné le dos, s'arrêta net. Si Finsch ne manifestait aucune honte, pourquoi en éprouverait-elle ?

— Qu'est-ce que je pense ? dit-elle d'une voix glaciale. À quel propos ?

— Ce n'était pas si mal, hein ? Finalement, je ne suis pas un si mauvais homme que ça.

— Si vous faites allusion à ce qui s'est passé cet après-midi, je préfère l'oublier.

— Très bien, oublions-le. (Il fit un large geste de la main, et le bout de son cigare traça une ligne rougeâtre dans l'obscurité.) C'est oublié, et nous recommençons à zéro.

— Il n'en est pas question.

— Mais puisque vous avez oublié…

— J'en garde encore un vague souvenir.

— Excellent ! Pour quelqu'un de votre âge, vous êtes d'une grande sagesse. Vous voyez la réalité telle qu'elle est, et vous n'êtes pas en colère.

Betty eut un petit rire incrédule.

— Je m'efforce – avec difficulté – de rester détachée.

Finsch secoua tristement la tête.

— Un jour, vous y repenserez, et vous direz peut-être : « Pauvre Mik Finsch, j'ai été injuste. »

— Tout peut arriver, M. Finsch.

Il est obstiné, songea Betty, avec un cuir épais comme celui d'un éléphant. Mais elle n'était pas moins obstinée, comme Ted pouvait en témoigner. Où était-il, celui-là ? Elle explora le pont avant, où les ombres se mélangeaient sous l'auvent de métal. Rien d'autre à voir que la masse du navire et l'écume lumineuse s'écartant sur les côtés.

La voix de Finsch, très proche, se fit entendre par-dessus son épaule :

— C'est un long voyage jusqu'à Gênes. C'est une ville que je ne connais pas très bien. Paris est beaucoup mieux. Nous pourrions peut-être nous retrouver à Paris. Quelle coïncidence, hein ? Il y a plein de choses amusantes à faire à Paris, beaucoup de restaurants excellents…

Betty s'écarta du bastingage et se faufila pour passer à côté de Finsch.

— Je ne crois pas que nous nous retrouverons à Paris.

— Nous verrons bien, rétorqua-t-il avec bonne humeur. Les femmes sont pratiquement toutes pareilles. Plus elles crient *non !*, plus elles veulent dire *oui*.

— Je suis différente. Plus je crie *non*, plus je veux dire *non*.

Finsch gloussa avec indulgence.

— Je vois que vous m'en voulez un peu. Mais vous vous posez encore des questions sur moi. Vous vous demandez ce que j'ai en tête. Je vais être franc avec vous. Je pense que les hommes et les femmes ont été mis sur cette terre pour leur bénéfice mutuel. C'est comme l'air. Pourquoi est-il ici ? Il est gratuit, pour que nous le respirions. Les arbres portent des fruits. Pourquoi ? Pour que les hommes les mangent. C'est naturel, non ? Et c'est aussi naturel…

— Mais je ne suis pas de l'air. L'air est gratuit, et moi, je ne le suis pas. Je ne suis pas un arbre, je ne porte pas de fruits. Je suis un être humain, avec des idées à moi sur l'air et les arbres. Je ne suis absolument pas ici pour votre bénéfice !

Finsch pencha la tête en arrière et éclata de rire.

— Et voilà ! Vous l'avez dit ! Vous vous sentez mieux. Et maintenant… nous serons amis. Qu'est-ce que vous en dites ?

— Encore une minute et vous allez m'inviter à prendre un verre de cognac dans votre cabine.

— Pourquoi pas ? Nous boirons et nous redeviendrons amis.

Betty était presque à bout de patience.

— Amis ! Vous avez essayé de m'agresser cet après-midi, et depuis, vous n'avez pas exprimé le moindre remords !

Finsch agita son cigare.

— Je suis un homme ! Faut-il que j'aie des remords d'avoir perdu la tête pour une jolie fille ?

Betty rit sèchement.

— Ma foi, j'ai décidé de ne pas vous faire arrêter pour tentative de viol, si cela peut vous rassurer. Vous avez été suffisamment puni comme ça.

— Puni ? (Finsch semblait toujours aussi calme et détendu qu'avant, mais sa voix avait pris un ton différent.) Vous croyez que j'ai été puni ? C'est ça que vous croyez ?

— Je redescends, dit Betty.

— Un instant. (Finsch jeta son cigare par-dessus la rambarde.) J'avais espéré oublier cet après-midi. Ce singe ne mérite pas qu'on s'intéresse à lui. Il est hystérique, comme une femme. Mais je vois maintenant que je dois rectifier la situation. Ce jeune chiot doit recevoir la correction qu'il mérite. Personne ne pourra dire qu'il m'a puni. Je vais lui montrer qu'il n'en est rien.

Dans la profonde obscurité derrière la cheminée, on entendit le crissement d'une chaise, et Ted apparut brusquement.

— J'ai tout entendu !

— Ted ! s'écria Betty, mortifiée. Tu écoutes aux portes !

— Et alors ? Le Batave en redemande, c'est ça ? Eh bien, je vais lui en redonner, moi !

— Ted, tu es devenu fou ?

— Tais-toi. Allez, le dur-à-cuire. Soulève tes grosses fesses de là, viens dans la lumière.

Il traversa le pont et descendit l'escalier.

— M. Finsch ! cria Betty. Ne faites pas attention à lui.

Mais Finsch l'avait déjà écartée et se dirigeait d'un pas décidé à la rencontre de Ted.

Betty hésita, puis elle descendit quatre à quatre l'escalier pour rejoindre la passerelle. Le matelot de veille se retourna, l'air surpris.

— Est-ce que le capitaine est là ? demanda Betty.

Sans attendre de réponse, elle traversa la timonerie pour se rendre à la cabine du capitaine. Elle frappa à la porte et l'ouvrit toute grande, mais la pièce était vide. Elle se dépêcha de rejoindre le pont supérieur et courut le long de la coursive menant à la salle à manger. Elle regarda fébrilement autour d'elle. Alec, Ora, Harry Mayberry et Nello jouaient au rami, tandis que le capitaine et son chef mécanicien étaient penchés sur un échiquier. Betty se précipita vers eux.

— Capitaine, il faut que vous les empêchiez de se faire du mal !

— Que se passe-t-il ? demanda le capitaine en levant la tête, les sourcils froncés.

— Ted et M. Finsch… ils se battent.

Le capitaine se leva aussitôt et sortit, Betty sur ses talons. Ils rejoignirent le pont où une lampe éclairait brillamment l'écoutille n° 2.

Dans le cercle de lumière se tenaient Ted et Mik Finsch. Ce dernier semblait calme et presque indolent, tandis que Ted avait les joues en feu et un regard halluciné.

— Arrêtez ça tout de suite ! rugit le capitaine.

Mais ni Ted ni Finsch ne lui prêtèrent attention. Ted feinta du gauche, et Finsch se rua en avant en balançant son bras droit comme une massue. Ted l'esquiva et lui mit le nez en sang d'un direct du gauche.

Le capitaine s'interposa.

— Ça suffit, maintenant ! Le premier qui porte encore un coup, je le débarque du navire !

— C'est lui qui en redemande, dit Ted avec un sourire grimaçant. S'il se tient bien, il n'aura pas de bobo.

Finsch s'appliqua un mouchoir sur le nez.

— Ce serait peut-être mieux, capitaine, dit-il, si vous me laissiez flanquer une correction à ce jeune chien fou.

Ted ricana et, d'un bond, sauta à bas de l'écoutille. Sans bouger, Finsch le regarda s'éloigner.

— Vous devez arrêter, dit le capitaine. Si vous vous faites du mal, vous ferez un procès à la compagnie, et ils diront : « Capitaine Frascatore, pourquoi avez-vous laissé faire ça ? » Et je dirai : « J'ai voulu être gentil avec M. Finsch qui était en colère. » Et alors, ils diront…

— Mais, capitaine, répondit Finsch étonné, je ne suis pas en colère. Je veux juste montrer à ce chiot…

— Allons, M. Finsch, dit le capitaine sur un ton conciliant. C'est un voyage pour le plaisir. Vous devez vous détendre. Je vais demander à M. Bunpole de s'excuser de vous avoir frappé. Comme ça, il n'y aura plus d'histoires. Qu'est-ce que vous en dites ? Venez, allons tous prendre un verre.

Betty, Ora et Alec retournèrent dans la salle à manger, suivis de Harry et de Nello. Harry Mayberry s'assit à la table et ramassa ses cartes.

— À moi de piocher, je crois.

— Oui, dit Alec, pourquoi pas ?

Ora examina son jeu.

— C'est une chance que nos médecins ne nous aient pas envoyés en croisière pour nous reposer.

Quelques instants plus tard, le capitaine entra dans la pièce. Il lança un regard mauvais à Betty, puis il se réinstalla devant l'échiquier. Il jeta un coup d'œil autour de lui.

— Où est M. Bunpole ?

Personne ne le savait.

Le capitaine poussa un grognement et examina l'échiquier.

— Je ne veux plus qu'il y ait d'histoires, déclara-t-il. (Ses yeux brillèrent un instant en regardant Betty.) Tout le monde doit coopérer.

— Ne dites pas que c'est ma faute, répondit sèchement Betty. Je ne suis pour rien dans cette affaire.

Le capitaine se contenta de pousser un autre grognement. Le chef mécanicien le rejoignit, et la partie d'échecs reprit.

6.

Betty s'était installée tranquillement dans un coin de la salle à manger. On lui avait proposé de se joindre à la partie de rami, mais elle avait décliné l'invitation, simplement désireuse de ne rien faire.

Elle passa ainsi une demi-heure dans une quasi-torpeur. Ni Finsch ni Ted ne se montrèrent. Betty se souvenait d'avoir voulu parler à Ted, mais elle se sentait à présent incapable de se mettre à sa recherche. Où pouvait-il être ? Dans son lit ? Il était plus probablement parti bouder quelque part dans l'obscurité, choisissant l'attitude la plus précisément calculée pour irriter Betty. Pourquoi était-il aussi bouché ? Ce n'était pas un imbécile, ni un introverti. Il était simplement incapable de se voir tel que les autres le voyaient. Ted n'était pas un cas unique, bien sûr : personne ne savait jamais exactement quel genre d'image il créait dans le cerveau des autres. Discrètement, elle observa les quatre joueurs de cartes. Quatre esprits, quatre citadelles uniques remplies de pensées secrètes. Comme c'était fascinant, cette énigme de la personnalité ! Chacun d'eux pense différemment, voit les choses dans des teintes différentes. Prenons Harry Mayberry, par exemple : un satyre au visage de bébé rose, ou du fait de sa tonsure grise, un moine défroqué. Betty l'examina en essayant d'aller au-delà de cette apparence qui la dégoûtait un peu. Il tenait ses cartes d'une main ferme, jouait de façon décidée et avec une grande économie de mouvements. Cela devait signifier quelque chose. Nello avait des gestes flamboyants, abattant ses cartes sur le tapis comme s'il écrasait des insectes. Il jouait avec témérité et sans calcul. C'était un petit détail, mais Betty conclut qu'elle préférait ce vieux satyre de Harry Mayberry à Nello le beau jouvenceau.

En tournant la tête, elle croisa le regard d'Alec braqué sur elle, lui rappelant qu'elle-même était jugée, pour le meilleur et pour le pire, sur la base de signes, d'attitudes et de gestes dont elle n'était, pour la plupart, absolument pas consciente.

Elle repensa à Ted… Où était ce grand idiot ? Elle soupira, et décida une fois de plus d'essayer de le trouver pour lui parler. Elle se redressa pour jeter un coup d'œil par le hublot vers le pont avant. Le reflet des lumières sur le verre l'empêchait de voir quoi que ce soit. Il devait faire froid dehors, dans le noir, et Betty se rassit. Que Ted aille au diable, avec tous les ennuis qu'il causait !

Elle finit par se secouer de sa torpeur. Elle se leva, sortit discrètement et hésita un instant dans la coursive. Il était presque minuit, et Ted était probablement au lit. Mais cela ne coûterait rien d'aller jeter un coup d'œil à l'avant, juste au cas où il aurait décidé de jouer les martyrs dans le vent et l'obscurité…

Elle se rendit sur le pont et avança en tâtonnant jusqu'à la proue, où elle ne vit personne. Elle y resta un instant pour savourer la solitude et le lent mouvement du navire, puis elle retourna dans la dunette en frissonnant.

À l'évidence, Ted était allé se coucher. Betty était prête à faire de même. Elle jetterait un coup d'œil au passage en se rendant à sa cabine.

Elle frappa à la porte de Ted. Comme la fois précédente, il n'y eut pas de réponse, et comme la fois précédente, elle ouvrit la porte en lançant :

— Ted ? Tu dors ?

Pas de réponse.

Betty alluma la lumière. Le lit était comme avant : oreiller légèrement creusé, couvre-lit froissé. Rien de changé, sauf… Elle entra rapidement dans la pièce. Sur l'oreiller était posé un papier plié, sur lequel était écrit, tapé à la machine : *Miss Betty Haverhill.*

De ses doigts tremblants, elle déplia le papier et lut ce message également tapé à la machine :

Ma chérie,

Je me suis comporté comme un imbécile, et j'ai causé beaucoup d'ennuis. Je ne peux pas vivre sans toi, et je te dis donc adieu.

À toi pour toujours,

Ted

CHAPITRE III

1.

Le capitaine ordonna que l'on fasse demi-tour, pour retracer le chemin à vitesse réduite. La lune s'était couchée, la mer était d'un noir d'encre. Des projecteurs balayaient la surface. Tous se tenaient le long du bastingage, scrutant les flots et tendant l'oreille.

Au bout de deux heures, le capitaine abandonna les recherches et le *Garda* reprit sa route. Les projecteurs continuèrent cependant de balayer les eaux sombres, l'équipage et les passagers d'observer, jusqu'à ce que le capitaine annonce qu'ils se trouvaient de nouveau là où l'absence de Ted avait été découverte. Il n'y avait plus d'espoir, bougonna-t-il, et il ordonna qu'on éteigne les projecteurs.

Betty ne voulut pas se coucher et resta sur la passerelle. Le capitaine avait refusé de faire demi-tour une deuxième fois, et Betty était pleine de colère et d'amertume.

— Ça ne servirait à rien, avait-il aboyé. Il y a des courants, l'eau est froide. Nous avons déjà perdu beaucoup de temps, et sur un bateau, le temps, c'est de l'argent.

— Je vous en prie, inutile de crier, avait répondu Betty sur un ton glacial.

Exaspéré, le capitaine avait tourné les talons en secouant la tête.

Ora et Alec finirent par la convaincre de descendre dans la salle à manger. Il était maintenant 4 heures du matin, et Alec partit se coucher.

Deux heures plus tard, le *Garda* atteignit le port de Los Angeles. Des cloches retentirent entre la timonerie et la salle des machines, puis le silence s'abattit sur le navire.

Betty et Ora montèrent sur le pont. Le ciel encore couvert obscurcissait l'aube, drainant la terre et la mer de toute couleur. Le bateau se déplaçait à peine au milieu des eaux qui s'agitaient et luisaient comme de la peinture aluminium. Au-delà de la barre s'étendait une large zone grisâtre d'entrepôts, de portiques et de cuves.

Un canot vint se ranger le long du navire et le pilote monta à bord. Des cloches télégraphiques tintèrent et le *Garda* prit de la vitesse pour franchir la barre.

Une demi-heure plus tard, un remorqueur amena le navire à quai. On lança les amarres, les treuils cliquetèrent, et le *Garda* redevint silencieux.

Betty et Ora retournèrent dans la salle à manger, mais elle était sinistre dans la grisaille du jour.

— Qu'allez-vous faire, maintenant ? demanda Ora avec une réserve tout à fait inhabituelle.

— Me coucher, sans doute.

— Non, je veux dire, plus tard.

Betty alla jeter un coup d'œil par le hublot. Il n'y avait pas grand-chose à voir : le pont, le quai, le mur d'un hangar, une étendue de mauvaises herbes brûlées par le soleil, une route où le trafic était déjà dense. Elle se retourna :

— Je n'ai pas l'intention de rentrer chez moi, si c'est ce que vous voulez dire.

— Vous avez parfaitement raison, dit Ora. Après tout, cette histoire n'est pas de votre faute.

— Je me sens quand même coupable. (Des larmes lui vinrent aux yeux, comme déjà plusieurs fois pendant la nuit.) D'une certaine façon... Bon, peu importe. Allons nous coucher.

2.

On frappa à la porte. Betty se réveilla en sursaut. Elle s'enveloppa de son peignoir en tissu éponge et alla ouvrir. Un matelot l'informa que le capitaine souhaitait la voir dans sa cabine.

Elle mit une jupe vert foncé, enfila un pull assorti et se coiffa machinalement. Elle se sentait fatiguée, atone, avec une légère sensation de nausée. Vivant, Ted avait été un vrai fléau, mais sa mort laissait un vide déplaisant dans l'univers. Aussi loin qu'elle puisse se souvenir, Ted avait fait partie de son environnement. Et maintenant, plus de Ted avec ses vêtements à la mode et sa décapotable de play-boy.

Il y avait quelques hommes assis dans le bureau du capitaine. Ils se levèrent tous quand Betty entra. Le capitaine fit les présentations, mais leurs noms ne signifiaient rien. L'un d'eux était le consul d'Italie, un autre était un inspecteur rattaché à la police portuaire, deux autres étaient des agents de la Mediterranean Line.

Le capitaine se montra discret et courtois.

— J'ai conscience que vous êtes très affectée, mais nous devons faire un rapport officiel sur les événements de la nuit dernière.

— Bien sûr, dit Betty, je n'y vois pas d'inconvénient.

Les hommes étaient pleins de sollicitude, et semblaient ne pas la tenir pour responsable de l'acte de folie de Ted. Ils s'intéressaient beaucoup au message d'adieu.

— Sauriez-vous reconnaître l'écriture de M. Bunpole ? demanda le policier – un petit homme au teint foncé, avec des yeux d'oiseau brillants, qui s'appelait McElroy.

— Peut-être. Je n'en suis pas certaine.

— Est-ce qu'il avait l'habitude de taper à la machine ses communications personnelles – lettres, notes, ce genre de choses ?

— Je ne sais pas… Je n'ai jamais eu de lettre de Ted – jusqu'à hier soir.

— L'avez-vous entendu menacer de se suicider hier soir ?

— Non. Je n'arrive pas vraiment à y croire. Il a toujours été tellement… eh bien, normal. Je sais qu'il était contrarié… mais se jeter dans l'océan ? C'est tellement bizarre…

— Il se passe des choses bizarres dans la vie. Vous avez lu le billet, bien sûr. Qu'en avez-vous pensé ?

L'étonnement la fit bredouiller.

— Ce que j'en ai pensé ?

— Je veux dire, est-ce que ça semblait venir de Ted ? Est-ce dans son style ?

Un affreux soupçon envahit l'esprit de Betty. Elle se tassa sur sa chaise.

— Est-ce que je peux voir la lettre ? demanda-t-elle d'une petite voix.

McElroy la lui tendit en la tenant délicatement par les bords.

— Surtout, n'y touchez pas.

Betty lut les mots tapés à la machine :

Ma chérie,

Je me suis comporté comme un imbécile, et j'ai causé beaucoup d'ennuis. Je ne peux pas vivre sans toi, et je te dis donc adieu.

À toi pour toujours,

Ted

— Je ne sais pas, dit-elle lentement. Ça me semble… étrange.

McElroy hocha la tête.

— Ça ne lui ressemble pas, c'est ça ?

— Non, pas vraiment. Il se serait plaint beaucoup plus – il se serait énervé, puis il aurait gémi sur son sort et se serait soûlé… Je n'arrive pas à comprendre que Ted se soit jeté à la mer.

Le capitaine s'agita d'un air gêné. Il sembla vouloir dire quelque chose, et lança un regard lourd de signification au consul, qui pinça les lèvres. Le plus vieux des deux agents dit :

— Tout cela n'est que suppositions, bien sûr.

McElroy acquiesça en fronçant les sourcils.

— Quand avez-vous vu Ted pour la dernière fois ?

— En même temps que tous les autres, sur l'écoutille. Et au bout d'un moment, je suis partie à sa recherche.

— Combien de temps après ?

— Je ne sais pas vraiment. Peut-être une heure… Quelqu'un d'autre l'a-t-il vu après ça ?

— L'officier de quart et le matelot de veille l'ont tous deux remarqué se dirigeant vers la proue. Du moins, ils ont vu un homme portant un pull-over clair – sans doute Ted. Le matelot n'est pas sûr de l'heure. Quelque chose comme un peu après 22 heures. C'est la dernière fois qu'il a été vu. Plus tard, ils vous ont vue monter, puis revenir… Avez-vous quoi que ce soit d'autre à nous dire, Miss Haverhill ?

Betty lança un coup d'œil vers le capitaine, qui la fixa avec des yeux comme des billes d'acier.

— Je suppose que le capitaine Frascatore vous a dit que Ted s'était battu ?

— Oui, répondit McElroy sans développer davantage.

— Eh bien, ma foi, je crois que je n'ai rien à ajouter.

McElroy se leva.

— Je vous remercie, Miss Haverhill. Je crois que nous avons tout ce qu'il nous fallait. Vous avez l'intention de poursuivre votre voyage sur le bateau ?

— Oui, mais je ferais mieux de prévenir ma mère, dit Betty en grimaçant. Pouvez-vous m'indiquer où trouver un téléphone ?

Le plus jeune des deux agents se leva d'un bond.

— Je vais vous montrer. Vous ne pourriez pas le trouver toute seule.

Il l'emmena sur le pont principal, puis ils descendirent sur le quai et traversèrent le hangar.

— C'est un choc terrible pour vous, dit-il avec sollicitude. Mais cela ne doit pas interférer avec votre croisière.

— Non, répondit Betty, mais ce n'est pas vraiment mon sort qui me préoccupe. C'est Ted ! Un suicide ! Je n'arrive toujours pas à y croire !

— Entre nous, je ne pense pas que qui que ce soit y croie, à part le capitaine Frascatore, qui se sent obligé.

Betty examina plus attentivement l'agent. C'était un homme solide et trapu, dans les trente-cinq ans, avec des cheveux blonds tirant sur le roux, un visage rond et amical. Il avait un léger tic nerveux à la lèvre, et un regard qui semblait s'excuser. Il portait un complet froissé d'une couleur marron précisément assortie à ses cheveux. Une petite moustache ornait sa lèvre supérieure, un courageux symbole de l'homme d'action plein d'humour qu'il croyait être.

— Que va-t-il se passer ? demanda Betty.

L'agent haussa les épaules.

— Probablement rien. En tout cas, pas maintenant. Le bateau est sous juridiction italienne, McElroy n'y a aucune autorité officielle. Il enquête à la demande du consul. S'il déniche la preuve d'un acte criminel – une vraie preuve –, le navire pourrait se trouver immobilisé à quai pendant quelques jours. Sinon…

Il haussa de nouveau les épaules.

— Mais il y a sûrement des soupçons, ou au moins la possibilité…

— Ça ne compte pas pour grand-chose.

Betty frissonna.

— Pauvre Ted.

— Il faut savoir qu'un navire comme le *Garda* coûte de l'argent, dit l'agent sur la défensive. Presque quinze cents dollars par jour. Le capitaine ne veut pas rester au port une heure de plus que nécessaire… À ce propos, ma femme va embarquer aujourd'hui. Elle sera votre compagne de cabine. (Il s'interrompit un instant, puis il ajouta sur un ton chaleureux :) Elle est très sympathique, je suis sûr que vous allez très bien vous entendre.

— Je croyais qu'elle était mariée avec quelqu'un à San Salvador.

— Pas San Salvador – El Salvador. El Salvador est le pays, San Salvador est sa capitale. Mais c'est bien moi. J'y retourne par avion demain. Isabelle veut venir à La Libertad, mais elle ne supporte pas l'avion.

Ils arrivèrent à la cabine téléphonique. Betty s'approcha de l'instrument en hésitant. Elle inspira profondément et appela chez elle, en PCV.

Mère fut sidérée et horrifiée.

— Tu rentres à la maison, bien sûr ?

— Non, Mère.

— Mais enfin, Betty, c'est le plus…

— Mère, je ne peux pas parler ici. J'ai appelé simplement pour vous mettre au courant.

— Qui va l'annoncer à Martha Bunpole ? s'exclama Mère. Je ne pourrai jamais le lui dire en face ! Ça m'est tout bonnement impossible !

— Le capitaine l'appellera sans doute, ou la police. Ce n'est pas de notre responsabilité. En tout cas, pas la mienne.

— Tu es absolument sans cœur !

— C'est totalement faux ! Allons, Mère, ne nous disputons pas.

— Je pense que tu devrais vraiment rentrer à la maison !

— Non, Mère. Je vais raccrocher, maintenant, parce que le bateau va très bientôt partir. C'est vraiment terrible, et je suis désolée, mais Ted n'avait rien à faire dans ce voyage.

— Comment peux-tu *dire* une chose pareille !

— Bon, de toute façon, je ne rentre pas à la maison. Et maintenant – prenez-bien soin de vous, et ne vous inquiétez pas !

— Tu es une tête de mule avec un cœur de pierre, dit calmement Mère d'une voix glaciale.

— Je ne suis rien de tout cela. Mais je ne suis pas non plus une femelle hystérique.

— Très bien, Betty. Tu dois faire ce que tu penses être le mieux.

Betty sortit de la cabine en se sentant un peu moins déprimée. Elle avait redouté ce coup de téléphone, mais ça ne s'était pas trop mal passé. Pauvre Ted. C'était l'événement le plus tragique, le plus choquant qu'elle ait jamais vécu ! Mais n'empêche – ce n'était pas sa faute. Une hypothèse inquiétante se glissa dans son esprit. Était-il possible que… ? Non, bien sûr. Elle se tourna vers l'agent :

— Comment vous appelez-vous, déjà ?

— Alan Calder. Isabelle est ma femme. Elle va arriver cet après-midi. Le bateau repart à 18 heures.

— Vous devez connaître M. Finsch. Il habite à El Salvador.

Calder hocha brièvement la tête.

— Oui, je connais Finsch. Du moins, j'ai entendu parler de lui.

— Il a vendu sa plantation, ou je ne sais comment ça s'appelle.

— Je sais.

— Il semble avoir eu une existence intéressante, ajouta Betty pour tenter d'en savoir plus.

Calder ne dit rien.

Ils retournèrent au navire. Vu du quai, il semblait énorme, avec sa grande proue noire, ses mâts et ses bômes, son poste de timonerie. Alan Calder s'arrêta brusquement au pied de la passerelle et se frotta la moustache, manifestement embarrassé.

— Je voudrais vous demander un service, dit-il enfin. Je sais que c'est plutôt bizarre – je ne vous connais pas, vous ne me connaissez pas. Il s'agit d'Isabelle. Elle est… disons, assez nerveuse. Une très gentille fille et tout ça, mais enfin… eh bien, vous allez partager votre cabine avec elle.

Alan Calder semblait incapable de formuler ses pensées à voix haute. Il fit un petit geste et un sourire qui se voulaient rassurants :

— Oubliez ce que je vous ai dit. Vous allez très bien vous entendre…
Bon, il faut que j'y aille.

Et il partit en courant.

— Merci de m'avoir montré le téléphone ! lui lança Betty.

Il fit un autre petit geste, monta rapidement dans une des voitures
garées le long du quai et démarra en trombe.

3.

Betty avait sauté le petit déjeuner et le déjeuner. Au lieu de remonter
à bord, elle commanda un hamburger et un milk-shake dans une petite
baraque à frites. Tout en essuyant son comptoir, le propriétaire pointa
le doigt vers le *Garda*.

— Vous voyez ce bateau, là-bas ? Un des passagers a sauté à la mer la
nuit dernière, il s'est jeté dans l'océan. On ne l'a pas retrouvé. Qu'est-ce
que vous dites de ça ?

— Ça ne me semble pas très raisonnable.

— C'est ce que je pense aussi. Il devait déjà être fou au départ, de
voyager à bord d'une coque de noix pareille.

— C'est aussi ce que pense ma mère, dit Betty.

Elle paya et longea le quai jusqu'au bateau, où elle gravit la passerelle.

On entendait des bruits de casseroles dans la cuisine, d'où montait
l'odeur des préparatifs du dîner. La cantine de l'équipage résonnait de
voix italiennes au débit saccadé. Dans la salle des machines, les chau-
dières sifflaient doucement au milieu de bruits métalliques. De nouveau chez moi, songea Betty.

Aucun des passagers n'était visible. Betty se rendit dans sa cabine
et se jeta sur son lit avec l'intention de faire une petite sieste avant le
dîner.

Mais la pensée de Ted la tint éveillée. Des images effrayantes flottaient dans son esprit : un corps dérivant dans les profondeurs, les bras
ballants, la bouche molle, les yeux d'opale grands ouverts. Ce pauvre
vieux Ted… Betty poussa un grand soupir. Et si elle avait su que c'était
son intention ? Aurait-elle accepté de l'épouser… ? Il y avait l'autre possibilité, l'idée que McElroy avait fait naître dans son esprit, et qu'Alan

Calder avait plus ou moins confirmée. Ted n'était pas du genre à se sui-cider. Ce n'était pas raisonnable ! Elle repensa au message, aux phrases tapées à la machine. Sans aucun doute, les autorités allaient l'examiner, chercher des empreintes, mais elles n'y trouveraient que les siennes. Pas celles de Ted, ni d'un autre. Que pouvaient-elles prouver ? Rien, à moins qu'il n'y ait des témoins oculaires – et si cela s'était passé à l'avant du bateau, dans l'obscurité, qui pouvait avoir vu quelque chose ?

C'était une situation délicate. Que devrait-elle faire ? Betty Haverhill, détective privé… Non, rien de la sorte. Il n'y avait probablement rien sur quoi enquêter. Ted avait sans doute sauté dans l'océan de son plein gré. On ne saurait sans doute jamais… De toute façon, elle en avait assez de broyer du noir comme ça. Ça ne le ferait pas revenir.

Elle se rafraîchit et monta sur le pont. Les dames salvadoriennes jouaient aux palets, avec peu de compétence mais beaucoup d'enthou-siasme. Alec et Ora, Harry Mayberry et Nello, étaient installés sur des chaises longues sous l'auvent, et un jeune steward décapsulait des bou-teilles de bière.

— Surtout, ne bougez pas, dit Betty alors que Harry Mayberry s'ap-prêtait à se lever galamment.

Il se rassit.

— Une bière vous ferait plaisir ? demanda-t-il.

— Oui, très.

Alec regarda pensivement Betty à travers la fumée de sa pipe.

— Vous semblez aller mieux. Je vous trouve moins pâle.

— Quelle terrible expérience, murmura Harry Mayberry.

— J'imagine qu'ils vous ont posé toutes sortes de questions ? s'en-quit Alec.

— Oh, oui. Je leur ai dit tout ce que je savais.

— Qu'est-ce qu'ils en pensent, à votre avis ?

— Je ne sais pas. Ils n'ont sans doute pas grand-chose à se mettre sous la dent.

— Non, effectivement.

Le steward revint avec une bouteille de bière. Betty s'installa confor-tablement dans sa chaise longue en espérant pouvoir éviter de parler encore de Ted. Il s'était déjà éloigné, il faisait déjà partie du passé. Et maintenant, c'était le présent, assise sur le pont du *Garda* à boire de la bière en regardant le quai vers San Pedro. Un taxi arriva en cahotant sur la jetée et s'arrêta à côté du navire. Alan Calder en descendit prestement et aida une jeune femme à en sortir.

— Notre nouvelle passagère, dit Betty. Elle s'appelle Isabelle.

CHAPITRE IV

1.

Debout à côté du taxi, Isabelle examina un instant le *Garda*. Elle était blonde, mince, gracieuse. Alan Calder dansait autour d'elle comme un fox-terrier, plein de fierté et de sollicitude.

Harry Mayberry émit un petit jappement du fond de la gorge :

— Je suis amoureux.

— Elle est mariée, fit remarquer Nello.

— Et alors ? rétorqua Harry Mayberry en levant les yeux au ciel. Elle est humaine. Et si elle ne l'est pas, je change de nationalité, ou d'espèce, comme vous voudrez. Si c'est un singe, je serai un gorille à poil blanc. Si c'est une chenille, je ramperai juste derrière elle. Si c'est une poule, je m'élancerai à tire-d'aile.

— Si c'est une chèvre, enchaîna Ora, vous pourrez rester comme vous êtes.

— Ce n'est manifestement pas une chèvre, estima Alec.

Ora se tourna vers lui d'un air étonné.

— Toi aussi ? (Elle examina une fois de plus Isabelle.) Qu'est-ce qu'elle a que je n'ai pas ?

Betty éprouva une poussée de ce qui ressemblait fort à de la jalousie. Il y avait maintenant deux jolies filles à bord du *Garda*. Non, Isabelle était plus que jolie. Ses traits étaient d'une finesse exquise, son visage était calme et assuré – le visage d'une princesse de conte de fées. Sa tête était auréolée de cheveux blonds aux reflets auburn.

Ma nouvelle compagne de cabine, songea Betty avec amertume. Elle se sentit moins détendue. La venue d'Isabelle à bord signifiait une

concurrence accrue, qu'elle veuille ou non se lancer dans une compéti-
tion... Bon, se dit Betty. Elle peut bien être la reine du Pacifique, je ne
vais pas me battre pour ça.

Isabelle remarqua le groupe sur le pont. Après un simple coup d'œil,
elle ne s'intéressa plus à lui. Un steward descendit du navire pour
prendre ses valises. Avec une grande sollicitude, Alan Calder l'accompagna sur la passerelle de coupée. Ils montèrent à bord et disparurent
sous le pont des embarcations.

— Un couple bizarrement assorti, commenta Alec en tapotant sa
pipe contre le bastingage.

— Oui, fit Ora d'un air songeur. Comment a-t-il réussi à la
convaincre ? Il est riche ?

— Vous êtes cynique, dit Betty. Alan est très gentil. Il m'a aidée à
trouver une cabine téléphonique.

Alec vida son verre de bière.

— Quelque chose me dit que nous nous souviendrons longtemps
du *Garda*.

Betty se leva.

— Je descends dans ma cabine. Elle aura peut-être des questions à
poser.

Alan Calder et Isabelle venaient juste d'entrer quand Betty apparut.
Alan manifesta une chaleureuse camaraderie.

— Ah, vous voilà ! J'ai beaucoup parlé de vous à Isabelle. Voici Betty
Haverhill, ma chérie.

Isabelle hocha la tête et esquissa un léger sourire. Ses grands yeux
gris étaient observateurs, mais on n'y lisait aucun intérêt. Betty constata
qu'elle n'était pas beaucoup plus âgée qu'elle – peut-être vingt-quatre
ou vingt-cinq ans.

— Voilà mon lit, dit-elle en désignant sa couchette, et ça, c'est mon
placard. Ça n'a pas vraiment d'importance, ils sont pareils.

Isabelle hocha la tête avec indifférence.

— Je ne m'attendais pas à grand-chose.

— Je vais vous laisser vous organiser, dit Betty. La cabine est un peu
petite pour trois personnes.

— Elle est déjà petite pour deux, répondit Isabelle. (Elle lança un
rapide coup d'œil à son mari.) Mais j'imagine qu'il n'y a pas le choix.

— À plus tard, dit gaiement Betty.

Elle ressortit et retourna au pont supérieur.

— Alors ? demanda Harry Mayberry. Comment ça s'est passé ?

— Très bien.

— Si elle vous pose le moindre problème, je vous l'échange contre Nello.

— Je suis d'accord, dit celui-ci.

Betty regarda sa montre.

— 18 heures. C'est maintenant que notre départ était prévu.

— Ils sont encore occupés à charger des marchandises, dit Ora. Nous en avons pour des heures.

— Prenez encore un peu de bière, proposa Harry Mayberry en lui tendant une bouteille à moitié vide.

— Oh, bon, d'accord.

Mik Finsch apparut sur le pont et se joignit au groupe. Betty baissa les yeux et contempla son verre.

— C'est un vilain port, déclara Finsch. La plupart des ports sont laids, mais je crois que celui-là est le pire. Je n'aime pas Los Angeles.

— C'est un goût acquis, acquiesça Alec.

Il y eut un court silence, pesant.

— Oui, reprit Finsch d'un air songeur. Ce sera agréable d'être de nouveau en Europe. Ça fait vingt ans que je n'y suis pas retourné. Il y aura beaucoup de changements.

— Vous aurez peut-être la nostalgie d'El Salvador, suggéra Ora.

— Non, j'en ai fini avec les tropiques. Plus jamais, j'en ai eu assez. Ce n'est pas bon pour un homme.

Il leva ses bras puissants et les laissa retomber sur les côtés. Ses grosses mains aux doigts épais, avec leurs poils noirs, pendaient à un mètre seulement du nez de Betty.

Il y eut encore un silence.

Finsch se frotta le visage, faisant crisser son menton.

— Je crois que je vais me raser avant le dîner. Avec autant de dames à bord, on doit toujours prendre soin de son apparence.

— Ne vous donnez pas cette peine pour moi, intervint Ora.

— Je ne raserai que les deux tiers de mon visage, répondit poliment Finsch.

Il s'éloigna sur le pont et disparut dans l'escalier. Nello poussa un profond soupir, Alec se rallongea sur son transat. Ora secoua la tête d'un air pincé.

— Quelqu'un veut une autre bière ? demanda Harry Mayberry. Non ? Moi non plus. Cette bière italienne n'est pas bien fameuse.

Ora se leva.

— Il est presque l'heure de dîner. Je redescends.

Betty la suivit dans l'escalier et regagna sa cabine. Isabelle n'y était pas, mais ses quatre valises occupaient le milieu de la pièce.

Betty se lava la figure et se brossa énergiquement les cheveux, puis elle se mit une touche de rouge à lèvres. En se regardant dans la glace, elle trouva son pull vert foncé peu satisfaisant. Elle le changea pour un chemisier rayé noir et blanc. Ha, songea-t-elle sarcastiquement. Je ne suis pas en concurrence avec ma nouvelle compagne de cabine. Non. Mais je ne vais quand même pas aller dîner habillée en boy-scout.

Elle sortit et se mit à courir vers l'escalier. En repensant à Ted (il ne s'était pas écoulé plus de vingt-quatre heures, mais on aurait déjà dit une semaine !), elle ralentit le pas. Si l'esprit de Ted flottait encore au-dessus du bateau, elle ne voulait pas qu'il la trouve totalement dénuée de cœur.

Elle atteignit le pont principal. Par la coursive menant à la salle à manger venaient des bruits de voix : le rire jovial du capitaine, le baryton d'Alan Calder, des salves nerveuses de syllabes comme des poignées de cailloux lancées contre une fenêtre. Elle entendit le grondement de Finsch et la voix cristalline d'Isabelle. À l'évidence, Ted avait été oublié : un incident de voyage, triste, et qu'il valait mieux ignorer.

Betty entra dans la salle à manger et s'arrêta sur le seuil. Le capitaine et le chef mécanicien étaient installés à leurs places habituelles, attendant que sonne la cloche du dîner. Juste en face du capitaine, à la place de Harry Mayberry, était assis Alan Calder. Isabelle occupait la place de Betty, face à Mik Finsch. Tandis que Betty hésitait, Alec et Ora entrèrent par la porte opposée et prirent leurs places.

Le capitaine remarqua Betty.

— Ah ha ! dit-il à Isabelle. Voici votre compagne de voyage. Deux jolies filles dans une même cabine. Très agréable. On n'a pas souvent ça sur le *Garda*. C'est Miss Haverhill.

Isabelle jeta un bref coup d'œil à Betty par-dessus son épaule.

— Nous nous sommes déjà vues.

Alan se leva à moitié de son siège et se rassit aussitôt. Il semblait nerveux, fatigué, et il regardait sa femme avec des yeux d'épagneul. Quand Isabelle regardait Alan, c'était sans aucune expression.

Betty hésita. La cloche du dîner n'avait pas encore sonné, et elle pouvait difficilement demander à Isabelle de lui rendre sa place. Le capitaine remarqua son embarras et haussa les sourcils en signe de compréhension. Il regarda Isabelle et Betty en se frottant le menton, puis il dit :

— Une nouvelle passagère. Il faut réfléchir au plan de table.

Isabelle haussa ses magnifiques épaules.

— Peu m'importe où je m'assois. Je suis très bien là, si ça ne dérange personne.

La cloche sonna. Les dames salvadoriennes firent leur entrée et s'installèrent à leurs places habituelles. Harry Mayberry apparut à son tour et vint se camper derrière Alan Calder, si près que celui-ci dut se pencher en avant pour échapper à l'impressionnante bedaine.

— Excusez-moi, dit Alan. J'ai pris votre place ?

Il se leva et alla s'installer à la petite table du fond, celle à laquelle Ted Bunpole s'était assis.

— Si tu venais me rejoindre, ma chérie ? lança-t-il à Isabelle. C'est notre dernier repas ensemble avant pas mal de temps.

— Seulement dix jours, répondit Isabelle avec désinvolture. Et je suis déjà installée.

Betty se laissa tomber sur la chaise en face d'Alan et commença à boire son potage dans un silence morose. Alan Calder, une oreille tendue pour entendre les conversations aux autres tables, essaya vaillamment d'être amusant, et Betty s'efforça de se montrer agréable. Il y avait un sujet qui l'intéressait.

— Qu'est-ce qui se passe, à propos de Ted ?

— Ted ? Ted Bunpole ? (Alan Calder fit une grimace.) Une bien triste situation… Ma foi, il ne se passe pas grand-chose. Il y aura peut-être une enquête quand le *Garda* sera à Gênes – un crime à bord de ce bateau est comme un crime commis en Italie.

— Un crime ? fit Betty aussitôt. Ils pensent qu'il s'agit d'un crime ?

Alan Calder roula un peu de mie de pain entre ses doigts, puis il reposa la boulette.

— Je dis cela dans un sens général. Meurtre, accident, suicide, homicide involontaire. Je ne sais pas ce qui va se passer. Probablement rien.

— Pauvre Ted.

Alan Calder tourna la bouteille de vin de sorte que l'étiquette se trouve juste en face de lui, puis il déplaça sa fourchette et rectifia son nœud de cravate.

— Il n'y a rien qui permette de progresser. Personne ne s'est présenté avec une quelconque information.

— J'aimerais savoir, marmonna Betty. J'aimerais vraiment être *certaine* !

— C'est justement là le problème. Échafauder des hypothèses est une chose, porter des accusations en est une autre.

La conversation aux autres tables semblait plus gaie.

— Finsch vend sa *finca*, dit le capitaine à Isabelle. Vous devriez l'acheter. Vous avez tout votre temps. Et alors, Alan et vous pourrez monter à cheval pour inspecter vos terres.

— Merveilleux, s'exclama doucement Isabelle. J'adore l'équitation.

— Vous voyez ? dit le capitaine en écartant largement les mains.

Alan se redressa sur sa chaise et ajusta ses manchettes de chemise.

— Je n'ai pas autant de temps que vous le croyez, dit-il d'une voix bourrue au capitaine. Ma fonction me tient bien occupé. N'oubliez pas, j'ai aussi Coyle et Dumas, les Gorgas Lines et Pan-Pacific en plus de la Mediterranean. (Il lança un rapide coup d'œil à Finsch.) De toute façon, Finsch a déjà trouvé un acquéreur.

Finsch fit un geste dégagé.

— C'est vrai. J'en ai fini avec le café. Cent vingt mille dollars, c'est ce qu'ils m'ont payé.

— C'est un bon prix, dit Alan.

Finsch acquiesça modestement.

— Mais c'est une bonne exploitation, si elle est dirigée correctement. On peut se faire beaucoup d'argent dans le café. Plus que dans le caoutchouc.

— Qu'allez-vous faire de tout cet argent ? demanda Isabelle d'une voix taquine.

Finsch éclata de rire.

— Je ne sais pas. Peut-être que je vais acheter des propriétés. Peut-être que je vais faire le commerce de pierres précieuses. Je connais certaines personnes à Ceylan, Damas et Istanbul. Et on peut trouver des diamants pour pas cher au Libéria. Qui sait ? Peut-être que je vais tout donner aux pauvres.

— Vous n'avez pas de famille ?

— Non. Personne.

— Pourquoi pas un gros canot à moteur à Tanger ? lança Nello. Hein, qu'est-ce que vous en dites, Finsch ? J'irai avec vous. On fera la contrebande de cigarettes américaines entre l'Espagne et l'Italie. Et aussi les bas nylon, les antibiotiques, tout ce qui est très demandé.

— Pourquoi pas ? dit Finsch en haussant les épaules. Ce sont des nécessités, dont les gens ont besoin. Ce n'est pas un crime de les fournir à bas prix.

Alan Calder laissa échapper un rire bref, qu'il étouffa aussitôt. Isabelle le regarda froidement par-dessus son épaule. Alan se concentra sur la position de la bouteille de vin.

Un couple bien mal assorti, songea Betty. Comment diable en était-elle venue à l'épouser ? Alan semblait un homme tout à fait acceptable, mais pas du tout le genre d'Isabelle.

— Vous êtes plutôt tendu, n'est-ce pas ? demanda-t-elle d'une voix apaisante.

Alan la regarda comme s'il était surpris par la qualité de ses perceptions.

— Oui, je suis sans doute un peu nerveux – par les temps qui courent, c'est une conséquence inévitable du fait d'être vivant.

Il avait des yeux marron foncé, qui ne cessaient de s'agiter comme des ailes de papillon. Il serait beaucoup plus séduisant, songea Betty, s'il se calmait un peu, s'il soignait sa tenue et s'il arrêtait de tripoter tout ce qui se trouvait à portée de main...

— Vous devriez venir avec nous à El Salvador. Un peu de repos vous ferait du bien.

— Je n'ai pas le temps. J'ai déjà deux jours de retard. Je serais à ramasser à la petite cuillère. C'est trop lent, beaucoup trop lent.

— C'est ce que j'aime, répondit Betty. Pour moi, rien ne presse. Combien de temps le *Garda* reste-t-il à La Libertad ?

— Cela dépend de la cargaison. Un jour, peut-être deux. Peut-être seulement quelques heures. La Libertad présente bien peu d'intérêt touristique. C'est un port tropical typique, affreusement sale et une vraie fournaise. Il faut aller à l'intérieur des terres pour voir de beaux paysages. Des montagnes, des arbres, des fleurs, des rivières. San Salvador est une ville agréable, pour autant qu'on puisse dire ça d'une ville d'Amérique centrale.

— San Salvador, El Salvador… Je mélange les deux.

— El Salvador est le pays, San Salvador est la ville. Ne me demandez pas pourquoi. Vous devriez faire une petite excursion dans les terres. C'est assez pittoresque par endroits. Il y a aussi des lacs.

— J'aimerais bien, mais si nous ne restons à quai qu'une journée…

Alan écarta l'objection d'un geste.

— Quittez le *Garda* à La Libertad et prenez le *Maggiore* le mois prochain. Vous pourrez ainsi visiter toute l'Amérique centrale à l'occasion de votre voyage vers l'Europe.

— Je ne savais pas que je pouvais faire ça.

— Bien sûr que si. À condition qu'il y ait une place disponible, mais il y en a généralement. Si vous pouvez attendre un mois, venez me voir à La Libertad.

— Je vais probablement m'en tenir au *Garda*.

Alan avala son café.

— Nous en reparlerons à La Libertad. Si vous voulez bien m'excuser… (Il pivota sur sa chaise et se leva, puis il traversa la pièce pour se pencher par-dessus l'épaule d'Isabelle.) Tu as fini, ma chérie ? Le départ est dans seulement une heure.

Elle leva vers lui un visage impassible.

— Je n'ai même pas encore bu mon café.

— Dépêche-toi, alors, et nous monterons sur le pont.

— Je ne veux pas sortir dans ce vent. J'ai horreur du vent. S'il le faut, allons dans le salon, ou la salle de détente, je ne sais comment ça s'appelle.

— La salle de détente ! s'exclama Alan avec une gaieté forcée. On se détend sur les chaises longues ! Nous sommes sur un cargo, pas dans un sanatorium !

Avec un certain humour, Mik Finsch intervint :

— Le *Garda* n'est pas un palais flottant, hein ? Non. J'ai eu plein d'occasions de naviguer sur des bateaux de première classe. Mais le *Garda* nous emmènera où nous voulons aller.

— Exactement, dit Alan. C'est une façon de voyager. Je voudrais bien pouvoir faire moi-même cette croisière !

Isabelle se leva.

— Bon, très bien. Montons sur le pont, si c'est ce que tu veux.

Alan se précipita pour lui ouvrir la porte. Betty éprouva une certaine sympathie pour Isabelle. Un mari comme Alan pouvait se révéler franchement pénible…

Elle sortit à son tour et se rendit à l'avant du navire, en se frayant un chemin au milieu des dockers qui remettaient maintenant en place les panneaux d'écoutille. Là, elle fut légèrement surprise de trouver le sergent McElroy à quatre pattes, occupé à examiner les lattes du pont.

— Vous jouez au détective ? demanda-t-elle dans une tentative d'humour.

— Oui, répondit McElroy en se relevant, on peut appeler ça comme ça. Il arrive que nous trouvions des traces, fibres de tissu, peau, sang, des choses de ce genre.

Betty regarda autour d'elle en frissonnant.

— Vous croyez que ça s'est passé ici ?

— Peut-être. Je ne sais rien avec certitude.

— C'est la partie la plus isolée du bateau.

— Il y a d'autres possibilités. La zone derrière les canots de sauvetage, la plage arrière, les ailes de la passerelle haute.

— Avez-vous appris quelque chose de nouveau ? demanda timidement Betty.

— Non, pas grand-chose. Le second a vu quelqu'un portant une tenue claire se diriger vers l'avant, et quelqu'un revenir également vêtu d'une tenue claire. Le matelot de veille pense avoir vu quelqu'un aller vers l'avant, mais avec des vêtements foncés. Naturellement, ils ne faisaient pas particulièrement attention.

— Ted portait un pull-over gris clair. Est-ce que cela voudrait dire…

— Tout cela veut simplement dire que deux personnes sont allées à l'avant, et qu'une seule en est revenue.

— Mais dans ce cas…

— On ne peut en tirer aucune conclusion, déclara McElroy. Le capitaine est le seul qui ait des certitudes. Il dit qu'il s'agit d'un suicide. Je ne peux pas le contredire. Il y a quelque chose qui sent mauvais à bord de ce navire, mais c'est peut-être simplement le fond de cale... Ce billet, par exemple.

— Oui. Ce billet.

La sirène du vaisseau commença à siffler, puis elle émit un long mugissement lugubre.

McElroy poussa un soupir.

— Bon, il est temps que je m'en aille.

Ils redescendirent du pont, et Betty demanda :

— L'enquête va s'arrêter là ?

— Oui, c'est bien ce qu'il semble. Sur le plan du principe, elle est de la responsabilité des autorités italiennes. Et l'Italie, bien sûr, se trouve à quinze mille kilomètres d'ici. Il n'y a pas grand-chose qui permette d'aller plus loin.

— Si seulement je pouvais penser à quelque chose...

— Une affaire comme celle-ci est difficile à résoudre. Ted peut avoir sauté par-dessus bord. Ou il a pu être assommé et jeté à la mer. J'aimerais en avoir le cœur net. Cela fait vingt ans que je fais ce métier, et ça m'intéresse encore bigrement quand quelqu'un se fait tuer.

— Moi aussi, j'aimerais savoir, dit tristement Betty.

McElroy eut un petit rire.

— Eh bien, je vous dis à nouveau au revoir, et je vous souhaite un agréable voyage.

— Merci. Au revoir.

2.

Dans la lumière jaune des projecteurs du quai, les mâts et les bômes dessinaient des ombres dantesques sur les écoutilles. Un remorqueur s'approcha de la proue. Des matelots du *Garda* lancèrent un filin qui fut solidement enroulé autour d'une bitte sur le pont du remorqueur. On largua les amarres, le remorqueur lança ses moteurs à plein régime et une ligne de ténèbres commença à séparer le navire du quai. Le télégraphe carillonna, les moteurs rugirent, et le *Garda* s'engagea dans le courant.

Betty, Alec, Ora, Nello et Harry Mayberry étaient installés dans des transats le long du bastingage, d'où ils regardaient les lumières de Long Beach s'estomper au loin. Sans raison particulière, Betty se mit à pleurer. Les larmes coulèrent sur ses joues tandis qu'elle se répandait en excuses.

— C'est normal, dit Ora. La tension accumulée se relâche.

Betty essuya ses larmes d'un revers de main.

— Je ne sais pas ce qui me prend. Ça doit être l'océan – si sombre, si triste, avec toutes ces jolies lumières qui disparaissent.

— Le sombre océan, déclara Alec sur un ton solennel. Un symbole très puissant – l'équivalent de la mort.

Ora émit un grognement de dégoût.

— Tu peux bien te moquer, dit Alec, c'est la stricte vérité.

Betty rit tristement.

— Vous avez au moins en partie raison. J'ai vu l'océan, et j'ai pensé à Ted.

Après un bref silence, Harry Mayberry dit d'un air songeur :

— Je me demande comment le camarade Finsch s'amuse, ce soir…

— Il est dans la salle à manger, répondit gaiement Nello. Isabelle et lui sont en train de boire du cognac.

— J'avais moi-même dans l'idée d'offrir un verre à la dame, dit Harry Mayberry. Maintenant, je crois que je vais m'abstenir.

— Ah… vous n'aimez pas la concurrence ?

— Je tiens à aller jusqu'au bout de ce voyage.

* * *

Le *Garda* glissa sur les flots le long des sites balnéaires : Seal Beach, Hermosa Beach, Laguna Beach. À onze heures et demie, Alec et Ora regagnèrent leur cabine. Harry Mayberry commença à bâiller et se leva en titubant. Plein d'espoir, Nello resta assis, mais Betty, qui n'éprouvait pas pour lui une grande affection, lui dit bonsoir et descendit à son tour.

Déjà couchée, Isabelle fumait une cigarette en feuilletant le *New Yorker*. Le hublot était fermé. L'atmosphère était surchauffée et étouffante.

Isabelle leva les yeux, hocha la tête et retourna à son magazine.

— Vous ne trouvez pas qu'il fait un peu chaud, ici ? hasarda Betty. Nous pourrions peut-être ouvrir le hublot.

— Je me remets tout juste d'un rhume, répondit Isabelle. Je ne veux pas risquer un courant d'air.

Betty se déshabilla rapidement, puis elle se lava la figure et s'allongea sur son lit. Elle transpirait abondamment, les draps lui collaient à la peau. Elle finit par s'endormir, droguée par la chaleur, hypnotisée par le martèlement des machines.

3.

Betty se réveilla avec un mal de tête. Elle avait les paupières lourdes et épaisses. Elle resta cinq minutes plongée dans sa torpeur avant de se jeter à bas du lit, prise d'une énergie soudaine.

— Il faut que je sorte de cette cabine puante !

Elle se passa de l'eau froide sur le visage et se lava les dents. Elle envisagea un instant de prendre une douche, mais il était déjà sept heures vingt. Petit déjeuner dans dix minutes. Isabelle somnolait toujours, le visage caché par un bras bronzé.

Betty enfila un pantalon, un chemisier et des sandales, et se noua les cheveux en queue-de-cheval. Isabelle, à présent réveillée, l'observait d'un air impassible.

— Le petit déjeuner est dans cinq minutes, dit Betty.

— Cela fait une éternité que je ne me suis pas réveillée aussi tôt, déclara Isabelle. J'adore dormir.

— Il n'y a pas grand-chose d'autre à faire. Dormir, manger et lire.

Les yeux gris d'Isabelle se firent songeurs.

— On m'a dit que votre petit ami a sauté par-dessus bord après avoir quitté San Francisco.

— Oui. Il a sauté, ou… il est tombé.

— Les gens qui tombent ne laissent pas de billet derrière eux.

— Les gens qui sautent ne se servent pas d'une machine à écrire. (Betty ouvrit la porte.) Je vous retrouve en bas.

— D'accord.

Isabelle passa ses jambes élancées par-dessus le rebord du lit. Betty sortit de la cabine.

Arrivée dans la salle à manger, elle hésita un instant. Où devrait-elle s'asseoir ? À sa place habituelle, ou à la table du fond ?

Bah, chacun pour soi, songea-t-elle. Elle s'installa à côté d'Alec, qui haussa les sourcils.

— Bonjour. Bien dormi ? demanda-t-il.

— Pas trop mal. Où est Ora ?

— Elle ne va pas tarder. Vous et moi sommes des lève-tôt, aujourd'hui.

À part les dames salvadoriennes, toujours promptes pour les repas, ils étaient les seuls passagers dans la salle.

Ora finit par arriver, suivie de Harry Mayberry et de Nello. La petite table du fond commençait à attirer les regards. Je me conduis comme une idiote, se dit Betty. Les gens qui insistent pour affirmer leurs droits finissent toujours par avoir l'air ridicules. D'un autre côté, les gens polis sont servis en dernier…

Isabelle entra dans la pièce, vêtue d'un pull bleu turquoise et d'un pantalon noir moulant. Elle s'arrêta net. Betty sentit deux yeux gris glacés braqués sur sa nuque.

Sans rien dire, Isabelle alla s'asseoir à la table du fond. Betty se sentit mal à l'aise. Sa victoire – si on pouvait appeler ça ainsi – était bien dérisoire.

Mik Finsch fit son entrée. Il portait un pantalon de lin blanc et une chemise blanche à manches courtes. Il s'arrêta à côté de la table du fond et dit avec une sollicitude amusée :

— Quel spectacle pathétique. Seule, abandonnée, une pauvre enfant perdue. Nous ne pouvons pas laisser faire ça. Si vous le permettez, je vais me joindre à vous.

Isabelle lui lança un bref regard qui sembla répondre à la question de Finsch, qui s'installa en face d'elle. La disposition des passagers venait d'être réaménagée, pour trouver manifestement son point d'équilibre.

4.

Quand les passagers se rendirent sur le pont supérieur, il y avait quelques trouées de bleu dans le ciel nuageux. La perspective d'un peu de soleil mit tout le monde d'excellente humeur. Les dames salvadoriennes lançaient les palets avec enthousiasme et volubilité. Harry

Mayberry pointait à l'intention de Nello des poissons volants imaginaires.

— Regardez, là-bas… Ah, vous l'avez raté. Pas assez rapide. En voilà un autre, noir comme l'enfer…

Alec et Ora débattaient de la couleur exacte des cheveux d'Ora.

— Les mots sont des mots, et les cheveux des cheveux, dit Ora avec agacement. Quelle différence cela peut-il faire ?

— Tu ne saisis pas la nuance. Les mots sont le matériau brut de la poésie, et de toutes les formes d'art, la poésie est la plus expressive. Rouge saucisse, rouge tomate. Ce sont des images poétiques.

— Au diable la poésie. Va déclamer tes poèmes ailleurs. Rouge tout court est bien suffisant.

— Rouge cocktail de crevettes… rouge coup de soleil… rouge Rhode Island…

— Non, vraiment, Alec, dit Betty, vous n'êtes pas gentil du tout.

Ora eut un petit rire amer.

— Il m'a appelée Goupil pendant nos deux premières années de mariage.

Nello tira sur la queue-de-cheval de Betty.

— Et ça ? dit-il. Une création étonnante, vous ne trouvez pas ?

— Nello, je vous en prie, arrêtez de me maltraiter.

— Rien de plus décadent que la mode, déclara Nello. La mode masculine, la mode féminine. Imaginez le nombre de parasites qui vivent grâce à ça ! dit-il en montrant la queue-de-cheval. Les pays communistes l'ont interdite, ainsi que le jazz et le Coca-Cola. En Russie, voilà ce qu'ils feraient, conclut-il en saisissant la queue-de-cheval et en faisant semblant de la couper.

Betty lui fit lâcher prise.

— Puisque nous sommes des capitalistes, nous pouvons nous coiffer comme nous voulons.

— Ne m'appelez pas comme ça ! s'exclama Nello. Je ne suis pas un capitaliste.

— Ah non ? dit Harry Mayberry. Qu'est-ce que vous êtes, alors ? Un méthodiste ?

— Je suis un communiste, répondit Nello avec dignité. Comme tout homme doté d'une conscience.

— Voilà pourquoi Nello est si modeste à propos de son titre, expliqua Harry Mayberry en gloussant. Il ne veut pas être pris pour un aristocrate.

— Nello est un communiste aristocratique, dit Betty.

— Vous vous moquez de moi, mais j'ai vu des choses que vous ne croiriez jamais, même si j'en parlais pendant une heure. En Inde, il y a des gens qui feraient n'importe quoi, absolument n'importe quoi, pour une roupie ou deux.

— Et même moins si on marchande un peu, ajouta Harry Mayberry, à ce que me dit Nello.

— Le monde change, il s'écroule autour de vous, les mit en garde Nello. Les dinosaures ont disparu, les barons féodaux…

— Quand on parle du loup, murmura Ora alors que Mik Finsch faisait son apparition sur le pont.

Il salua tranquillement les occupants des chaises longues, puis il s'éloigna vers l'aile de la passerelle supérieure.

Harry Mayberry se tourna vers Betty.

— Où est votre ravissante compagne de cabine ?

— Je ne sais pas. J'ai déjà assez de mal comme ça à me rappeler où je suis moi-même.

Cinq minutes plus tard, Isabelle apparut sur le pont. Elle avait remplacé son pull par un bain-de-soleil noir. Elle resta un instant sous l'auvent pour échanger quelques remarques polies avec Alec et Nello, en ignorant les trois autres. Elle s'installa ensuite de l'autre côté du pont et se mit à lire son *New Yorker*.

Finsch faisait tranquillement les cent pas sur la passerelle. Il s'arrêta du côté tribord pour examiner le ciel et exhaler pensivement une bouffée de son cigare vers l'horizon. Il se retourna et se rendit à bâbord pour contempler un moment les collines arides de la basse Californie. Apparemment satisfait de son inspection, il tourna la tête et, à sa grande surprise, il vit la chaise longue dans laquelle Isabelle Calder était nonchalamment installée.

— Aha, fit-il. Le ciel se dégage.

— Effectivement, dit Isabelle.

— Votre mari, demanda Finsch avec son demi-sourire malicieux, aurait-il une objection à ce que je vous parle ?

— Oui, sans doute.

Finsch plaça une chaise longue à côté de celle d'Isabelle.

— Alan fait une erreur en laissant sa ravissante épouse voyager seule.

— Il m'a mise en garde contre les hommes sans scrupules. Je lui ai ri au nez. Les gens scrupuleux sont toujours si ennuyeux... Alan est tellement scrupuleux que j'en suis embarrassée.

Finsch sembla réfléchir.

— Suis-je scrupuleux ? Ou sans scrupules ? Je ne sais pas. C'est une question qui ne me préoccupe pas. De toute façon, j'espère ne jamais vous embarrasser.

Isabelle remua délicatement les orteils.

— Merci beaucoup.

Betty les observait depuis l'autre côté du pont. Isabelle avait fait un rouleau serré de son magazine qu'elle tapotait contre sa hanche tout en parlant. Ses yeux gris clair brillaient, son air d'insatisfaction maussade s'était évaporé. Une femme sujette aux changements d'humeur, songea Betty. Finsch avait l'air lui aussi d'y prendre du plaisir. Betty grimaça intérieurement. Jalouse ? Bien sûr que non ! Elle était contente que Finsch ait trouvé quelque chose pour détourner son attention. C'était juste que... eh bien... Eh bien quoi ? Betty se passa en revue. Blue-jean, chemisier en tissu écossais, queue-de-cheval. Elle examina sa garde-robe. Robe en jersey gris : trop chaude. Short et polo blancs. Beaucoup mieux... mais quand même rien à voir avec Isabelle et son pantalon noir moulant. Je vais simplement les ignorer, songea-t-elle. Un concours serait ridicule. Même si tu gagnais, quelle serait ta récompense ? Finsch ?

5.

Le déjeuner était terminé : *antipasti*, *cannelloni*, une salade de cresson et de concombre, poulet *cacciatore*, rosbif. Isabelle s'étira en bâillant.

— Il faudrait vraiment que je défasse mes valises, mais je n'ai qu'une envie, c'est de dormir.

— Je possède peu de choses, dit Finsch. En une heure, je suis prêt à partir pour n'importe quelle partie du monde.

— Ah, ciel ! s'exclama joliment Isabelle. Il me faut une semaine pour rassembler l'énergie nécessaire. Je suis quelqu'un de très paresseux !

— Moi aussi, je suis paresseux, dit Finsch. Mais j'ai travaillé dur toute ma vie. Ah, bon sang ! Qu'est-ce que j'ai travaillé ! Mais plus maintenant. (Il fit craquer une allumette pour son cigare d'après déjeuner.) C'est fini, le travail. Maintenant, d'autres doivent travailler pour moi.

— C'est formidable, dit Harry Mayberry depuis la table centrale. À condition d'y arriver.

— Pourquoi pas ? rétorqua Finsch. Je connais des endroits magnifiques où l'on peut trouver les meilleures choses de la vie. Madère, Majorque, Istanbul, où même un pauvre peut mener une existence confortable, et je ne suis pas pauvre.

— Vous avez de la chance, dit Isabelle. Moi, je n'ai pas beaucoup voyagé. À en croire Alan, El Salvador est un paradis sur terre.

Finsch tira sur son cigare sans rien dire. Betty ressentit un petit élan de pitié pour Isabelle. Alan lui avait manifestement dépeint un tableau très idyllique. Comment avait-il décrit La Libertad ? « … un port tropical typique, affreusement sale et une vraie fournaise. » Isabelle allait avoir un choc. Pas étonnant qu'Alan soit nerveux.

Isabelle s'excusa et se leva de table. Finsch rota discrètement, tira une bouffée de son cigare et posa les mains bien à plat sur la table.

— Je crois que je vais aller me reposer, moi aussi. Mais d'abord, une petite promenade sur le pont pour digérer ce repas. C'est ce qu'il y a de mieux.

Il se leva et sortit dans la coursive.

Il y eut un petit moment de silence pensif.

— Je crois, dit enfin Harry Mayberry en regardant dans le vague, qu'il se trame quelque chose de pas très net.

— Ah ? fit délicatement Alec.

— Je le sens. On ne peut pas tromper un vieux professionnel. Rien n'a encore commencé, bien sûr.

Betty se sentit rougir en repensant à sa propre petite histoire avec Mik Finsch. Elle se demanda si Harry avait fait le même diagnostic de « quelque chose de pas très net » qui se tramait… L'idée lui fut suffisamment désagréable pour qu'elle décide de protester :

— Elle a dit au revoir à son mari seulement hier soir. Elle le revoit dans une semaine.

Harry Mayberry lui lança un regard tellement entendu, tellement cynique et tellement salace qu'elle ne dit plus rien.

CHAPITRE V

1.

Cela faisait cinq jours que le *Garda* avait quitté Los Angeles, et il se trouvait à mi-chemin de La Libertad. Les montagnes de Jalisco se dressaient telles des tuiles brisées dix milles à l'est. L'océan brillait comme de la stéatite. Il faisait chaud, le ciel était sans un nuage, mais pâle et voilé.

Au bout de cinq jours, Betty avait l'impression de n'avoir jamais connu d'autre maison. Ses compagnons de voyage ? Les circonstances intensifiaient leurs caractéristiques comme l'eau peut faire ressortir la couleur d'une roche. Betty les voyait comme les personnages les plus uniques au monde. Dans une lettre à sa Tante Ethel, elle rédigea une série de petits portraits psychologiques, auxquels elle ajouta :

> *Voilà donc les gens dans ma vie. Comme vous l'aurez remarqué, je n'éprouve pas un même enthousiasme pour tous. Mik Finsch et Isabelle ont formé une clique, un club dont les membres sont limités à deux. Naturellement, le reste d'entre nous soupçonne le pire.*
>
> *L'impact de la disparition de Ted – j'imagine que nous devrions appeler ça son suicide – s'estompe progressivement. Il semble déjà que des années se sont écoulées – l'effet de cette existence à bord d'un navire. Je n'arrive toujours pas à y croire. Cela paraît absolument irréel. C'est sans doute bien réel pour le pauvre Ted. À part lui et ma compagne de cabine, la blonde fantasque, tout se passe de façon assez agréable. Si je ne me*

*sentais pas vaguement coupable envers Ted... mais je me refuse
à l'être. Ce n'était pas ma faute, et je ne vais pas me plonger
dans je ne sais quel deuil imaginaire. N'allez pas croire que
je sois sans cœur. C'est simplement que la vie doit continuer,
et Ted ne signifiait rien pour moi. Cela semble encore étrange,
mais ça ne sert à rien d'y penser. C'était peut-être même un
accident. Bon, ça suffit comme ça avec Ted. Je n'en parlerai
plus. Isabelle quitte le navire à La Libertad. Comme j'aimerais
qu'elle emmène Mik Finsch avec elle ! Mais comme son mari
sera là pour l'accueillir, j'imagine que c'est impossible.*

*Je dors entre dix et vingt heures par jour, et j'ai bien peur
de prendre du poids. Le Garda progresse imperturbablement
à onze nœuds, le soleil se déverse à seaux, et je suis déjà de
la couleur d'une gaufre bien grillée. Ainsi donc, jusqu'à la
prochaine fois...*

Betty signa et relut sa lettre. Elle avait écrit beaucoup, omis encore
plus. En léchant l'enveloppe, elle jeta un coup d'œil de l'autre côté du
pont, où Isabelle Calder, vêtue d'un minuscule short noir et d'un haut
à peine plus grand qu'une paire de lunettes de soleil, se faisait bronzer.
Son teint était encore plus délicieux que celui de Betty. Finsch était
dans sa cabine, où il faisait sa sieste d'après déjeuner selon sa routine
immuable. Discrètement, Betty examina Isabelle. Son visage au repos
était doux et enfantin. Comment Alan Calder, cette boule de nerfs
dégoulinante de sueur, avait-il pu la convaincre de devenir sa femme ?
C'était une source d'étonnement inépuisable.

Sur un point particulier, Isabelle était une compagne de cabine
idéale : elle était silencieuse. Elle disait rarement un mot et laissait
Betty parfaitement tranquille. La concurrence que Betty avait redoutée
ne s'était pas concrétisée, du fait qu'Isabelle se comportait comme si
elle avait déjà gagné. Betty en éprouvait un mélange d'agacement et de
soulagement. Le magnétisme animal de Finsch, comme celui du fer,
possédait une polarité : il pouvait repousser aussi bien qu'attirer. Betty
n'éprouvait désormais plus que de la révulsion à son égard. Cela étant,
il avait cessé de s'intéresser à elle avec une brusquerie embarrassante.
Ah, vanité, vanité ! songea Betty. Elle examina de nouveau Isabelle en

catimini, pour la jauger, pour comparer... Elles étaient d'une stature identique, avec la même silhouette élancée, et toutes deux avaient le teint hâlé. La ressemblance s'arrêtait là. Les traits de Betty étaient ordinaires et irréguliers, et leur charme tenait à son air de générosité insouciante. Le visage d'Isabelle était parfait, et elle manifestait une vivacité insolente. Elle serait toujours photogénique, alors que Betty, lorsqu'elle examinait des instantanés, se sentait souvent victime d'une cruelle plaisanterie.

Isabelle tourna la tête et vit le regard de Betty braqué sur elle. Elle haussa les sourcils de l'épaisseur d'une molécule, avant de se remettre en position. Mais le soleil était brûlant, et Isabelle décida qu'elle s'était suffisamment exposée comme ça. Elle se leva, traversa le pont et disparut dans l'escalier.

Je ne suis pas près d'oublier ce voyage, songea Betty. Et il vient à peine de commencer. Mais si j'arrive à supporter encore cinq jours... Une pensée lui vint soudain à l'esprit. Après son bain de soleil, Isabelle prenait une douche. Betty se leva d'un bond comme si une guêpe venait de la piquer. Elle descendit en courant.

Trop tard. Elle entendit le bruit de l'eau qui coulait dans la douche. Elle chercha des yeux sa serviette propre... Nulle part en vue. Celle d'Isabelle était en bouchon dans un coin, encore humide, là où elle l'avait repoussée du pied après sa douche matinale.

Betty s'assit sur le bord du lit. Encore cinq jours. Le soir après le débarquement d'Isabelle, elle offrirait le champagne... Mais Mik Finsch serait encore à bord. Betty se mit à prier. Mon Dieu, faites qu'ils débarquent ensemble !

2.

Dans sa lettre, Betty avait écrit beaucoup de choses et laissé de côté beaucoup d'autres. En tapotant l'enveloppe, elle repensa aux événements des cinq derniers jours. Sans Isabelle, le voyage aurait été un vrai plaisir. Même la présence de Finsch aurait été supportable – parce que, après tout, elle n'avait pas à partager sa cabine avec lui.

Betty s'efforça d'être juste. Les torts étaient peut-être partagés, peut-être était-elle aussi fautive qu'Isabelle... Non. Elle écarta cette idée.

Personne ne pouvait être aussi insupportable qu'Isabelle. Mécontente d'être obligée de partager une cabine, Isabelle avait organisé les choses à sa convenance. Si Betty émettait une objection, elle pouvait toujours rejoindre Ted par-dessus bord : telle était la signification des haussements d'épaules indifférents d'Isabelle. Pour commencer, il y avait eu l'altercation à propos du hublot. Le premier soir, Isabelle avait eu gain de cause, et le hublot était resté fermé. Le deuxième soir, il avait fait encore plus chaud que la veille. Betty était déjà passablement agacée parce que Isabelle, qui se douchait pour la troisième fois, lui avait emprunté sa serviette. Quand Betty vint se coucher, le hublot était fermé, et l'atmosphère de la pièce était lourde d'une odeur de cigarettes, de parfum, de respiration humaine et de serviettes humides.

Betty s'arrêta sur le seuil et dit d'une voix étonnée :

— Comment pouvez-vous survivre là-dedans ? Il fait étouffant !

Isabelle leva un instant les yeux de son magazine. Elle semblait fraîche comme une rose.

— Vous devez avoir un métabolisme élevé. C'est tout juste confortable, ici.

— Je trouve ça insupportable. Il nous faut absolument un peu d'air frais !

Isabelle frissonna.

— Le vent est terriblement froid, ce soir. J'ai horreur du vent.

— Pourquoi ne pas vous mettre sous les couvertures ? proposa Betty. Je vous donnerai la mienne.

Isabelle fit semblant de ne pas avoir entendu.

— J'espère que vous allez cuire, dit Betty en sortant de la cabine.

D'un pas rageur, elle se rendit dans la salle à manger, où elle trouva Mik Finsch et Harry Mayberry en train d'initier Nello au poker. Elle s'assit pour les regarder jouer, et finit par assumer le rôle de conseiller de Nello.

La partie n'eut pas une fin heureuse. Vers une heure du matin, Betty regagna sa cabine, l'esprit tellement occupé par Mik Finsch que l'obstination d'Isabelle lui semblait un souci mineur.

Elle ouvrit doucement la porte, par prévenance mais aussi parce qu'elle avait l'intention d'obtenir par la ruse ce qu'elle n'avait pu obtenir par les protestations. Isabelle pouvait bien mourir de pneumonie, il fallait quand même aérer cette pièce. Betty entrouvrit la porte et la bloqua avec le crochet, puis elle tira le petit rideau prévu à cet effet. Il y eut un cliquetis d'anneaux sur la tringle, et Isabelle se redressa sur un coude.

— Qu'est-ce que vous faites ?

— Je laisse entrer un peu d'air dans la cabine.

Isabelle s'agita.

— Je ne peux pas dormir avec la moitié de l'équipage qui me regarde.

— Ça ne me plaît pas non plus, répondit Betty sur un ton raisonnable, mais ça vaut mieux que de mourir étouffées.

Isabelle se laissa retomber sur son oreiller.

— Ah, bon sang… D'accord, ouvrez le hublot si vous y tenez tant que ça.

— Il fait bon, dehors.

— Mmff…

Betty referma la porte et ouvrit le hublot. Elle se déshabilla et se coucha. Les draps sentaient le tabac froid. Elle soupira. Pour la première fois, elle se demanda si dix jours avec Isabelle ne se révéleraient pas insupportables. Elle s'était attendue à des irritations mineures… Faire contre mauvaise fortune bon cœur – les aléas des voyages – pendant dix jours, plus que huit…

Betty se réveilla avec un mal de tête. Le hublot, hermétiquement fermé, laissait entrer une lumière laiteuse.

Betty posa les pieds par terre et s'assit. Elle tâtonna pour prendre sa montre et consulta le cadran avec difficulté. Six heures et demie. Isabelle se réveilla à son tour. Elle semblait fraîche et reposée.

— Bonjour, dit Betty d'une voix neutre.

— Bonjour, dit Isabelle.

Encore huit jours, songea Betty. Que Dieu me donne la force ! Les choses allaient forcément empirer avant de s'améliorer…

3.

Pendant la journée, il se mit à faire si chaud que le hublot resta ouvert sans controverse supplémentaire. Mais avec la montée du thermomètre, Isabelle commença à se doucher encore plus fréquemment

– au réveil, avant le déjeuner, après le bronzage, avant le dîner, avant de se coucher, chaque fois que l'envie lui en prenait. Pour les deux premières douches, elle utilisait sa serviette, mais ensuite, elle prenait distraitement celle de Betty. Quand Betty allait se doucher, elle n'avait plus rien d'autre sous la main qu'un tas de tissu humide. Après le deuxième incident de ce genre, elle montra sa serviette à Isabelle.

— Je pose ma serviette là – sur ce crochet. Votre serviette, c'est *celle-là* – juste pour qu'il n'y ait plus de confusion possible !

Isabelle hocha la tête avec indifférence, et pour le troisième jour consécutif... Betty lui dit avec agacement :

— Isabelle, vous ne pourriez pas essayer de vous contenter de votre serviette ? Chaque fois que je veux prendre la mienne, vous vous en êtes déjà servie.

— C'est vrai, je le reconnais, dit Isabelle avec une contrition peu convaincante. Mais d'un autre côté... où est le mal ? Pas de quoi en faire une histoire. Sonnez pour faire venir le steward. Il vous en apportera une brassée.

— C'est justement le problème, répliqua Betty. Il m'apporte une serviette par jour. Une seule me suffit. Pourquoi ne vous mettez-vous pas d'accord avec lui, pour qu'il vous en apporte deux ou trois ?

Isabelle renifla en haussant les épaules.

— C'est exactement ce qu'ils attendent. Quand on leur demande un service, ils veulent un pourboire. Ce n'est pas que je sois radine, mais je considère qu'ils devraient faire leur travail sans tendre la main.

Laissant Betty muette de stupéfaction, Isabelle sortit pour aller retrouver Mik Finsch.

Le quatrième jour, Betty plia sa serviette et la rangea dans son placard, avec la satisfaction de savoir qu'Isabelle la détestait.

Le cinquième jour, elle écrivit sa lettre à Tante Ethel. Bruno, le steward, était en retard pour faire les chambres, et Betty oublia de prendre ses précautions. Faute d'une nouvelle serviette, Isabelle avait pris la première qui lui tombait sous la main.

À ce stade, Betty avait fini par comprendre les processus mentaux d'Isabelle. Elle retourna sur le pont supérieur, avec un sentiment de rage mêlée d'amusement. Isabelle recourait aussi peu que possible à ses lobes frontaux, préférant se laisser guider par des pulsions de dernière

minute. Pour elle, le passé et l'avenir étaient flous, mais c'était largement compensé par le fait que le présent était exceptionnellement
vivace. Elle aimait avec exaltation, elle détestait avec intensité. Isabelle
ne supportait pas la sensation d'avoir la peau poisseuse : il fallait qu'elle
se douche. Isabelle avait besoin d'une serviette. Il y avait le choix entre
deux, l'une flasque et humide, l'autre propre et sèche. Il était facile de
prédire sur laquelle la main d'Isabelle allait se poser. Des récrimina-
tions ? Elle pourrait toujours s'en occuper plus tard, ou les ignorer...
Betty poussa un profond soupir. Dans le cas présent, *tout comprendre*
n'était pas *tout pardonner*. Mais il fallait bien le supporter. Rien d'autre
à faire. Encore cinq jours et Isabelle ne serait plus qu'un mauvais souvenir.

Mik Finsch monta l'escalier. Apparut tout d'abord le haut de son
chapeau à larges bords, puis sa tête aux traits épais, suivie de ses épaules
massives et de son torse puissant dans une chemise bleue à manches
courtes. On vit ensuite ses hanches serrées dans un short beige et ses
jambes musclées, et enfin ses pieds dans des tennis blanches. Il salua
Betty avec une grande affabilité et s'installa à l'ombre en poussant un
grognement. Là, il alluma un cigare sur lequel il tira avec un plaisir
manifeste.

Betty l'observa du coin de l'œil. Dans sa lettre, elle n'avait fait
qu'évoquer la camaraderie qui s'était établie entre Isabelle et Finsch,
sans fournir aucun des détails croustillants. Il y avait quelque chose
dans cette situation – une facilité, une audace, un manque total de gêne
– que Betty trouvait particulièrement choquant. Ni l'un ni l'autre ne
semblaient se soucier de l'opinion de leurs compagnons de voyage,
même s'ils affichaient une discrétion de pure forme en public. Dès
qu'Isabelle apparaissait, Finsch la rejoignait, la fumée de son cigare
laissant un riche arôme derrière lui. Ils rapprochaient deux transats et
se lançaient dans une conversation animée. Le demi-sourire de Finsch
s'élargissait et le visage d'Isabelle prenait une vitalité qui semblait
réservée à ce genre d'occasion. Elle inclinait la tête, faisait la moue,
haussait les sourcils et tournait ses hanches de façon provocante.

C'était essentiellement Finsch qui parlait, discourant en longues
phrases, ou faisant de lourdes plaisanteries qui semblaient enchanter
Isabelle, car on entendait son rire argentin à travers le pont. Parfois,

elle se redressait sur sa chaise longue, en une excitation soudaine, pour argumenter, réfuter ou taquiner. C'était tout à fait comme s'ils voyageaient à bord de leur yacht personnel, ignorant les autres passagers. Quand le soleil pénétrait sous l'auvent, ils se déplaçaient vers un endroit plus frais, parfois juste au-dessus de la cabine n° 2.

Ce détail donna lieu à une situation particulière et lourde de conséquences. Le plafond de chaque cabine était équipé d'un ventilateur protégé des intempéries par une petite cheminée métallique en forme de champignon. Ces champignons d'acier poussaient un peu partout sur le pont supérieur. Personne n'y prêtait attention – sauf Betty, car à deux occasions, elle se trouva dans sa cabine alors qu'Isabelle et Finsch étaient assis juste au-dessus. Chaque parole qu'ils prononçaient était transmise par la gaine de ventilation, faiblement mais avec une clarté remarquable. La première fois, Betty se sentit gênée. La deuxième fois, elle fut horrifiée.

Finsch et Isabelle se rendaient parfois à l'avant du bateau pour observer les poissons volants et les dauphins. D'autres fois, ils allaient s'asseoir dans la salle à manger avec une bouteille de bière ou un verre de cognac. Il leur arrivait aussi de disparaître, et Betty ne les voyait plus pendant des heures. Alec, Ora, Harry ou Nello pouvaient parfois disparaître, eux aussi, mais elle savait toujours où ils étaient. Quand Finsch et Isabelle disparaissaient, Betty savait également où ils étaient, et ce qu'ils faisaient.

De l'autre côté du pont, Finsch ôta son chapeau et s'en servit pour s'éventer. Il retira son cigare de la bouche et l'examina avec approbation, puis il en tira une profonde bouffée avant d'exhaler lentement la fumée. Un homme répugnant, songea Betty. Fascinant à regarder, bien sûr, avec son large visage au teint foncé et son sourire de sphinx. Mais il n'était absolument pas sympathique. Sous son masque affable, il était sombre, féroce et secret. C'était un très mauvais perdant. Betty repensa à la partie de poker du deuxième soir. Nello, par ignorance du jeu, avait commencé par perdre, jusqu'à ce que Betty lui vienne en aide, et là, il s'était mis à gagner : d'abord lentement, puis de plus en plus vite – des pots de quinze *cents*, vingt-cinq *cents*, soixante *cents* grâce à un full contre les trois as de Finsch.

À mesure que les pièces s'empilaient devant Nello, la jovialité de

Finsch s'estompait. Son sourire devenait figé, ses yeux opaques. Après le pot de soixante *cents*, Harry Mayberry et Finsch gagnèrent chacun sur une petite mise, puis Nello compléta une suite et remporta encore cinquante *cents*.

Harry Mayberry leva les mains au ciel.

— J'en ai assez !

— Vous arrêtez ? demanda Finsch.

— Je suis lessivé, à moins de changer un billet de vingt, ce que je n'ai nullement l'intention de faire. Je sais reconnaître quand je suis battu. Ça m'arrive si souvent…

— La chance des débutants, grommela Finsch. (Il se cala plus près de la table.) On ne peut pas s'arrêter maintenant. J'en suis de ma poche.

— C'est toujours comme ça que ça marche, dit Betty. C'est le principe du jeu : quelqu'un gagne, quelqu'un perd.

— Et en général, c'est moi, ajouta Harry Mayberry. Je suis content d'avoir de la compagnie.

— Nous n'avons pas encore terminé, dit Finsch en regardant les autres tour à tour. Je perds trois dollars et quarante-et-un *cents*.

— Bon, d'accord, fit Harry Mayberry. (Il se tourna vers Nello :) Prêtez-moi un dollar ou deux.

— Pourquoi pas ? dit Nello qui se sentait d'excellente humeur. Tenez – voilà deux dollars.

Finsch tira un gros portefeuille noir de sa poche intérieure et en sortit deux billets de cinq dollars.

— Et maintenant, passons aux choses sérieuses.

Sur la première donne, il examina soigneusement son jeu et ouvrit de cinquante *cents*.

— Ouille ! marmonna Harry Mayberry. C'est plutôt raide.

— Maintenant, nous passons aux choses sérieuses, répéta Finsch.

Nello n'avait qu'une paire de dix en main. Betty lui donna un coup de coude pour qu'il abandonne, mais Nello, enhardi par sa chance jusque-là, n'en tint pas compte. Il remit cinquante *cents* au pot. Harry jeta ses cartes. Finsch en prit deux, Nello trois. Il n'améliora pas son jeu pour autant, et ne fit aucun effort pour cacher sa déception. Betty observait Finsch, et elle le vit baisser les yeux vers ses cartes. Elle le sentit prendre une décision. Avec une lenteur menaçante, il ajouta un dollar au pot. Nello était découragé. Il s'apprêtait à jeter ses cartes quand Betty intervint :

— Un dollar pour suivre, et nous relançons de deux.

Finsch eut un large sourire et ses dents brillèrent.

— Très bien. Deux dollars, et en voilà deux autres.

— Je croyais que nous jouions uniquement pour nous amuser, protesta Harry Mayberry.

— Je m'amuse beaucoup, rétorqua Finsch.

— Moi aussi, je m'amuse, dit gaiement Betty. Deux dollars, vous dites ? Les voilà, et nous relançons de… (elle compta)… deux dollars et soixante-sept *cents* – c'est tout ce qui nous reste.

— Deux dollars et soixante-sept *cents*, répéta Finsch d'une voix qui sonnait comme un glas. Je mets dix dollars.

— Vous ne pouvez pas, lui dit Harry Mayberry. Tout ce que vous pouvez faire, c'est demander à voir.

Finsch se tourna lentement vers lui.

— Je ne joue pas à ces bêtises.

Harry haussa les épaules.

— C'est la règle. Les mises sont limitées à ce qui se trouve sur la table. Quand un joueur mise son tapis, l'autre ne peut que le voir ou renoncer. Sinon, les millionnaires remporteraient toujours le pot.

Finsch hocha pesamment la tête.

— Très bien. Je demande donc à voir.

Nello hésita, peu désireux de montrer sa paire de dix. Betty lui prit les cartes des mains et les étala sur la table.

— Une paire de dix, annonça-t-elle joyeusement. Qu'est-ce que vous avez ?

Finsch hocha de nouveau la tête, lentement, et remit ses cartes dans le paquet.

— Vous êtes très maline. Mais ce n'est pas comme ça que je joue.

— Nous ne voulions pas de votre plantation de café, expliqua Betty, c'est pour ça que nous vous avons épargné.

— Merci, dit Finsch. Même si je n'ai plus de plantation de café… Ma foi, ça suffit pour ce soir.

— Non ! s'exclama Nello. Maintenant, buvons du cognac. J'en ai un litre dans ma cabine.

— Très bien, dit Finsch. Je vais boire un cognac.

Nello partit chercher sa bouteille, et Betty se leva.

— Je vais me coucher. Bonne nuit à tous.

— Revenez ici, mon ange, lui lança Harry Mayberry.

Il essaya de l'attraper au passage, mais Betty l'esquiva et se précipita dans l'escalier pour regagner sa cabine.

Le lendemain matin, Harry Mayberry souffrait d'une gueule-de-bois carabinée tandis que Nello restait anormalement silencieux. Quant à Finsch, il était affable comme à son habitude. Betty finit par apprendre de Harry que la partie de poker avait repris autour de la bouteille de cognac. Finsch avait récupéré son argent, ainsi que vingt-deux dollars supplémentaires.

Betty s'abstint de formuler le premier commentaire qui lui vint à l'esprit. Elle se contenta de dire :

— Nello a peut-être appris une leçon.

— Moi aussi, dit Harry Mayberry. J'aime bien jouer entre amis – que je perde ou que je gagne.

— Il y a des gens qui ne supportent pas de perdre, fit remarquer Betty.

— Au moins, Nello n'a perdu que de l'argent, lui…

Ces événements s'étaient déroulés trois jours plus tôt. Installée sur le pont et observant Finsch du coin de l'œil, Betty se demanda ce qui se passerait quand il perdrait Isabelle à La Libertad.

Un éclairage fut apporté à la question trois jours plus tard, alors que le navire n'était plus qu'à trente-six heures de La Libertad. L'information arriva par la gaine d'aération – la deuxième fois que Betty se trouvait involontairement en situation d'épier la conversation. La première fois avait été le lendemain du jour où le *Garda* était entré dans les tropiques, cap au sud-est en longeant le Cabo Falso à la pointe de Baja California. Il était dix heures du matin. Assise sur son lit, Betty recousait la fermeture Éclair de son short quand elle entendit des voix lointaines. Elle n'y prêta pas attention – il y avait toujours des bruits de voix à bord. Mais celles-ci, bien que faibles, étaient étonnamment distinctes. Inconsciemment, Betty reconnut le grondement de Finsch et le soprano argentin d'Isabelle. C'est alors qu'un mot d'une importance universelle lui pénétra l'esprit : « … argent ». C'était la voix d'Isabelle, frêle comme celle d'une fée. « Il a dépensé trois mille dollars pour mon opération, et maintenant, il ne parle plus que de ça. J'ai horreur de ce genre d'homme. Il sait toujours exactement combien d'argent il a sur lui, au centime près. »

Apparemment, Isabelle parlait de son mari – qui d'autre cela pouvait-il être ? Elle semblait ignorer que Finsch avait déjà la réputation d'être l'homme le plus près de ses sous à bord du navire.

Le baryton de Finsch se fit entendre à travers le ventilateur, moins distinct que la voix d'Isabelle, mais on aurait dit une question, quelque chose comme :

— Une opération de trois mille dollars ? C'est une grosse somme.

— Oui, dit Isabelle. Mais est-ce que je ne les vaux pas ?

— Oh, beaucoup plus, beaucoup plus.

Finsch ajouta alors quelque chose qui plongea Betty dans l'embarras, mais qui sembla ravir Isabelle, car elle se mit à rire.

Finsch posa ensuite une autre question, à propos de l'opération. Le rire d'Isabelle s'arrêta net. Il y eut une hésitation presque imperceptible avant qu'elle ne réponde :

— Mes sinus. Ils étaient tordus comme des tire-bouchons. C'était une opération effroyable. On voit à peine la cicatrice.

— Ah, oui. Effectivement…

Betty termina son travail de couture. La conversation exerçait sur elle une sorte de fascination malsaine, mais elle enfila son short, et ce geste étouffa le faible bruit des voix.

Ce fut la première fois qu'elle entendit un échange entre Mik Finsch et Isabelle. La deuxième fois se produisit quatre jours plus tard, dans des circonstances pratiquement identiques. Il était également dix heures du matin. Betty s'était rendue dans sa cabine pour changer la pellicule de son appareil photo. Les voix lui parvinrent au-dessus de sa tête. Un peu honteuse, mais également intéressée, elle tendit l'oreille. Ils étaient assis plus près du ventilateur, et les voix étaient plus distinctes. Isabelle se plaignait de la chaleur.

— Je n'aurais jamais cru que je pourrais avoir aussi chaud ! Je viens juste de sortir de la douche, et je suis déjà toute poisseuse !

— La chaleur est une caractéristique des tropiques, répondit très sérieusement Finsch. Ce n'est rien. El Salvador est encore bien plus chaud.

— Encore une bonne raison pour que je n'y débarque pas, dit Isabelle. (Betty cligna des yeux.) Je ne sais pas ce qu'Alan avait en tête, de me dire que San Salvador était comme Los Angeles.

— Il fait plus frais à San Salvador qu'à La Libertad, c'est vrai, concéda Finsch. L'altitude est plus élevée, il y a plus de vent. Mais dire qu'il y fait frais… non.

— Alan jurerait que c'est le Labrador pour me convaincre de venir. Il a économisé cent dollars en me faisant voyager sur ce vieux rafiot – ah, qu'est-ce qu'il a pu me raconter comme histoires ! Une nourriture exquise ! Je ne peux pas avaler cette tambouille infâme. Des cabines dignes d'une reine ! Et je suis coincée avec cette cruche, et ça va durer jusqu'en Italie.

— Peu importe, répondit Finsch. Ce qui est fait est fait, et nous pouvons maintenant nous féliciter du tour qu'Alan t'a joué. Il est à notre avantage. Tu vas voir Paris, Bruxelles, Amsterdam : des endroits excellents. La plus belle musique, les meilleurs restaurants. Tu vas goûter une nourriture comme tu n'en as jamais connu !

— Tu ne cherches pas à m'engraisser, dis-moi ? demanda Isabelle d'une voix taquine. Quand je grossis, je deviens paresseuse.

— Je veillerai à ce que tu n'engraisses pas. Tu prendras beaucoup d'exercice.

— Plus que maintenant ?

— On a toujours le droit d'espérer.

Betty s'assit sur le lit. Au lieu de n'avoir plus qu'un jour et demi d'Isabelle, ce serait encore trois semaines ! Elle contempla le plafond. Encore trois semaines !

CHAPITRE VI

1.

Le *Garda* avait déjà fait un long voyage à travers les eaux gris-vert sous le ciel voilé de la Californie, longeant la côte aride de la Basse Californie, le Cabo Falso et l'embouchure du golfe de Californie, jusqu'au Cap Corrientes. Pendant la nuit, il était passé au large d'Acapulco, scintillante de néons, puis il avait traversé le golfe de Tehuantepec avant de se rapprocher de la côte, à présent verdoyante et accueillante, avec de hautes montagnes se dressant derrière les plages. Au petit matin, au large de la côte du Guatemala, le *Garda* se trouva au milieu d'un fabuleux spectacle d'éclairs qui dessinaient dans le ciel de velours noir les racines d'un arbre fantastique. Le minuscule *Garda* finit par s'en éloigner, aussi lentement que l'aiguille des secondes, et laissa derrière lui les grondements de tonnerre et les déchaînements de lumières – qui ne furent bientôt plus qu'une faible lueur scintillante à l'horizon au nord.

Cette nuit d'éclairs fut la neuvième nuit du voyage, à moins de vingt-quatre heures de La Libertad. Betty savoura cette soirée – parce que, dans vingt-quatre heures, Isabelle, Mik Finsch et elle se quitteraient pour toujours.

Jusqu'à midi ce jour-là, Betty était restée assise à contempler l'océan, paralysée par le désespoir. Au bout de neuf jours, elle détestait Isabelle comme jamais elle n'avait détesté quelqu'un. C'était pour elle un effort d'aller se coucher le soir, parce qu'elle devait alors regarder Isabelle, respirer le même air qu'Isabelle, sentir le parfum d'Isabelle, ses cigarettes, ses sous-vêtements sales. (Isabelle, qui prenait un soin infini des vêtements qu'elle mettait, cessait de s'y intéresser dès qu'ils avaient été portés, et les laissait s'entasser dans un coin.) Pendant neuf jours, Betty avait compté les heures, et voilà qu'au lieu qu'il n'en reste plus qu'un, elle allait devoir envisager encore deux semaines et demie !

Le problème trouva sa solution dans une inspiration soudaine. À La Libertad, les dames salvadoriennes allaient débarquer et deux cabines se libéreraient. Pourquoi n'emménagerait-elle pas dans l'une d'elles ?

Penser, c'était agir. Betty se leva d'un bond et partit à la recherche du capitaine.

Elle le trouva dans son salon, occupé à écrire dans un livre de comptes. Il l'accueillit avec une réserve polie, teintée de soupçon. Il ne sembla cependant pas troublé par cette interruption – il lui proposa même de prendre l'apéritif avec lui. Betty accepta et sirota un vermouth auquel le capitaine avait ajouté un trait de Campari.

Ne sachant comment tourner élégamment la chose, Betty alla droit au but :

— J'imagine que vous savez qu'Isabelle a l'intention de rester à bord, qu'elle ne va pas débarquer à La Libertad ?

Le capitaine haussa les sourcils et fit tourner lentement son verre. Il semblait mal à l'aise.

— C'est bien triste, dit-il enfin. Bien triste pour Alan Calder. Mais je ne suis pas étonné.

Encore une fois, Betty ne sut trouver des mots diplomatiques pour s'exprimer.

— Je veux changer de cabine. J'aimerais être seule. Quand les dames salvadoriennes auront débarqué, il y aura deux cabines vides. J'ai pensé…

Le capitaine l'interrompit d'un geste.

— Impossible.

— Impossible ? s'écria Betty d'une voix plus forte et plus aiguë qu'elle ne l'aurait voulu. Pourquoi donc ?

Le capitaine sortit un papier de sa poche.

— Ceci est un télégramme de notre agent, Alan Calder. C'est mon ordre de chargement. Nous débarquons cinq passagers – peut-être quatre, si Mme Calder reste à bord. Nous embarquons cinq nouveaux passagers, à destination de Barcelone. Il y aura donc onze passagers, douze en comptant Mme Calder.

Betty se tassa sur sa chaise. Les larmes lui vinrent aux yeux.

— Il faut que je fasse quelque chose. Je ne peux plus supporter cette femme. Je ne peux pas vivre dans la même cabine qu'elle.

La cordialité du capitaine commençait à s'effilocher.

— Je ne peux rien y faire. Il n'y a pas d'autres cabines disponibles.

— Alors, c'est moi qui vais quitter le bateau ! Elle est impossible ! Vous ne la connaissez pas ! Elle utilise ma serviette, elle ne lave pas ses vêtements puants. Elle perd son bonnet de douche et elle prend le mien ! Elle est insultante et désagréable. Elle est... (Betty s'interrompit.) Il n'est pas question que je reste sur le même bateau qu'elle !

— Allons, allons ! fit le capitaine. Tout ira bien.

— Oui, dit Betty en serrant les dents. Tout ira bien, parce que je vais débarquer à La Libertad et prendre le bateau suivant. Alan Calder m'a dit que je pouvais, et c'est ce que je vais faire.

Le capitaine s'éclaircit la gorge.

— Très bien. Faites comme vous voudrez. Le prochain bateau est le *Maggiore*. Quand nous serons à La Libertad, il faut que vous alliez voir Alan Calder. C'est lui l'agent. Il s'occupera de l'organisation. Il vous dira si c'est possible.

— Si c'est possible ? Pourquoi cela ne serait-il pas possible ?

— Il se peut qu'il n'y ait pas de place à bord. Nous ne prenons que douze passagers. Beaucoup de gens partent d'El Salvador pour se rendre en Espagne. Je pense que c'est possible, mais vous devez voir Alan Calder.

— Très bien, dit Betty. Je le verrai. (Elle se leva.) Merci pour le vermouth.

Elle retourna à la cabine n° 2, un endroit qu'elle détestait plus que tout. Avec un peu de chance, elle y serait seule pendant qu'elle se rafraîchirait. Mais Isabelle était là, qui se préparait à prendre sa douche d'avant-déjeuner. Elle portait un peignoir en tissu éponge blanc et des mules en bois. Elle tenait à la main une serviette et le bonnet rouge vif de Betty. D'une voix qui lui sembla étrange, Betty dit :

— Bon sang, vous allez arrêter de toucher à mes affaires ?

Isabelle la regarda d'un air interloqué.

— De quoi parlez-vous ?

— Mon bonnet de douche.

— Je suis désolée, répondit Isabelle avec raideur. Je l'ai simplement pris en pensant que c'était le mien.

— Le vôtre est bleu, le mien est rouge.

Isabelle jeta le bonnet sur le lit, puis elle ouvrit son placard et fouilla un instant sur l'étagère. Elle finit par trouver le sien. Betty se sentait maintenant très bête. Après tout, ce n'était qu'un bonnet de douche… Si quelqu'un d'autre l'avait pris distraitement, comme Isabelle semblait l'avoir fait, elle n'aurait rien dit. Mais Isabelle… !

Quand celle-ci sortit de la cabine, elle jeta un coup d'œil à Betty par-dessus son épaule. C'était un instant insignifiant, sans importance particulière… mais c'est l'image d'Isabelle qui persista dans le souvenir de Betty : les cheveux blonds, à présent ébouriffés, avec le bonnet de douche perché à l'arrière de sa tête comme un béret bleu. Le doux visage enfantin, l'innocence démentie par les yeux gris acier. Et elle disparut. Elle croisa quelqu'un dans le couloir – Betty entendit le son de sa voix, puis un rire : celui de Finsch.

Par une étrange coïncidence, quand Betty alla prendre sa douche comme elle le faisait toujours après le dîner, elle croisa également Finsch dans le couloir. Il la salua d'un demi-sourire avec sa courtoisie habituelle, et Betty se faufila à côté de lui, prenant soudain conscience de sa masse et de son magnétisme animal, de son propre corps nu sous son peignoir blanc et du fait qu'aucune femme n'est à son avantage avec un bonnet de bain sur la tête…

Tout en se douchant, elle s'adressait des reproches amers. Jalouse ! D'Isabelle ? Absurde ! Attirée par Finsch ? Encore plus absurde ! Finsch dégageait une aura sexuelle. Il lui faisait prendre conscience d'elle-même, de lui, du processus de reproduction. À part ça… rien ! Rien d'autre que du dégoût.

2.

L'après-midi s'écoula tandis que le *Garda* continuait de progresser dans une lumière aveuglante. Cinq milles à l'est se dressaient des volcans tachetés de forêts, de fermes et de prairies. Le soir vint, puis la nuit : encore douze heures avant d'arriver à La Libertad. Les passagers s'étaient installés sur le pont, chacun excité à sa manière. Les dames salvadoriennes pépiaient comme des canaris. Alec et Harry Mayberry discutaillaient à propos de volcans et de l'intérieur de la planète. Ora et Betty étaient assises non loin d'eux. Ora faisait des projets pour le temps qu'ils passeraient à terre. Betty ne disait rien. Finsch et Isabelle avaient rapproché deux chaises longues sur le côté de la passerelle supérieure et bavardaient à voix basse. Demain, la situation promettait d'être délicate. Les deux premiers hommes à monter à bord seraient l'officier de quarantaine et Alan Calder. Betty se demandait qui lui apprendrait la nouvelle, et comment... Il y aurait certainement une scène. Déplaisante, embarrassante. Ma foi, c'était sans importance, puisqu'elle allait quitter le navire. Elle aimait bien Alec et Ora, elle supportait Nello, et elle avait développé une certaine affection pour ce vieux brigand salace de Harry Mayberry... Mais il y aurait des gens tout aussi sympathiques à bord du *Maggiore* et – l'espérait-elle – personne comme Finsch ou Isabelle.

Quelqu'un s'approcha d'elle par derrière. Une main se tendit et lui tira l'oreille.

— Nello, dit Betty. Tenez-vous bien.

— J'essaie de toutes mes forces, répondit Nello, mais vous êtes très belle. Je crois que ce soir, je vais vous embrasser.

— Je pense que non.

Un serveur du mess arriva avec un plateau chargé de bouteilles de bière.

— Buvez ! lança Harry Mayberry. La nuit est chaude !

— J'accepte avec plaisir, répondit Betty. En fait, je vais commander tout de suite une autre tournée.

Et c'est ce qu'elle fit.

Le capitaine sortit de la salle des cartes et accepta une bouteille de bière.

— Demain à 9 heures, dit-il, La Libertad.

— Y a-t-il un quai ? demanda Alec. Nous allons accoster ?

— Non, non. Nous jetterons l'ancre. Il n'y a pas de port, pas de digue, rien. Le canot à moteur vous emmènera jusqu'à la jetée. Vous allez être surpris.

— Comment ça ?

— Quand on arrive à la jetée, il y a de grosses vagues. On ne peut pas débarquer du canot. Alors, vous vous asseyez dans une cage et une grue vous soulève. Les dames poussent toujours des cris.

— Une fois à terre, comment ça se passe ? demanda Harry Mayberry. De belles señoritas ? Du chili con carne ? Des champs de course ? Des fiestas ?

Le capitaine éclata de rire.

— Qu'est-ce qu'il y a à faire ? Rien. Vous pouvez boire de la bière, nager au bord de la plage. Mais vous devez faire attention. Beaucoup de gens meurent. Il y a de très grosses vagues. Beaucoup de… comment dites-vous, quand on est entraîné au large ?

— Des lames de fond.

— C'est ça, des lames de fond.

— Et les requins ? demanda Betty.

— Oui, il y a des requins, mais ils ne viennent pas aussi près. Vous ne devez pas aller plus loin que la barre. Là, il y a des requins. Mais ici, ça n'est pas si terrible. Ils ne sont pas gros comme à Panama. Ça, c'est un endroit où il ne faut jamais nager, Panama.

Finsch se joignit à la conversation.

— Les plus gros requins du monde se trouvent dans la mer de Sulu. J'y ai tué un requin blanc de neuf mètres de long. Dans son estomac, il y avait un morceau de chaîne en fer.

Betty se tourna vers le capitaine.

— Pourquoi ne voyons-nous pas plus de requins ? Je pensais que nous serions entourés d'ailerons triangulaires, une fois sous les tropiques ?

Le capitaine secoua gravement la tête.

— Ils sont bien là. Si nous arrêtions le bateau, si vous alliez nager, vous les verriez.

— Ce sont de méchantes créatures, dit Finsch d'une voix sonore, aussi mauvaises que le diable en personne. Ils en ont conscience, et ils haïssent les hommes parce que les hommes le savent et les tuent.

— Parlons plutôt des señoritas de La Libertad, dit Harry Mayberry. Est-ce qu'elles portent une rose derrière l'oreille ? Est-ce qu'elles dansent le fandango ?

Finsch ricana doucement.

— Ce sont des Indiennes. Il n'y a pas de señoritas. Pour voir des señoritas, il faut que vous alliez à San Salvador.

— C'est là que nous allons. La Libertad, à San Salvador.

— San Salvador est la ville. El Salvador est le pays. Voilà la diffé-rence.

Alec demanda au capitaine :

— Avons-nous le temps d'aller à San Salvador ?

— Oui, pourquoi pas ? Je vais demander à l'agent. Je crois que nous avons beaucoup de café à charger. Nous resterons une journée. Vous pouvez donc y aller. C'est à une demi-heure en voiture, à travers la jungle et en haut de la montagne.

— Excellent, dit Harry. Si les señoritas ne viennent pas à moi, j'irai à elles.

Ora éclata d'un rire moqueur.

— Vous ne sauriez pas quoi faire d'une señorita si vous en trouviez une.

— Je sais quoi faire. Quant à savoir si j'en serais capable, c'est une autre histoire.

— J'ai un conseil à vous donner, dit le capitaine en agitant le doigt vers Ora Cato. Ne vous soûlez pas à La Libertad.

— Je n'en avais pas l'intention, répondit Ora. Même si je dois dire que je n'avais pas non plus l'intention de ne pas le faire.

— Je vais vous expliquer pourquoi. Quand on devient soûl, on fait des choses étranges, surtout quand il fait chaud. Ils vous mettront en prison, et c'est difficile d'en sortir.

— C'est vrai, dit Finsch. La prison de La Libertad, c'est un endroit qu'on n'a pas envie de visiter. Il y fait très chaud, et c'est très sale.

Harry Mayberry rit nerveusement.

— Un paradis pour touristes. On peut se noyer dans le courant ou se faire jeter en prison.

— Non, non, dit le capitaine. Ce n'est pas si terrible que ça. Mais vous devez éviter les ennuis, parce que sinon, vous vous trouverez dans une position inconfortable et ça vous coûtera beaucoup d'argent. Finsch le sait bien.

— Oui, c'est exact. Il faut graisser la patte à tout le monde, ou alors rien ne se fait. Je ne suis pas fâché de quitter El Salvador.

Isabelle dit d'une voix vibrante d'émotion :

— Et c'est ici que ce fichu Alan comptait m'exiler !

Il y eut un silence gêné. Tout le monde semblait savoir qu'Isabelle n'avait pas l'intention de débarquer.

Harry Mayberry s'écria soudain :

— Allez, buvons, buvons ! Bruno, apporte-nous de la bière ! C'est une croisière de plaisance, pas un enterrement !

3.

Le lendemain matin, le *Garda* ne se trouva plus qu'à trois milles d'une magnifique côte de verdure, avec des plages bordées d'écume étincelante et de hautes montagnes pointant vers le ciel, jusqu'à ce que les détails se trouvent noyés dans la brume du lointain.

Vers 8 heures, quelques bâtiments apparurent sur la rive devant le navire, puis deux cuves de stockage pétrolier. Une demi-heure plus tard, ce fut au tour de la jetée, une construction s'étendant sur un demi-mille dans l'océan, avec un vieil entrepôt couleur rouille à son extrémité.

À 9 heures, le *Garda* contourna le cap et s'engagea à vitesse réduite dans la petite baie, au fond de laquelle se trouvait La Libertad.

Il n'y avait pas grand-chose à voir. La ville était enveloppée de grands arbres. La plage était bordée de palmiers. Sur une colline à droite, un long bâtiment vert avec une large véranda était surmonté d'un panneau HOTEL face à l'océan. Il y avait quelques restaurants de bord de mer dont les murs étaient couverts de publicités multicolores pour de la bière et des boissons fraîches.

Le *Garda* s'arrêta à moins de cinq cents mètres du rivage et jeta l'ancre.

Betty était sur des charbons ardents. Elle voulait capter l'attention d'Alan Calder dès qu'il monterait à bord, avant qu'il ne se mette en quête d'Isabelle. Elle pourrait alors lui poser sa question, obtenir rapidement une réponse. C'est ce qu'elle espérait, mais elle craignait que cela ne soit impossible.

Isabelle se tenait avec Finsch sur la passerelle haute, les mains jointes. Finsch était coiffé de son chapeau à larges bords et semblait impassible. Nello rejoignit Betty et lui passa un bras autour de la taille en se penchant vers elle.

— Nello ! dit Betty avec agacement. Il y a un temps et un endroit pour tout. Et là, ce n'est absolument pas le moment !

— Dites-moi quand !

— Jamais !

— Jamais ? C'est vraiment très long !

— Je sais.

Harry Mayberry se joignit à eux, au grand mécontentement de Nello.

— Le rideau va se lever sur l'Acte II, déclara Harry. Regardez-les… Qui va informer le mari ?

— Qui s'en charge d'habitude, dans ce genre de situation ? demanda Betty.

— Il n'y a pas de règle générale, répondit Harry. Ça m'est arrivé de différentes façons. Ma première femme a disparu avec nos économies. La deuxième est partie à cheval avec un jockey. Elle a dit qu'elle allait demander le divorce, mais je n'en ai plus entendu parler. Ma troisième femme…

— Comment avez-vous pu vous remarier alors que vous n'étiez pas sûr d'être divorcé de votre deuxième femme ?

— Ma deuxième femme ? Ah, bon sang, je ne suis même pas sûr pour la première. Je les épouse, voilà tout.

— Harry Mayberry ! Vous êtes bigame !

— Peut-être bien. Ça n'a jamais empêché personne de dormir.

Nello pointa du doigt.

— Voilà le canot qui s'approche.

Ils essayèrent de distinguer les visages parmi les hommes qui se tenaient sur le pont.

— C'est une situation inconfortable, déclara Betty. Je préférerais être ailleurs.

— Isabelle aussi, dit Harry Mayberry. Elle passe par toutes les couleurs de l'arc-en-ciel.

— C'est bien le problème. Elle ne peut pas être ailleurs.

— Et voici Alan, gai comme un pinson, impatient de porter sa petite femme sur le seuil de la nouvelle hutte de chaume.

Le canot continua d'approcher au milieu des vagues. Un homme vêtu d'un pantalon marron clair et d'une chemisette blanche, au visage encore indistinct, agita un bras en direction du navire. Certainement Alan. Betty se détourna du bastingage. Elle avait l'impression d'assister à une exécution. Mais elle avait ses propres problèmes à résoudre. Si seulement elle pouvait entraîner Alan à l'écart ne serait-ce que quinze secondes ! Elle n'avait qu'une question à poser : « M. Calder… est-ce que je peux rester ici un mois et poursuivre mon voyage sur le *Maggiore* ? » Il pourrait répondre par oui ou par non – ce serait aussi simple que ça.

— Excusez-moi, dit Betty.

Elle descendit rapidement sur le pont principal, là où les matelots avaient mis en place l'échelle de coupée.

Le canot était tout proche. Sur le pont se tenaient deux hommes en uniforme, une arme à la ceinture ; un homme avec un attaché-case, costume couleur brique et lunettes de soleil ; un homme en costume blanc, visage terreux et petite barbe rousse ; et Alan Calder. Celui-ci tentait de repérer Isabelle, qui s'était mise hors de vue. Tout dans l'attitude d'Alan exprimait la hâte et l'impatience.

Betty attendit anxieusement en haut de l'échelle. Le capitaine la rejoignit.

— Aha ! Je vois que vous êtes nerveuse.

— Je tiens à lui parler avant qu'il n'apprenne la mauvaise nouvelle.

— C'est très sage, très sage. Alan Calder, c'est un homme excitable. (Le capitaine, très affable maintenant qu'il savait que Betty allait quitter le navire, lui tapota l'épaule.) Venez avec moi dans ma cabine. C'est là que nous irons, et vous pourrez régler votre affaire. Je crois que je lui dirai un petit mot. C'est désagréable, mais sur un bateau, le capitaine est obligé de faire beaucoup de choses désagréables.

Le canot se rangea contre la coque du navire, montant et descendant dans la houle. Isabelle se montra enfin. Alan agita vigoureusement la main. Isabelle ne réagit apparemment pas avec beaucoup d'effusions, car le geste d'Alan se fit hésitant.

Le canot s'approcha prudemment de l'échelle de coupée. L'homme aux lunettes de soleil et costume brique attendit le bon moment pour sauter. Un matelot l'attrapa pour l'aider. Alan Calder le suivit, et enfin l'homme à la barbe rousse.

Le capitaine attendait sur le pont. Il serra d'abord la main de l'homme aux lunettes de soleil, puis celle d'Alan Calder.

— Allons dans ma cabine, lui dit-il. Le second s'occupera du docteur et du capitaine du port.

Il s'adressa en espagnol à l'homme aux lunettes, qui s'inclina respectueusement avant de se frayer un passage au milieu des dames salvadoriennes pour se rendre à la salle à manger, suivi du barbu.

Alan essaya de s'écarter.

— Je n'en ai que pour une minute, dit-il. Je vais juste dire bonjour à ma femme, et je suis à vous.

Le capitaine le prit par le bras.

— D'abord avec moi ! Ensuite, voyez votre femme. Il y a largement le temps. Elle ne peut pas quitter le navire. Juste un instant.

Alan Calder accepta de mauvaise grâce en marmonnant entre ses dents.

— Très bien, alors, dans ma cabine, dit le capitaine en faisant signe à Betty de les suivre.

Ils montèrent sur la passerelle. Le capitaine les fit entrer avec un peu plus de cérémonie que nécessaire.

— Asseyez-vous. Un cognac ?

Alan acquiesça sans un mot. Betty déclina la proposition.

Le capitaine ouvrit son placard, d'où il sortit une bouteille et deux verres. C'était l'occasion que Betty attendait.

— M. Calder, vous m'avez dit à Los Angeles que je pourrais débarquer à El Salvador pour y attendre le bateau suivant – le *Maggiore*. Est-ce encore possible ?

Alan tapota nerveusement le dessus de la table.

— Oui, sans doute. Je n'en suis pas certain. Je vais devoir vérifier au bureau.

— Quand pourrai-je être fixée ?

— Dès que je serai retourné à terre – dans une heure à peu près. Je ne saurai rien d'ici-là. Retrouvez-moi à mon bureau.

— Où se trouve-t-il ?

— J'ai déménagé. Je suis maintenant au Miramar. Demandez à n'importe qui, vous trouverez facilement – c'est le grand hôtel vert au sommet de la colline. Et maintenant, capitaine…

Le capitaine Frascatore l'interrompit d'un geste.

— Restez calme, Alan. Il faut que je vous parle un instant.

— Excusez-moi, dit Betty.

Elle s'apprêtait à se lever quand Isabelle apparut sur le seuil. Finsch, apparemment indifférent, se tenait derrière elle.

Alan se leva d'un bond et se précipita, bousculant Betty au passage.

— Isabelle, ma chérie ! Te voilà ! Hourra ! s'écria-t-il en lui tendant les bras.

Sans un sourire, Isabelle s'écarta. Alan s'arrêta net. En clignant des yeux, il regarda Isabelle et Finsch.

— Alan, dit Isabelle, si tu veux bien sortir un instant sur le pont ? J'ai quelque chose à te dire.

Alan fit un ou deux pas hésitants. Betty aperçut son visage. Il savait ce qui allait suivre. Elle se tassa sur sa chaise, malheureuse et glacée.

— Que… que se passe-t-il ? bredouilla Alan.

Isabelle ne pouvait attendre plus longtemps. Les choses s'étaient accumulées dans sa tête, il fallait qu'elles sortent. On entendit sa voix dans le couloir, basse et rauque :

— Je vais être très brève. Je ne débarque pas ici. Je vais continuer le voyage jusqu'en Europe.

— Ah, vraiment ?

— Oui, vraiment.

— Qu'est-ce que j'ai fait ? demanda Alan en gémissant presque. Pourquoi me traites-tu comme ça ?

— Ne rentrons pas dans les détails, Alan.

— Après tout, n'est-ce pas un peu brusque ? Tu n'as pas pensé à moi ?

— Non, pas du tout. C'est à moi que je pense. Si je ne le fais pas, personne d'autre ne le fera.

— J'ai toujours pensé à toi ! Je t'ai toujours placée au-dessus de tout !

— Inutile d'en discuter. Je suis navrée, mais c'est comme ça, et c'est tout ce que j'ai à dire. Sauf que je vais demander le divorce, dès que je pourrai.

Alan ne put plus se contenir. Il explosa en bégayant presque.

— Ah, c'est donc comme ça ? Tu t'attends sans doute à ce que je me couche par terre et que je fasse le mort ? (Il remarqua soudain la présence de Finsch.) Bien sûr, je comprends tout, maintenant. Mon bon ami Mik Finsch. C'est lui qui est derrière tout ça. (Alan éclata d'un rire étrange, sardonique.) Tu ne sais pas grand-chose de Finsch, hein ?

— J'en sais suffisamment.

— Ah. Tu avoues donc ?

— Il est inutile de faire une scène, Alan. Beaucoup de gens décident un jour qu'ils n'ont plus envie de vivre ensemble. C'est mon cas.

— Tu choisis Mik Finsch pour vivre avec lui, c'est ça ? Ma pauvre chérie, tu mises sur un bien mauvais cheval.

Finsch pinça les lèvres et fit un geste comme pour indiquer qu'Alan était surexcité, et qu'il ne fallait pas le prendre au sérieux.

Alan fit rapidement un pas en avant et Isabelle recula brusquement.

— Ne t'approche pas !

— Est-ce qu'il t'a dit pourquoi il quittait El Salvador ? Non ? Eh bien, je vais te le dire, moi. La police lui a ordonné de partir. Il a de la chance. Il a failli tuer une fille. Ses parents ont accepté de ne pas porter plainte en échange de six cents dollars. J'imagine qu'il a dû arroser aussi quelques policiers.

Finsch émit un grognement pensif.

Alan éleva le ton :

— Mais ça m'est égal, Finsch. Prenez-la. Elle est à vous. Il y a juste un petit détail. Vous allez devoir me payer. Elle m'a coûté trois mille dollars.

— Ça suffit comme ça, Alan ! lança Isabelle d'une voix stridente.

— Tais-toi ! C'est à Finsch que je parle. En liquide. J'ai payé pour elle, vous l'aurez quand vous m'aurez remboursé.

— De quoi parlez-vous ? demanda Finsch.

— De quoi je parle ? Je vous l'ai dit, j'ai ici une marchandise précieuse. Je l'ai achetée, j'ai payé. Je n'ai pas l'intention de la donner pour rien.

— Vous êtes complètement fou.

— Pas du tout. Je vais vous montrer. Une petite photo vaut mieux qu'un long discours. Venez par ici, où il y a de la lumière. Tout le monde pourra voir. (Alan recula dans la cabine.) Venez, Finsch. Vous payez, autant voir ce que vous achetez.

Finsch entra dans la cabine. Il salua le capitaine en ignorant Betty. Isabelle resta dans le couloir, tremblante de haine.

Avec un rire joyeux, Alan sortit une photo de son portefeuille.

— C'est nous, une semaine avant notre mariage. Alan et Isabelle. Un jeune couple charmant.

Finsch prit la photo et l'examina avec un certain détachement. Il haussa les sourcils et jeta la photo sur la table. Betty eut juste le temps de la voir : un Alan trapu, au visage grave ; une jeune femme qui était Isabelle, et pourtant pas Isabelle. La femme sur la photo était très maigre, la peau sur son visage était tendue comme du parchemin sur un abat-jour. Sa poitrine était une cage d'oiseau, ses jambes deux bâtons. Le visage n'était que très vaguement celui d'Isabelle. La bouche était incurvée en un sourire timide, le nez était extraordinaire : il pendait de son front comme un stalactite.

— Remarquable, vous ne trouvez pas ? dit Alan. Isabelle était une chic fille, à l'époque. Elle avait du courage. Vous voyez son joli sourire ? C'est à cause de ce sourire que je l'ai épousée. Elle a commencé à reprendre du poids après notre mariage. Son teint s'est éclairci. Elle s'est mise à soigner sa chevelure. Un jour, je l'ai regardée et je lui ai dit : « Isabelle, allons voir un spécialiste pour s'occuper de ton nez. » Elle s'est écriée : « Tu ne m'aimes donc pas telle que je suis ? » Bon, toujours est-il que nous y sommes allés. Trois mille dollars. Mais quel changement. Pas seulement au niveau de l'aspect. J'ai su que je l'avais perdue le jour même où elle est rentrée à la maison. Elle ne pouvait plus détacher les yeux de son miroir. Et voilà toute l'histoire, Finsch. Elle m'a coûté trois mille dollars. Vous pouvez l'avoir – pour ce prix-là.

Finsch sourit, sortit un cigare de sa poche, en mordit le bout, et toujours souriant, il l'alluma.

— Votre femme est libre de faire ce qu'elle veut, non ?

— Absolument, dit Isabelle. Je n'ai pas l'intention de vivre dans ce trou à rats, et c'est mon dernier mot.

— Comment as-tu l'intention de partir ? demanda Alan avec curiosité.

— Comment ? De la même façon que je suis arrivée. Je ne bouge pas de ce bateau.

— Ah, mais tu vas bien être obligée. Ton billet n'est valable que pour La Libertad.

— Et alors ? Je vais tout de suite en acheter un pour le reste du voyage.

— À qui ?

— Au capitaine.

— Vas-y.

Isabelle se tourna vers le capitaine Frascatore.

— Combien ça coûte pour aller en Europe ?

Le capitaine écarta les mains en un geste d'impuissance.

— Je ne peux pas vous aider. C'est Alan l'agent. Il a peut-être déjà vendu les autres billets. Nous sommes seulement autorisés à prendre douze passagers.

— C'est idiot. J'ai déjà la cabine, et je vais rester dedans.

Finsch exhala pensivement une longue bouffée de fumée. Du coin de l'œil, il regarda Alan.

— Si je peux me permettre, dit-il, est-ce qu'il reste des places disponibles ?

— Dès cet instant, plus aucune.

— Essaieriez-vous de faire du chantage, par hasard ? demanda Finsch d'une voix douce et terne.

— Je vous le répète, Finsch, avant que je ne claque ces trois mille dollars, vous ne l'auriez même pas regardée. Je n'ai pas l'intention de dépenser cet argent à votre profit. Payez-moi ce qu'elle m'a coûté, et elle aura un billet sur le *Garda*. Autrement… c'est non.

— Ce sont des bêtises, déclara Finsch sur un ton de profond ennui.

— Pas pour moi, rétorqua Alan. D'une certaine façon, je suis content que ce soit fini – parce que je savais que ça arriverait un jour. Vous êtes vraiment faits l'un pour l'autre.

— Merci, dit Finsch.

— Alors, qu'est-ce que vous en dites ? Est-ce qu'elle vaut trois mille dollars ?

Isabelle se tourna vers Finsch. Elle sembla vouloir dire quelque chose, mais elle tint sa langue. Finsch leva les yeux au plafond.

— Faites-moi une proposition, Finsch, dit Alan. Donnez-moi ce qu'elle peut valoir à vos yeux !

Isabelle se retourna et s'enfuit en courant. Finsch sortit de la cabine et la suivit d'un pas tranquille.

Un steward entra et dit quelques mots au capitaine, qui hocha la tête. Il se leva pesamment.

— Le docteur et le capitaine du port, ils m'attendent.

— Combien de temps avant que nous puissions aller à terre ? demanda Betty.

— Une demi-heure, peut-être. Très bientôt. Quand le canot reviendra.

Chapitre VII

1.

Betty monta sur le pont et rejoignit la passerelle, mais le soleil était tellement brûlant qu'elle se retira sous l'auvent. L'atmosphère était lourde et immobile, car le vent était tombé quand le navire s'était arrêté. Autour d'elle, le moindre objet scintillait et tremblait dans la brume de chaleur. Son chemisier et son pantalon lui collaient à la peau comme du papier mouillé. Elle contempla avec envie la ville, où l'ombre des grands arbres donnait au moins une illusion de fraîcheur.

Un remorqueur s'éloigna de la jetée et se dirigea vers le *Garda*, tirant derrière lui une barge chargée de gros sacs marron, manifestement du café. Betty chercha vainement des yeux le canot. Derrière la jetée, peut-être ? Elle entendit alors un bourdonnement de moteur, et le canot apparut au milieu des vagues brillantes. Betty se précipita au bastingage, craignant d'avoir manqué le départ. Mais il n'y avait qu'un passager à bord : Alan Calder. Le canot allait donc d'abord le transporter à terre avant de revenir.

Betty retourna s'asseoir sous l'auvent et se mit à réfléchir à l'avenir immédiat. Alan l'avait pratiquement assurée qu'elle pourrait embarquer à bord du *Maggiore*. Bien sûr, les circonstances avaient changé. Alan pourrait refuser de fournir à Isabelle un billet sur le *Garda*, auquel cas Betty aurait la cabine n° 2 à elle toute seule... Elle examina les possibilités qu'offrait la situation. Si Isabelle débarquait, elle serait encline à rester à bord du *Garda*. Finsch était repoussant, mais il était possible de l'éviter. Il semblait néanmoins probable qu'Alan, même à contrecœur, accepterait d'organiser le passage pour Isabelle. Après tout, c'était son métier, et il n'avait pas le droit d'exercer une discrimination pour des raisons personnelles.

Alec et Ora firent leur apparition, habillés pour se rendre à terre. Ils rejoignirent Betty sous l'auvent.

— Nous avons jusqu'à minuit, déclara Ora. Nous allons à San Salvador. Vous venez avec nous ?

— Non. En tout cas, pas tout de suite.

Ora la regarda en coin.

— C'est peut-être votre seule chance.

—J'irai plus tard... J'ai d'abord une affaire à régler avec Alan Calder.

— Est-il en état de s'occuper d'affaires ? Il y a eu une terrible dispute, à ce que je crois comprendre.

— J'étais en plein milieu. (Betty décrivit le désagréable quart d'heure.) Alan est peut-être contrarié, mais au moins, maintenant, il sait le pire.

— Il s'est bien débrouillé pour coincer Finsch, dit Alec. Finsch n'aime pas dépenser son argent. J'ai vu Isabelle signer des notes de bar.

— Tiens, fit Ora, le voilà.

Le remorqueur qui avait amené la barge de café retournait à la jetée. Sur le pont avant se tenait Finsch dans son costume gris et coiffé de son chapeau à larges bords.

— Et voici le canot, ajouta Ora. Nous pouvons aller à terre, maintenant.

Betty regarda ses vêtements – blue-jean, chemisier, sandales.

— Je me demande... dit-elle. Vous pensez que j'ai une tenue correcte ?

— Elle me paraît très bien, répondit Alec. Pourquoi ne le serait-elle pas ?

—J'ai entendu dire que, dans ces pays, les gens ont des idées un peu particulières sur les vêtements. Je ne voudrais pas être jetée en prison pour indécence. Surtout après ce qu'on m'en a dit.

— L'indécence est dans l'esprit de celui qui regarde, déclara Alec.

— Aussi bien que dans l'étroitesse du pantalon, ajouta Ora.

— Voici le canot, dit Betty. Nous ferions mieux de descendre.

Elle retourna dans sa cabine et remplaça son chemisier mouillé par un polo blanc, puis elle prit un petit sac à main blanc et remonta rapidement sur le pont.

Les passagers attendaient en rang devant l'échelle de coupée : les dames salvadoriennes avec leurs bagages, Nello, Harry Mayberry, Ora et Alec.

Le canot effectua un virage pour venir se ranger contre la coque. Les dames salvadoriennes descendirent à tour de rôle. En bas, un matelot aidait chacune à garder l'équilibre, puis juste au bon moment, quand le pont du canot se trouvait à la bonne hauteur, il la projetait vers un collègue à bord.

Betty n'avait pas bien mesuré la grosseur des vagues avant de se trouver à son tour en bas de l'échelle. Un instant, le canot se trouvait loin en contrebas, et l'instant d'après il remontait une immense pente verte, puis redescendait, remontait... « *Ahora !* » Et Betty se retrouva sur le pont incliné du canot, cherchant désespérément une prise pour ne pas tomber.

Ora suivit, puis Alec, Nello et Harry, et finalement trois officiers du *Garda*. Le canot commença à s'éloigner. Isabelle n'était pas venue – pas étonnant, songea Betty. Elle doit détester tout ce qui est salvadorien ! Elle préférait peut-être aussi ne pas quitter le navire, craignant d'éventuelles difficultés pour y retourner. Quant à Finsch, il était sans doute allé à terre pour y récupérer des affaires personnelles, ou peut-être pour marchander avec Alan.

Betty jeta un coup d'œil vers le *Garda*. Le bateau était bas sur sa ligne de flottaison : coque noire, rouf blanc, cheminée rouge et vert. Vilain et lent, mais fiable, un bon vieux navire, songea Betty. Mais pas encore trois semaines avec Isabelle, ou je me suicide... Hmm. Étrange que ce mot lui soit venu comme ça à l'esprit. Bon, de toute façon, le *Garda*, c'était fini. Alan avait dit ce qu'il avait à dire, et maintenant, il laisserait Isabelle aller en enfer comme elle voulait. Il n'avait pas vraiment de raison de l'obliger à débarquer. Quoique... après tout, pourquoi pas ? Isabelle l'avait profondément blessé, Alan était un homme obstiné... Betty renonça à échafauder des hypothèses. Je vais quitter le *Garda*, passer un mois en Amérique centrale. À bord du *Maggiore*, il y aura de nouveaux visages, de nouvelles personnalités. Et en route pour l'Europe.

Nello traversa prudemment le pont pour s'installer à côté d'elle.

— Vous vous amusez bien ? demanda-t-il.

— Oh, oui. Ça fait plaisir de quitter le bateau.

— Restez comme ça, dit Nello. Je vais vous prendre en photo, avec le *Garda* en arrière-plan.

Il dégagea l'objectif de son appareil, régla l'ouverture et le temps de pause, fit la mise au point et appuya sur le déclencheur.

— C'est parfait ! lança-t-il. (Il se rassit à côté d'elle.) J'ai eu une idée. Quand nous serons à San Salvador, vous et moi, nous sèmerons les autres pour aller nous promener de notre côté. Qu'est-ce que vous en dites ?

Betty secoua la tête.

— Vous arrivez trop tard, Nello. Je me suis déjà arrangée avec les autres pour vous semer.

Nello se redressa brusquement.

— Ne vous fâchez pas, dit Betty en riant. Je ne vais pas à San Salvador.

— Ah, non ? Pourquoi donc ?

— J'ai des affaires à régler à La Libertad.

Nello fut amusé.

— Quel genre d'affaires ?

Malgré sa résolution de ne rien dire avant que son projet ait été définitivement bouclé, elle ne put s'empêcher d'expliquer :

— Il est possible que je quitte le navire pour passer un mois en Amérique centrale.

— Comment ? s'écria Nello sur un ton dramatique. (Il fit signe aux autres.) Vous entendez ça ? Betty nous quitte !

— Nous nous en doutions un peu, dit Alec.

— Je n'en suis pas encore tout à fait sûre, et c'est pourquoi je n'ai rien dit. Je ne le saurai que quand j'aurai vu Alan Calder.

Il y eut des protestations et des regrets polis, que Betty expédia promptement.

— Vous n'êtes pas encore débarrassés de moi. Il n'y a peut-être pas de place sur le *Maggiore*.

Ora prit un air songeur :

— Alan ne voudra peut-être pas que vous quittiez le *Garda*.

— Pourquoi diable ne voudrait-il pas ?

— Parce que, dans ce cas, ça libérerait une place pour Isabelle...

— Il n'a rudement pas intérêt à faire ça ! s'exclama Betty.

Le canot s'approcha de la jetée, un simple entrepôt sur pilotis relié au rivage par une passerelle. Le canot se glissa sous l'entrepôt, puis vint se ranger le long des pilotis après une série de manœuvres inquiétantes. Au milieu du sifflement des vagues, il s'amarra à un filin qui pendait. On entendit un bruit de machines au-dessus, le crissement de roues métalliques. Un bras de grue pivota, auquel était suspendue une grande cage qui commença à descendre en se balançant. Le canot s'éleva sur une vague, et les deux se rejoignirent dans un grand fracas.

Avant qu'elles n'aient eu le temps de protester, les quatre dames salvadoriennes furent entassées dans la cage. Elles s'assirent de chaque côté en s'agrippant désespérément à des poignées en corde. Le palan s'enclencha, la cage remonta en se balançant et disparut dans l'entrepôt.

Quelques secondes plus tard, elle revint pour un deuxième chargement : Betty, Alec, Ora et Harry Mayberry. Balancement, brusque secousse, tournoiement – le soleil disparut, laissant place à l'ombre de l'entrepôt. La cage heurta le sol avec un bruit sourd.

Nello arriva avec le chargement suivant, en compagnie des trois officiers du *Garda*. Tous se mirent en route vers le rivage. Il était onze heures trente. Le soleil appuyait sur le crâne des voyageurs avec un pouce chauffé à blanc. Au-dessous d'eux, la surface de l'océan scintillait d'un éclat aveuglant. Harry Mayberry maudit le destin funeste qui l'avait amené sous les tropiques. Nello, dont le visage ruisselait de sueur, lui affirma que La Libertad était un havre de fraîcheur comparée à la mer Rouge.

Ils approchèrent de l'extrémité de la jetée, traversèrent une plage de cailloux gris gros comme des balles de tennis, qui roulaient et crissaient dans le ressac. Deux soldats en uniforme kaki, trapus et basanés, avec des visages inexpressifs et des yeux comme des grains de café, s'avancèrent vers eux.

— *Donde van ustedes ?*

— *Somos turistas*, répondit Alec dans un espagnol précis. *Vamos a San Salvador. Esta noche volveremos a la barca.*

Le soldat indiqua le sac que portait Alec.

— *Que tiene ? Vamos a ver.*

Alec ouvrit le sac et le soldat y jeta un coup d'œil.

— *Bueno.*

D'un geste plein de condescendance majestueuse, il leur fit signe de passer.

Ils s'arrêtèrent un instant pour s'éponger le front sous les arbres qui longeaient la promenade de bord de mer.

— C'est ici que nos chemins se séparent, dit Betty. Je vais du côté de la plage.

— Allez, accompagnez-nous sur la grand-place, insista Harry Mayberry. J'offre une tournée de bière.

Betty se laissa convaincre, et ils se mirent tous en route vers la place, en remontant une rue pavée bordée de boutiques ocre-jaunes, blanches et bleu ciel.

— Je sens une odeur, déclara Ora. Je crois que ça vient de ce chien mort au milieu de la rue.

Ils entendirent derrière eux un bruit de pneus et un mugissement de klaxon. Une Cadillac beige les dépassa, conduite par un homme au visage rond portant des lunettes de soleil violettes. La voiture roula sur la carcasse du chien et poursuivit sa route.

— J'aimerais jeter le chien dans la voiture à côté de lui, déclara Ora.

— Ne faites pas ça, dit Harry. C'est le chef de la police.

— Comment le savez-vous ?

— Ils ont tous une certaine allure caractéristique.

— Fichons le camp d'ici.

Ils atteignirent la grand-place. Une nuée de vendeurs grouillaient sur les trottoirs. Des enfants rampaient dans la poussière, se mettant dans la bouche toutes sortes d'objets : bâtonnets, mégots, crottes de chien. Ce qui n'était pas à leur goût, ils le recrachaient. Il flottait dans l'air une douzaine d'odeurs différentes : végétation surchauffée, viande grillée, miasmes d'égout, brillantine, bière éventée, charogne, poussière.

Harry Mayberry acheta de la bière glacée dans un stand. Nello prit des photos de ses compagnons de croisière, de la place, de Betty buvant sa bière au goulot. De l'autre côté de la rue, une file de voitures portant l'écriteau *San Salvador–La Libertad* attendaient des passagers. Il y avait aussi un vieux bus bleu. Alec s'y dirigea pour s'occuper d'organiser leur excursion, tandis que Betty prenait congé du groupe :

— Au revoir, amusez-vous bien, et surtout, n'oubliez pas : le bateau met les voiles à minuit !

2.

Betty retourna vers la promenade et continua vers le sud en longeant la plage. Les vagues s'abattaient sur les rochers dans un grondement de tonnerre, les palmiers se balançaient au-dessus de sa tête, leurs feuilles brillant au soleil.

La promenade finit par s'incurver vers l'intérieur des terres, où elle devint une route creusée d'ornières au milieu des arbres, des lianes et des plantes, avec ici et là des huttes de branchages et de chaume. Des porcs fouinaient au milieu des immondices, tandis que des enfants aux grands yeux regardaient passer Betty.

Au bout d'une cinquantaine de mètres, la route s'incurva de nouveau, cette fois vers une plage, puis elle se termina au pied d'un escalier de pierre menant au sommet de la colline. Betty commença à le gravir. Un vieillard aux yeux rougis, coiffé d'un sombrero déchiré, était assis au milieu d'une marche. Il tendit la main en marmonnant plaintivement. Il est ivre, songea Betty. Elle ouvrit son petit sac et en sortit une pièce de dix *cents*, qu'elle lui posa dans le creux de la main. La pièce glissa entre les doigts du vieil homme. Tandis qu'il la cherchait par terre, Betty se faufila et poursuivit son ascension.

Elle aperçut enfin l'hôtel, à moitié caché sous les arbres. La route, flanquée de petits palmiers et de buissons aux larges feuilles, continuait au-delà, mais un sentier bien entretenu en bifurquait pour mener à l'hôtel. En s'y engageant, Betty remarqua un panneau indiquant : HOTEL MIRAMAR, et deux petits écriteaux. Sur l'un était inscrit : *Juan Ortiz y Escandell, Abogado*, et sur l'autre : *Alan J. Calder, Agent de Transports Maritimes*.

Le chemin mena Betty à travers des bananiers, des massifs de bougainvillées et d'hibiscus, un bosquet de bambous, et déboucha enfin sur une terrasse longeant la façade de l'hôtel.

Un serveur était occupé à dresser les tables. Il leva les yeux en entendant Betty approcher. C'était un joli garçon, souple comme un chat avec un teint café au lait et de longs cheveux noirs luisant de brillantine. Il s'inclina et claqua comiquement des talons :

— *A sus ordenes, señorita* !

Betty sourit poliment, en espérant qu'il comprenait l'anglais.

— Je voudrais parler à M. Calder.

Le serveur s'inclina de nouveau.

— Je vais voir.

Il traversa la terrasse et disparut à l'angle du bâtiment. Betty commença à le suivre, mais elle s'arrêta un instant pour admirer la vue de l'océan, de la plage, de la promenade et de la ville. À cinq cents mètres du rivage, le *Garda* se balançait sur son ancre.

Le garçon revint.

— Quelqu'un est avec M. Calder. J'entends les voix. Dans quelques minutes, peut-être vous pouvez le voir. Vous voulez boire quelque chose ?

— Qu'est-ce que vous avez ?

— Vous dites, on l'a.

— Je dis… un jus d'orange !

— On a.

Il apporta la boisson, et aussi, parce que Betty était jeune et jolie, une petite assiette de crevettes.

— Jolie vue ici, dit-il, vous ne trouvez pas ?

— Si, je trouve. Très jolie vue.

— Vous aimez La Libertad ?

Betty hésita.

— La promenade du bord de mer est très jolie. (Elle ouvrit son porte-monnaie.) Combien je vous dois ?

— C'est vingt centavos.

— Je peux vous payer en argent américain ?

— Bien sûr !

— Voici vingt-cinq *cents*, dit Betty. Ça devrait suffire.

Le serveur ne semblait pas pressé de s'en aller. Il désigna le *Garda*.

— Vous partez sur le bateau ?

Pas si elle pouvait faire autrement…

— Non. Je vais à San Salvador.

— Je vais quelque part très bientôt. La Libertad, c'est ringard. Vous savez ce que c'est, ringard ?

— Oh, oui…

— Je ne suis pas ringard. Je joue de la guitare, je chante, je danse. Vous voulez me voir danser ?

— Du moment que c'est gratuit.

— Je vous montre. J'aime danser avec les jolies filles.

— Oh, moi, je ne danse pas. Seulement vous.

Le garçon hocha aimablement la tête.

— Je danse les claquettes. À Mexico, je gagne beaucoup d'argent. Peut-être Buenos Aires. Je vous montre. (Il leva les mains au-dessus de la tête.) La la la-la, la la-la.

— Enrique ! fit une voix de femme stridente et irritée venant de l'intérieur de l'hôtel.

Enrique le serveur baissa les bras. Il se drapa dans sa dignité et s'inclina devant Betty.

— M. Calder, il vient très bientôt.

Enrique retourna dans le restaurant. Un échange de propos animés fut rapidement étouffé par un claquement de porte.

La terrasse était silencieuse. On n'entendait qu'un faible bourdonnement d'insectes, le grondement et les soupirs des vagues sur la plage, le bruissement des feuillages et de lointains cris d'oiseaux. Il était facile de comprendre pourquoi Alan préférait l'Hotel Miramar a un emplacement plus central.

Betty termina son jus d'orange et se rendit au bord de la terrasse, où elle cueillit quelques fleurs. Elles étaient rouges comme des géraniums et sentaient le miel. En espérant qu'Alan se dépêcherait, elle se promena sur la terrasse jusqu'au bout du bâtiment. Là, le terrain descendait abruptement vers la mer, trente mètres en contrebas. Une passerelle protégée par un garde-fou courait le long de l'hôtel. Elle passait devant une porte sur laquelle était fixée une autre plaque portant le nom d'Alan, puis remontait sur une pente envahie de broussailles vers la route au-dessus.

Betty entendit des voix, indistinctes dans le bruit des vagues. Elles semblaient provenir d'une des fenêtres du bureau d'Alan. La plus forte, la plus animée, semblait être celle d'Alan… Oui, c'était bien lui. Il devait s'approcher de la fenêtre, car la voix devint plus audible. « Oui, absolument, pourquoi pas ? Je vais vous donner un reçu – à la banque, parce que c'est là que nous allons. Dès que ce chèque aura été crédité sur mon compte, vous aurez ce que vous voulez. »

Betty soupira en tapotant le parapet. Dépêche-toi, Alan. Je m'ennuie, ici…

Alan s'éloigna de la fenêtre et les voix furent à nouveau étouffées.

Il y eut un silence d'une trentaine de secondes, puis une détonation, une explosion. Betty sursauta et leva les yeux vers la fenêtre.

Elle fit un pas en avant, puis elle s'arrêta et surveilla la porte avec fascination. Elle allait bientôt s'ouvrir, quelqu'un allait sortir… Il la verrait, il la regarderait fixement…

Un objet noir vola par la fenêtre en tournoyant dans les airs. Betty le suivit des yeux. Un objet noir, avec une crosse blanche… Il décrivit une courbe vers la mer, mais la pente de la falaise était trompeuse, et au lieu de finir sa course dans l'eau, l'objet ricocha sur un rocher et glissa dans une crevasse.

Betty se sentit clouée au sol. Il fallait qu'elle parte d'ici. Dans une minute, il serait trop tard. C'était déjà trop tard. La porte s'ouvrit, lentement et furtivement. Betty recula jusqu'au bout de la passerelle. Elle tituba, se retourna et s'enfuit à toutes jambes.

Enrique était sorti du restaurant et l'observait. Betty ralentit un peu le pas.

— *Ay, señorita* ! lança-t-il. *Que pasa* ? Il y a eu un bruit de revolver, non ?

— Je ne sais pas, répondit Betty. Je ne veux pas le savoir.

Elle hâta le pas et quitta la terrasse à petites foulées. Elle aurait voulu regarder par-dessus son épaule, voir si quelqu'un l'observait depuis l'angle du bâtiment, mais elle n'osait pas… Elle s'arrêta net, soudain furieuse. Elle était Betty Haverhill de Menlo Park, Californie, qui n'avait d'ordres à recevoir de personne ! En un geste de défi, elle se retourna. La terrasse était déserte, à part Enrique qui la regardait avec perplexité.

La situation ne se présente pas très bien, songea Betty. Un coup de feu. Enrique qui me voit partir en courant. Supposons que quelqu'un ait été blessé : que va-t-il dire à la police ? Elle eut soudain une vision du commissariat, crasseux et étouffant, avec des murs jaunâtres et pelés. Elle imagina les policiers, des hommes sombres en uniforme jaune moutarde, lui parlant en espagnol, hurlant quand elle ne pouvait pas répondre. Le *Garda* repartait à minuit. Alan ne pouvait plus l'aider, à présent.

Elle parcourut rapidement le chemin qu'elle avait pris à l'aller, l'estomac noué par l'appréhension. Elle arriva sur le bord de mer. Le *Garda* était là, un havre de sécurité. Une fois à bord, elle serait à l'abri. Ils ne pourraient pas venir l'y chercher… Mais au fond, était-ce si sûr que ça ? Non, songea-t-elle, c'est absurde. Je n'ai rien fait de mal. Je n'ai absolument rien à craindre… Elle aperçut un policier un peu plus loin, occupé à ses tâches officielles. Un vieil homme était assis sur un des bancs – le mendiant qui l'avait accostée un peu plus tôt sur les marches. Il levait les yeux vers le policier, en secouant la tête d'un air hébété. D'un pied botté, le policier le fit rouler à bas du banc. Le vieil homme resta allongé par terre en marmonnant des jurons. Le policier le regarda fixement un instant avant de s'éloigner d'un pas tranquille. Betty poursuivit rapidement son chemin, le cœur battant. Elle avait hâte de regagner le *Garda*.

Elle se précipita sur la passerelle, dans la chaleur écrasante, au-dessus de la plage de cailloux où rugissaient les rouleaux écumants. Elle avait faim, elle était épuisée, nerveuse. Une fois à bord du *Garda*, elle pourrait se reposer et prendre le temps de réfléchir. La police pourrait venir à bord, et elle leur dirait ce qu'elle savait. En vérité, ce n'était pas grand-chose – juste l'endroit où l'arme était cachée. Mais la police ne viendrait peut-être pas. Ils pourraient arrêter quelqu'un d'autre.

Elle approcha de l'entrepôt. Pas de cris derrière elle, pas de policiers lancés à ses trousses. Elle entra dans la grande caverne sombre, dont elle savoura la fraîcheur. En se frayant un chemin au milieu des treuils roulants, elle se rendit dans l'une des aires de chargement et jeta un coup d'œil le long de la rangée de pilotis. L'eau, opaque au soleil, était d'un vert lumineux dans l'ombre. Deux barges étaient en train de recevoir leur cargaison de café. Pas de trace du canot. Il était peut-être de l'autre côté du *Garda*.

Betty s'approcha d'un homme vêtu d'un pantalon bleu vif et d'une chemise blanche en toile. Il tenait une planchette à pince et un stylobille, et semblait en charge des opérations.

— Quand puis-je retourner au bateau ? demanda-t-elle.

— Le canot arrive très bientôt. Une demi-heure.

— Merci.

Betty se laissa tomber sur un sac de café commodément placé là. Elle avait les jambes endolories d'avoir marché aussi vite. Elle se sentait vidée de ses forces. Son esprit était un labyrinthe parcouru par toutes sortes d'émotions. Réfléchir demandait un effort. Ses craintes étaient ridicules, bien sûr. La police saurait forcément qu'elle n'avait rien à voir dans cette affaire. Mais ils lui demanderaient, pourquoi vous êtes-vous enfuie ? Pourquoi n'avez-vous pas signalé l'incident ? Elle avait été saisie de panique : c'était la triste vérité…

Betty se tourmenta l'esprit avec des visions d'Alan blessé, se vidant de son sang, tandis qu'elle s'enfuyait – mais ces images n'avaient rien de convaincant. Ce coup de feu avait eu quelque chose de définitif…

Il n'y avait désormais plus rien pour empêcher Isabelle de poursuivre son voyage jusqu'en Europe à bord du *Garda*. Entre Isabelle et la police salvadorienne, Isabelle semblait un moindre mal. Bien sûr, Finsch… Elle l'aperçut. Il avançait d'un pas tranquille dans l'entrepôt, en s'éventant avec son grand chapeau. Les yeux écarquillés et les nerfs tendus, Betty l'observa.

Apparemment, il ne l'avait pas vue. Il rejoignit le contremaître au pantalon bleu et le salua comme s'il le connaissait. L'homme répondit sans amabilité particulière. Betty entendait à peine leurs voix dans le grondement de la houle contre les pilotis. Ils semblaient parler en espagnol. Finsch se retourna, fit un geste vers le rivage et secoua la tête avec un air de désapprobation amusée. L'homme au pantalon bleu s'inclina poliment avant de s'éloigner. Finsch rejoignit Betty et s'assit sur un sac.

— Maintenant, dit-il, vous avez vu La Libertad. Qu'est-ce que vous en pensez ?

— Pas grand-chose.

— Ce n'est pas un joli endroit. Moi, bien sûr, j'habitais à dix-huit kilomètres au nord, à Finca San Sebastian. Mes bagages seront chargés sur le bateau aujourd'hui. J'ai tout organisé. (Il s'éventa avec son chapeau.) Il fait chaud, hein ? Une chaleur comme du papier tue-mouches. Ce n'est pas un endroit pour une femme. Alan Calder a fait une grosse erreur.

Les mots sortirent comme d'eux-mêmes de la bouche de Betty, d'une voix tendue et aiguë.

— J'imagine que vous avez pu vous mettre d'accord avec lui ?

— Moi ? dit Finsch qui semblait surpris. Ce n'est pas à moi de m'en mêler.

— Je croyais que vous étiez descendu à terre pour le voir.

— Non, je suis venu m'occuper de mes bagages. J'ai deux ou trois objets de valeur. Ce n'est pas à moi de voir Alan Calder. Sa femme ne l'aime pas. Ce n'est pas une raison pour se conduire comme un fou, hein ?

Betty ne dit rien. Finsch haussa les sourcils et en resta là. Dix minutes s'écoulèrent. Betty restait silencieuse, les nerfs douloureusement tendus, les genoux serrés. Il y eut un bruit de moteur. Elle se leva d'un bond. C'était le canot, amenant à terre une demi-douzaine de matelots du *Garda*. Le contremaître fit un geste, et la petite grue s'approcha sur ses rails pour hisser la cage en bois. L'homme fit signe à Betty :

— *Señorita*.

Betty entra avec précaution dans la cage et s'installa. Finsch s'assit en face d'elle. Leurs genoux se touchaient presque. Betty frissonna. Cet homme l'avait embrassée ! Leurs regards se croisèrent un instant, et elle détourna aussitôt les yeux.

Le canot repartit vers le large en rugissant. Il était maintenant à peu près deux heures de l'après-midi. L'océan scintillait au soleil, et Betty sentait sur son visage des flocons d'écume chaude. Elle était assise sur un côté de l'écoutille, tandis que Finsch se tenait debout à côté du cockpit. Elle regarda vers le rivage. Elle apercevait la promenade, les grands arbres verts, la plage grise. Et là-haut, sur la colline, l'hôtel paisible. Cette situation était incroyable, une horrible hallucination. La chaleur ? Elle jeta discrètement un coup d'œil vers Finsch. Il essayait d'allumer un cigare en joignant les mains pour s'abriter du vent. Il avait l'air tellement à l'aise, tellement insouciant... Betty se tourna de nouveau désespérément vers le rivage. S'était-elle conduite comme une idiote ?

Non, songea-t-elle au bout d'un moment. Bien sûr que non. Si quelqu'un était sorti du bureau d'Alan et l'avait trouvée là, elle aurait couru un réel danger. Se précipiter à la police aurait entraîné des problèmes considérables, et peut-être pire encore… Mais la justice, dans tout ça ? Betty se sentit mauvaise conscience. Elle allait en parler au capitaine, tout lui raconter. Après tout, c'était à lui que revenait la responsabilité, pas à elle.

Le canot se mit en place sous l'échelle d'embarquement. Le matelot de veille du *Garda* descendit pour attraper Betty quand elle sauta. Elle escalada rapidement les échelons.

CHAPITRE VIII

1.

Le commissaire de bord, un jeune homme frêle au teint cireux, était penché par-dessus le bastingage. Betty lui demanda :

— Où est le capitaine Frascatore ?

Il agita vaguement la main vers le rivage.

— Il est allé déjeuner avec l'agent. Il revient dans un moment.

Sans but particulier, Betty se rendit dans la salle à manger, où des rideaux avaient été tirés sur les hublots. Il y faisait sombre et relativement frais, et elle s'y assit un moment, avant de se relever d'un bond. Elle sortit et passa devant la cambuse, où les cuisiniers épluchaient des légumes pour le dîner.

Elle monta l'escalier et regagna sa cabine. Là, elle s'assit sur sa couchette, découragée et anxieuse. Comment avait-elle fait pour se fourrer dans un pétrin pareil ? Des milliers de gens prenaient le bateau sans se trouver mêlés à de telles situations. Il était inévitable que la police vienne la chercher. On l'emmènerait à terre, le *Garda* partirait... Sans autre suspect sous la main, qui sait ce qui pourrait se passer ?

Elle resta assise un moment, faisant défiler dans son esprit toutes sortes d'images. La prison salvadorienne, avec ses toilettes d'un niveau sanitaire probablement déplorable. L'homme de la Cadillac dressé au-dessus d'elle, le visage ricanant, l'interrogeant impitoyablement... Elle eut un petit rire. Quelles bêtises ! Pourquoi cherchait-elle autant à se faire peur ? Le capitaine ne les laisserait jamais l'emmener à terre. Il était responsable de sa sécurité ! Si nécessaire, elle s'enfermerait à clé dans sa cabine et refuserait d'en sortir avant le départ du navire. Elle avait réussi à supporter Isabelle jusqu'ici, elle y arriverait bien jusqu'à la fin du voyage… D'une façon ou d'une autre…

Il faisait une chaleur étouffante dans la cabine, et la sueur lui coulait dans les yeux. Elle alla regarder par le hublot, mais on ne pouvait pas voir la ville. Elle hésita un moment, en pensant à la douche et aux jets d'eau fraîche. Cela impliquait de quitter la cabine… Bon, au fond, s'ils tenaient vraiment à l'emmener à terre, ils n'hésiteraient sans doute pas à défoncer la porte. S'enfermer à clé ne ferait qu'aggraver les choses. Après tout, elle n'avait rien fait, à part s'enfuir en courant pour retourner au *Garda* au lieu de prévenir la police. En réalité, elle était innocente. Elle n'avait aucune raison de s'inquiéter. Oui, une douche, absolument ! Par miracle, sa serviette était propre et sèche, et autre miracle, son bonnet de bain était là où elle l'avait posé.

Après la douche, elle se sentit rafraîchie, revigorée. Elle mit son short blanc et un petit haut, puis elle monta sur le pont. Assis sous l'auvent, Finsch et Isabelle ne lui prêtèrent pas attention. Elle traîna une chaise longue de l'autre côté du pont et s'y installa.

Isabelle était enfermée dans un silence maussade, mais Finsch semblait presque joyeux. Il n'avait pas non plus manifesté de signe de tension à bord du canot. Mal à l'aise, Betty s'agita sur son transat. Avait-elle eu une hallucination ? Pourtant, un objet avec une poignée blanche avait bien volé par la fenêtre d'Alan !

Elle essaya de se souvenir de l'aspect exact de l'arme de Finsch. Après tout, il y avait beaucoup de pistolets avec une crosse blanche. Ce n'était pas forcément le même. Pour en être sûre, elle pourrait retourner à La Libertad, escalader le flanc de la colline et récupérer l'arme. C'était une méthode. Mais l'idée de retourner à terre n'avait rien d'attirant. Ce serait quand même un soulagement d'avoir une certitude au lieu d'un simple soupçon… Une autre méthode était envisageable. Assez délicate… Tellement délicate, en fait, que Betty se mit à frissonner. Elle jeta un coup d'œil de l'autre côté du pont. Finsch était incliné en arrière sur sa chaise longue, les yeux à moitié fermés, l'image même d'un planteur de café qui jouit d'une retraite bien méritée. Betty se leva d'un bond. Ce ne serait l'affaire que d'une minute ou deux.

Le cœur battant, elle descendit l'escalier et se rendit rapidement à la cabine de Finsch. Elle s'arrêta, tendit l'oreille, essaya la poignée de la porte. Elle n'était pas verrouillée. Elle entra et mit l'entrebâilleur, puis elle tira le petit rideau. Au moins, elle pourrait entendre quelqu'un s'approcher. Elle se mit à quatre pattes et fouilla sous le lit. Elle en retira la grosse valise en cuir, la posa sur le lit et l'ouvrit.

Des sous-vêtements, des chemises, des mouchoirs soigneusement pliés. Une petite liasse de lettres et de documents, entourée d'un élastique. La sphère de jade. Le *kris*. Le cylindre noir rempli de gaz. Mais pas de pistolet à crosse d'ivoire – à moins que… Betty passa la main sous la pile de vêtements, ce qui la souleva et la fit pencher en avant. La boule de jade roula et tomba du lit. Betty tenta de la rattraper, mais ne réussit qu'à la projeter sur le sol. Il y eut un bruit sec, et la sphère se brisa en deux morceaux presque identiques.

— Ah, mon Dieu… murmura Betty en les ramassant, qu'ai-je fait ?

Elle se dépêcha de remettre la pile de vêtements en ordre avant de s'occuper de la sphère de jade. Les deux morceaux se joignaient parfaitement. En les collant, peut-être que Finsch ne remarquerait rien… Mais le temps pressait ! Elle entendit un bruit de pas et se figea. Les pas s'éloignèrent dans la coursive de traverse. Betty referma précipitamment la valise et la glissa sous le lit. Elle prit les deux morceaux de jade, tira le rideau de la porte qu'elle referma derrière elle.

Son cœur battait la chamade. Elle n'était restée que trois ou quatre minutes dans la cabine, mais si Finsch l'y avait surprise… Surtout compte tenu du fait que le pistolet avait disparu.

En s'efforçant de prendre un air dégagé, elle remonta sur le pont. Finsch et Isabelle étaient assis comme avant. Deux hémisphères de jade. Une goutte de colle – à nouveau une sphère – Finsch n'y verrait que du feu. Betty retourna à sa cabine et fouilla dans ses bagages. Où était cette fichue colle ? Là – dans la poche latérale. D'une main tremblante, elle appuya sur le tube et mit quelques points de colle sur les surfaces brisées, puis elle les frotta du bout du doigt avant de réunir les deux morceaux. Des petites bulles de colle dépassèrent le long de la ligne de fracture. Elle les essuya avec le pouce. Cinq minutes devraient suffire pour que ce soit sec. Peut-être même moins.

Tout en tenant les deux parties bien serrées l'une contre l'autre, elle jeta un coup d'œil par le hublot. Au moins, elle avait un peu moins peur de la police. L'arme de Finsch avait disparu de sa valise, et elle savait où la trouver. Cela devrait suffire à satisfaire les policiers.

La sphère semblait bien collée. Si on n'y regardait pas de trop près, elle avait l'air intacte.

Betty sortit de sa cabine et s'arrêta au milieu de l'escalier pour tendre l'oreille. Si elle avait regardé, elle aurait vu Finsch debout qui s'étirait. Mais elle se contenta d'écouter. Les voix étaient basses et régulières. Elle avait le temps de retourner dans la cabine, de déposer la sphère de jade dans la valise et de s'éclipser. Ni vu ni connu...

Elle redescendit les marches et courut jusqu'à la cabine de Finsch. Elle entra et referma simplement la porte derrière elle – elle n'en avait que pour un instant. Elle tira la valise et l'ouvrit, y déposa la sphère de jade et la referma. C'est alors qu'elle entendit les pas de Finsch juste devant la porte. Sa main était déjà sur la poignée. Terrorisée, elle plongea sous le lit et se nicha derrière la valise, juste au moment où la porte s'ouvrait.

Finsch entra dans la pièce. En sifflotant entre ses dents, il lança son chapeau sur la petite table.

Par-dessus le bord de la valise, Betty observa les jambes de Finsch. Elles s'approchèrent du placard. La porte s'ouvrit, se referma, et les jambes revinrent. Devant le lit, elles s'immobilisèrent complètement. Le sifflotement cessa. Betty sentit des gouttes de sueur froide couler dans son dos. Finsch avait des soupçons... D'une seconde à l'autre, il allait se baisser pour regarder sous le lit... Mais non. Il était en train de se déshabiller. Il s'assit sur le lit en poussant un grognement de satisfaction. Il délaça ses chaussures et les enleva, puis il retira ses chaussettes. Ses grands pieds se trouvaient à cinquante centimètres du nez de Betty. Une jambe se leva, une jambe de pantalon pendit, puis l'autre, et Finsch se retrouva en caleçon. Celui-ci apparut sur ses chevilles et il s'en débarrassa d'un coup de pied. Betty eut un espoir soudain : il va aller se doucher !

Finsch prit son peignoir de bain dans le placard et s'en vêtit. Il chaussa une paire de mules, prit sa serviette et son savon. Betty tremblait d'impatience. Allez, vas-y, dépêche-toi ! Que je puisse sortir d'ici ! Plus jamais je ne ferai un truc pareil !

Mais Finsch revint, dans un claquement de semelles. Betty entendit le tiroir du bureau s'ouvrir, et Finsch y prit quelque chose. Il traversa de nouveau la pièce, ouvrit la porte et sortit.

De l'autre côté de la porte, une clé entra dans la serrure et tourna. Le verrou s'enfonça en cliquetant.

Sans forces, Betty resta allongée un moment sans bouger. Avait-il su tout du long qu'elle était là ? Jouait-il au chat et à la souris avec elle, cherchait-il à la tourmenter ? Elle sortit de sous le lit et alla à la porte, où elle entendit un bruit de pas qui s'éloignaient pesamment dans la coursive.

Elle essaya la poignée. La porte était fermée à clé.

Elle se retourna, le cœur au bord des lèvres. Elle était prisonnière. Elle examina le hublot, en se demandant si elle pourrait se faufiler par là… Impossible.

Elle vit un objet posé sur la table. Le gros portefeuille noir de Finsch. La raison pour laquelle il avait fermé la cabine à clé.

Betty le prit et l'ouvrit. Il contenait un certain nombre de billets de cent dollars. Dans une pochette latérale, il y avait un papier plié, avec des caractères tapés à la machine visibles par transparence. Elle le déplia. C'était apparemment un reçu, ou une facture, daté d'aujourd'hui. On y lisait :

> *Vendu ce jour à Mik Finsch, pour la somme de $3000, une épouse légèrement usagée, livraison immédiate, et encore plus vite si possible.*
>
> *Alan Calder*

Joint au reçu, il y avait un chèque sur la National Bank d'El Salvador, pour 7 500 *colones*, à l'ordre d'Alan Calder et signé de Finsch. 7 500 *colones* équivalait à trois mille dollars.

À présent, Betty voyait très clairement la situation. Finsch s'était rendu chez Alan pour marchander, avec l'intention de le calmer en lui donnant un chèque. Ensuite, une fois assuré le passage d'Isabelle sur le *Garda*, il aurait fait opposition. Mais Alan ne s'était pas contenté d'un paiement symbolique. Il avait refusé d'agir tant que le chèque n'aurait pas été encaissé. C'est cette partie de la conversation que Betty avait entendue par la fenêtre, juste avant le coup de feu.

Pourquoi Finsch avait-il conservé le reçu et le chèque ? Comme souvenirs ? Des souvenirs dangereux… Betty trouva une feuille vierge dans le tiroir et la plia aux dimensions du reçu. Elle la glissa dans le portefeuille, qu'elle reposa à sa place sur le bureau. Quant au reçu et au chèque, elle les mit dans sa poche. Un acte audacieux, songea-t-elle – audacieux et très dangereux. Personne ne savait où elle était. Finsch n'allait pas tarder à revenir. Ce n'était pas un gentleman… Ma foi, elle n'avait guère le choix : elle devait reprendre sa place sous le lit, en priant pour qu'elle n'éternue pas, comme cela arrivait si souvent dans les films. Elle se mit à quatre pattes et se glissa de nouveau sous le lit. Que dirait Mère si elle la voyait en ce moment ?

Les minutes passèrent. Trois, quatre, cinq. Elle entendit le bruit régulier des pas de Finsch. La serrure cliqueta, la porte s'ouvrit, et Finsch entra.

Il accrocha sa serviette, posa le savon sur le lavabo et rangea son peignoir dans le placard. Une odeur de peau savonnée emplit la pièce. Les épaisses jambes poilues s'approchèrent du lit, les genoux se plièrent. Une main apparut sous le lit et tira la valise à elle. Deux mains l'ouvrirent. Betty contempla avec fascination les doigts énormes. Finsch en sortit un maillot de corps et un caleçon. La sphère de jade, collée au tissu, fut soulevée en même temps et se balança comme un pendule. Finsch émit un grognement de surprise.

Il se redressa et Betty ne vit plus que ses pieds, immobiles. Elle l'entendit grogner de nouveau, puis marmonner un mot dans une langue inconnue. Il fouilla dans sa valise et en sortit la liasse de papiers. Betty l'entendit les feuilleter, puis il les rejeta dans la valise.

Il se mit à faire les cent pas dans la pièce, puis les pieds revinrent se planter juste devant le lit. Le cœur de Betty, qu'elle avait déjà au bord des lèvres, sembla doubler de volume. Maintenant, Finsch allait la découvrir… Le pied droit se leva, le caleçon apparut, puis ce fut au tour du pied gauche. Finsch s'approcha du placard et répéta le processus avec son short beige.

Un coup frappé à la porte, qui s'ouvrit sans attendre de réponse. De longues et fines jambes bronzées, prolongées par une paire de sandales blanches, firent leur entrée.

Sur un ton dégagé, Finsch demanda :

— Tu es venue dans ma chambre ?

D'une voix vive et étonnée, Isabelle répondit :

— Dans ta chambre ? Non, pas depuis hier. Pourquoi ?

— Parce que quelqu'un est venu ici. On a touché à mes affaires.

Les jambes d'Isabelle avancèrent gracieusement de deux pas.

— Tu en es sûr ?

— Absolument. Regarde ! Mon talisman de jade. Il est cassé, et il a été réparé… Non, n'y touche pas. Tu vois, là ? Je trouverai le coupable. Il y a des empreintes digitales, très nettes à cet endroit. Tu vois ?

— Oui, je vois… Je me demande…

— Moi aussi, je me demande. Mais je trouverai. Note bien aussi… (la voix de Finsch changea légèrement)… qu'on m'a volé mon pistolet.

— Mik ! s'écria Isabelle. Qu'est-ce que ça veut dire ?

— Je ne sais pas. C'est peut-être une très bonne chose.

— Une très bonne chose ?

— Ha ha ! s'exclama Finsch d'un air entendu, comme pour signifier à Isabelle qu'elle ne devait pas se tracasser pour de telles bêtises.

— Tu me caches quelque chose, dit Isabelle qui semblait contrariée. Tu m'as l'air trop content de toi.

— Content de moi ? Pas du tout, ma chère. Je suis simplement content que les affaires avancent si bien.

— Je n'ai toujours pas mon billet.

— Ah, mais tu n'as pas de souci à te faire pour ça. Alan l'apportera ce soir. Et s'il ne le fait pas, nous attendrons d'être à Panama.

— Si tu le dis.

Les pieds d'Isabelle avancèrent lentement et s'arrêtèrent juste devant ceux de Finsch. Les talons se soulevèrent légèrement. Betty frémit et ferma les yeux. Il ne manquerait plus qu'ils décident de se montrer amoureux !

Ils ne se soucièrent pas des appréhensions de Betty. Les vêtements d'Isabelle tombèrent à terre, ses pieds disparurent et le matelas s'enfonça sous son poids. Finsch la rejoignit et le lit s'enfonça encore plus. Betty était comme paralysée par l'embarras. Une idée lui traversa l'esprit : elle pourrait en profiter pour ramper doucement de dessous le lit et sortir de la cabine… Finsch serait trop ébahi pour tenter de l'arrêter, peut-être même trop absorbé pour la remarquer… Elle réprima un fou rire.

Il n'y avait rien d'autre à faire qu'attendre. Le temps s'écoula. Finsch et Isabelle étaient à présent tranquillement allongés côte à côte. Isabelle dit :

— Oumf… J'ai chaud. Je colle de partout.

Finsch ne dit rien. Les pieds d'Isabelle apparurent.

— Je ne peux pas rester comme ça. Il faut que j'aille me doucher.

— On a tout notre temps, dit paresseusement Finsch.

— Moi, non. Toi, tu as le sang froid, tu supportes la chaleur. (Elle s'habilla.) Je te retrouve en bas dans dix minutes. C'est l'endroit le plus frais du bateau. Tu pourras m'offrir un verre, pour changer.

— Très bien. Aujourd'hui, je t'offrirai un verre.

Isabelle se glissa hors de la cabine. Finsch resta allongé un moment sur la couchette en sifflotant entre ses dents, puis il se leva avec l'air d'un homme qui vient de prendre une décision. Il s'habilla, puis la porte s'ouvrit et se referma. Betty attendit. La serrure cliqueta. Elle poussa un petit gémissement de déception.

Elle sortit de dessous le lit et alla examiner la porte. Elle essaya la poignée. Fermée à clé. Elle alla au hublot. Impossible.

Elle avait une longue attente en perspective. À moins qu'elle ne cogne à la porte, ou qu'elle crie par le hublot. Mais elle ne pouvait pas faire ça. Il y aurait des chuchotements et des ricanements parmi les matelots, une compréhension polie de la part des Cato, des moqueries voilées de Nello, des plaisanteries de Harry Mayberry. Quant à Finsch et Isabelle… Non, c'était impossible. Il fallait qu'elle attende. Finsch reviendrait peut-être avant le dîner, ou peut-être pas. De toute façon, il veillerait sans doute à bien fermer à clé derrière lui. Elle ne pouvait espérer s'enfuir que plus tard dans la soirée, plus tard dans la nuit, une fois que Finsch se serait endormi. Une sombre perspective… Au bord des larmes, Betty s'assit un instant. Quelle journée. Quelle journée épouvantable…

Elle soupira plaintivement et décida de retourner sous le lit. Finsch pouvait revenir d'un instant à l'autre, pour prendre quelque chose qu'il aurait oublié… Elle examina sa cachette avec dégoût. Si seulement elle pouvait s'échapper ! Plus jamais elle ne jouerait les espionnes ! Plus jamais ! Si seulement elle avait la clé – une autre clé… Il y avait deux clés pour la cabine n° 2. Il y avait peut-être aussi un double pour celle de Finsch. Elle ouvrit le tiroir du bureau. Tout au fond, elle trouva une deuxième clé.

Elle la prit et se précipita vers la porte. Si cette clé n'était pas la bonne... Elle refusa d'y penser. Elle la tourna dans la serrure, et entendit le déclic.

Betty entrouvrit le battant. Le couloir était désert. Elle sortit, referma à clé derrière elle et s'éloigna aussi vite qu'elle le pouvait.

2.

Betty monta sur le pont supérieur et s'écroula dans une chaise longue. Quelle histoire ! Et sans la moindre faute de sa part, elle s'y trouvait plongée jusqu'au cou ! Bon, elle allait s'en sortir, dès qu'elle aurait réussi à trouver le capitaine. Il était peut-être revenu à bord. Elle se releva et partit d'un pas décidé vers la cabine du capitaine Frascatore.

Elle frappa à la porte, sans obtenir de réponse. Elle frappa à nouveau, puis poussa le battant pour jeter un coup d'œil à l'intérieur. Le bureau était désert.

— Capitaine ? lança-t-elle.

Pas de réponse.

Elle se rendit au poste de pilotage, désert lui aussi, puis elle descendit sur le pont des embarcations, où elle trouva le second lieutenant, un homme d'une cinquantaine d'années au long visage triste orné d'une petite moustache rousse, accoudé au bastingage.

— Le capitaine – où est *il commandante* ?

L'homme pointa du doigt vers le rivage, avec une explication dans un mélange d'italien, d'espagnol et d'anglais.

— À quelle heure revient-il ?

Le second écarta les mains dans un geste typiquement méditerranéen, exprimant l'ignorance et l'indifférence.

— Ah, bon sang de bois... marmonna Betty entre ses dents.

Attendre. Elle avait passé la journée entière à attendre. Attendre le canot pour se rendre à terre, attendre sur la terrasse de l'hôtel, dans l'entrepôt, sous le lit de Finsch. Et maintenant, ici.

La pression accumulée après tant d'irritations et de frustrations avait besoin d'un exutoire. Betty éprouva une rage bouillonnante. Elle était mûre pour la rébellion, prête à tout… Le second s'était détourné et suçait pensivement sa moustache, accoudé au bastingage. Betty sentit un fourmillement dans le pied. Elle mourait d'envie de botter ces fesses rondes… Après tout, pourquoi pas ? Il serait peut-être surpris et fâché, mais jamais plus il ne tournerait le dos à quelqu'un avec une telle insouciance tranquille.

Le second tourna lentement la tête et leurs regards se croisèrent un instant, chacun pouvant lire les pensées de l'autre. L'homme reporta son regard mélancolique vers le rivage, et Betty s'éloigna.

Elle parcourut nerveusement le bateau – en avant vers la proue, sur la plage arrière, puis sur le pont supérieur. Elle essaya de s'installer dans un transat, mais l'inactivité était insupportable. Elle se releva aussitôt et se rendit sur la passerelle pour guetter l'arrivée du canot. Il pourrait ramener le capitaine ou la police – à moins, bien sûr, que personne n'ait pensé à chercher où se trouvait Alan. Betty regarda l'hôtel sur la colline. Elle avait seulement entendu la détonation – mais en fait, il ne pouvait y avoir aucun doute. Quand la police apprendrait la mort d'Alan, elle chercherait à savoir qui lui avait rendu visite. Enrique décrirait Betty et son départ précipité. La police ne pouvait manquer de remonter sa piste jusqu'au *Garda*.

Cela étant, Betty n'avait rien à craindre d'autre qu'un certain désagrément. Elle avait dans sa poche le reçu pour « une épouse légèrement usagée, livraison immédiate, et encore plus vite si possible » – d'un humour plein d'amertume, cette dernière remarque ! – ainsi que le chèque. Elle savait que le pistolet, au lieu de tomber dans la mer agitée, était allé se loger dans une crevasse. La police serait sans doute mécontente, mais Betty plaiderait sa nervosité de jeune fille. Ce qui n'était d'ailleurs pas un mensonge ! Elle était réellement nerveuse ! De toute façon, dès que le capitaine serait là, elle l'emmènerait dans son bureau. Elle lui raconterait son histoire, lui donnerait le reçu et le chèque, et lui indiquerait où se trouvait l'arme. Le capitaine Frascatore pourrait s'occuper du reste. Bien sûr, si les policiers arrivaient d'abord, elle serait fichue. Ils l'emmèneraient aussi, et le *Garda* repartait à minuit…

Elle aperçut le canot au loin. Elle essaya de distinguer les visages. Qui était à bord ?

Le canot s'approcha. Deux hommes en uniforme se tenaient sur le pont, raides et sévères. Betty sentit son cœur faire un bond étrange dans sa poitrine. Aucun doute, c'était la police.

Le canot se rangea le long du *Garda*, les policiers montèrent à bord et disparurent aussitôt. Les genoux tremblants, Betty s'interrogea. Que faire ? Elle n'avait personne vers qui se tourner. Le capitaine était à terre, elle était seule… Elle respira profondément. Il n'y avait pas lieu de paniquer. S'ils l'emmenaient à terre… eh bien, tant pis, elle se ferait une raison.

Elle attendit. Cinq minutes s'écoulèrent, et elle entendit un rugissement de moteur. Le canot repartait. Elle courut au bastingage : les deux policiers étaient à bord – avec Isabelle, qui semblait effrayée. Son visage pâle et affolé était tourné vers le *Garda*.

À l'évidence, songea Betty, ils avaient découvert le corps d'Alan, et ils étaient venus en informer Isabelle. Mais pourquoi l'emmenaient-ils ? Pour s'occuper des formalités de l'enterrement ? Naturellement, Isabelle ne souhaiterait pas rester à La Libertad. Ils allaient trouver cela étrange, un tel manque de cœur.

Le temps passa. Le soleil descendit vers la mer, faisant scintiller les vagues. De lourds nuages se formèrent au-dessus des montagnes et avancèrent vers la ville, où ils commencèrent à déverser des tombereaux de pluie noirâtre. Betty resta assise dans son transat, à attendre et réfléchir.

À 18 heures, Finsch apparut. Il la salua poliment, avec son petit plissement de lèvres ironique qui lui donnait une apparence d'affabilité. Pour ne pas être en reste, Betty le salua à son tour. Il monta sur la passerelle et alluma un cigare. Là, les deux pieds bien campés sur le pont et les mains derrière le dos, il contempla l'océan avec une approbation bienveillante. Il finit par prendre une chaise longue où il s'installa.

Au bout de cinq minutes, Betty commença à s'agiter. Finsch semblait l'observer d'un air calculateur. Elle se leva et redescendit dans sa cabine.

N'ayant rien de mieux à faire, elle lava quelques sous-vêtements et les mit à sécher, puis elle descendit dans la salle à manger pour attendre l'heure du dîner ou l'arrivée du capitaine, selon les circonstances…

3.

L'heure du dîner arriva, et le capitaine n'était toujours pas rentré. Quatre nouveaux passagers se présentèrent : deux ingénieurs allemands d'une cinquantaine d'années, un petit Salvadorien aux cheveux gris à l'air solennel, accompagné de son épouse au visage joufflu. Le steward les installa à la table laissée vacante par les dames salvadoriennes. Betty prit sa place habituelle. Finsch mangea seul à la table du fond. Le chef mécanicien était assis à la table centrale, également seul. Le repas fut très silencieux, ponctué seulement de quelques murmures de conversation entre les nouveaux passagers.

À 21 heures, Alec, Ora, Harry et Nello revinrent, fatigués et affamés. Ils saluèrent Betty avec un certain étonnement.

— J'ai décidé de rester à bord, leur dit-elle. Vous allez devoir me supporter jusqu'au bout.

— Vous n'avez donc pas pu organiser une escale ? demanda Alec.

— C'est toute une histoire.

— Vous nous la raconterez plus tard, dit Ora. Nous mourons de faim. Alec, demande-leur de nous faire quelque chose à manger !

Le chef steward ouvrit le réfrigérateur. Il apporta du pain, du beurre, du fromage, du jambon et du salami, ainsi que des olives et des tomates. Betty s'assit avec eux tandis qu'ils mangeaient, et écouta avec une certaine envie le récit de leurs aventures.

Ils se rendirent ensuite tous les cinq sur le pont supérieur, à présent frais et magnifique, pour contempler les étoiles et les lumières de La Libertad.

Il était 22 h 30 quand le capitaine Frascatore et Isabelle regagnèrent le navire. Betty quitta discrètement ses compagnons pour redescendre. Elle croisa Isabelle dans la coursive. La jeune femme avait les traits tirés et l'air pitoyable. Elle poursuivit son chemin sans un mot et entra dans la cabine, dont elle referma la porte.

Betty trouva le capitaine dans son bureau. Il parlait en italien au premier lieutenant et au chef mécanicien, en ponctuant son discours de gestes brusques, le poing serré. Betty tapota le battant de la porte restée ouverte.

— Capitaine, puis-je vous parler un instant ?

Le capitaine Frascatore semblait fatigué et soucieux, et son uniforme était chiffonné.

— Plus tard, plus tard, dit-il sèchement.

— C'est important, capitaine.

— Je suis occupé avec mes officiers. Nous devons nous préparer à partir. Le navire nécessite notre attention.

— Il faut absolument que je vous parle ! s'écria Betty, désespérée.

Le visage du capitaine Frascatore s'empourpra. Il tourna lentement la tête, débita une tirade véhémente au lieutenant et au chef mécanicien. Les deux hommes haussèrent les épaules, saluèrent le capitaine et prirent congé.

— Et maintenant – de quoi s'agit-il ?

— Si je peux me permettre, avez-vous vu Alan Calder ?

— Pourquoi cette question ?

— Est-ce que… est-ce qu'il est mort ?

Le capitaine se cala dans son fauteuil.

— Oui. Il est mort. (Il détourna les yeux, regarda par le hublot.) Il s'est suicidé. Toute la journée, j'ai dû faire le travail à sa place pour que nous puissions partir cette nuit.

— Vous dites qu'il s'est suicidé ?

— Je ne dis rien du tout. C'est la police qui le dit. Il est mort. Une balle dans la tête, une arme dans la main. Ils me demandent pourquoi. Je leur dis que sa femme est partie avec Mik Finsch. Ah, quel dommage, ils disent.

— Capitaine, dit Betty à voix basse, ce n'est pas ça du tout. Alan ne s'est pas suicidé ! Quelqu'un l'a tué !

Le capitaine Frascatore la regarda avec hostilité.

— Je peux le prouver, poursuivit Betty. Regardez !

Elle sortit les papiers de sa poche. Le capitaine tendit brusquement les mains pour la repousser.

— Non, non !

Betty le regarda fixement, complètement sidérée.

— Ne me montrez pas. Je ne veux rien savoir. Le *Garda* doit partir. Si vous avez des choses à dire, dites-les à la police. Vous pouvez aller à terre. Je ne veux rien entendre.

— Mais, capitaine, Alan a été assassiné !

— Vous savez combien ça coûte de faire fonctionner ce navire ? Mille trois cents dollars par jour. Je ne veux pas que le *Garda* reste coincé ici. La police ne me paie pas pour attendre. C'est la Mediterranean Line qui paie. Ils vont me demander : « Capitaine Frascatore, pourquoi vous laissez faire tous ces ennuis au *Garda* ? Vous nous avez coûté beaucoup d'argent. Je crois que nous n'avons plus besoin de vous. » C'est ce qu'ils me diront. Dans trois ans, je prends ma retraite. J'aurai une pension, sauf s'ils me disent que je suis un bon à rien.

— Mais… vous ne voulez pas voir ces documents ? dit Betty en les lui tendant. (Elle en pleurait presque.) Ce n'est pas bien si vous le ne faites pas. Alan a été assassiné. Je sais où est l'arme.

— Mais alors, pourquoi ne pas l'avoir dit à la police ?

— Parce que j'avais peur.

Le capitaine Frascatore tapa violemment du poing sur la table.

— Mais vous voulez que moi, je leur dise ces choses. Ils vont me demander : « Capitaine Frascatore, qu'est-ce que c'est que ça ? Vous dites qu'Alan Calder a été assassiné ? Comment le savez-vous ? » Je réponds : « Miss Haverhill me l'a dit. » « Ah, disent-ils, c'est une femme de très bon jugement, hein ? » Je dis : « Non, c'est une jeune fille un peu hystérique qui a déjà causé beaucoup d'ennuis. » « Ha ha ! disent-ils. Nous sommes étonnés, capitaine Frascatore. Nous pensions que vous étiez un homme très sage, mais vous venez nous voir en courant comme un poulet, très vite, parce que Miss Haverhill a une hystérie. »

Le capitaine leva les bras au ciel et haussa les sourcils.

— Et là, ils disent : « Si Miss Haverhill veut nous parler, nous devons écouter. C'est notre travail. Mais nous sommes satisfaits de notre enquête. Nous sommes de bons policiers. »

Folle de rage, Betty jeta le reçu et le chèque sur la table.

— Je ne suis *pas* hystérique ! Les faits sont là ! Ça prouve ce que je dis !

Le capitaine se cala contre son dossier.

— Peut-être. Mais ce ne sont pas mes documents. Ça ne me regarde pas.

— Mais… Alan a été tué, capitaine !

— Ne me dites pas des choses comme ça ! Pourquoi ne l'avez-vous pas dit à la police ? Vous avez peur. Vous voulez que ce soit *moi* qui le dise. Moi aussi, j'ai peur. Vous avez peur de la police et de la prison. Ce n'est rien. J'ai peur pour ma retraite. C'est beaucoup. Je vais vous dire ce que vous devez faire. Nous allons rester trois jours à Panama. Vous devez aller voir le consul d'El Salvador. Vous lui racontez tout. Il appellera le consul d'Italie, qui appellera la police. Et alors, il y aura le temps pour une enquête.

Betty retint ses larmes.

— Tout ce que vous me dites, c'est que vous vous en moquez !

— Ce n'est pas que je m'en moque… c'est vous qui avez les documents. Vous ! Vous voulez aller à terre ? J'appellerai le canot. Vous pourrez parler à la police.

— Oui, répondit Betty dans un accès de colère. Je veux me rendre à terre. Je me fiche de ce qui se passera. Je ne laisserai pas cet assassin s'en tirer comme ça !

— Très bien, fit le capitaine en posant les mains à plat sur la table comme s'il s'apprêtait à se lever. J'appelle le canot, vous irez à terre. Mais je ne vais pas attendre. Dès que vous serez partie, je lève l'ancre. Vous direz ce que vous voudrez à la police. Le *Garda* ne sera plus là.

— Mais à quoi ça me servira d'aller à terre ? s'écria Betty, furieuse. Vous cherchez délibérément…

Le capitaine haussa les épaules.

— Ces papiers veulent peut-être dire quelque chose. Je ne le crois pas, mais peut-être. La police dira : « C'est très grave. Nous devons enquêter. Capitaine Frascatore, vous ne devez pas partir avant que nous ayons tout découvert. Demain, c'est le jour du Seigneur, nous n'avons pas le droit d'enquêter. Lundi, c'est la fiesta. Mardi, c'est la fête de mon neveu. Mercredi, nous monterons à bord du *Garda* pour l'enquête. » (Le capitaine tapa du poing sur la table.) Chaque jour coûte mille trois cents dollars.

— Mais vous protégez un meurtrier !

— Non. Ce n'était pas moi qui savais ces choses. C'était vous. Vous ne vous donnez pas de mal, vous voulez que ce soit moi, le capitaine Frascatore, qui me donne du mal. Mais maintenant, vous devez attendre.

Betty se tassa sur sa chaise. Elle se sentait hébétée. Elle désigna les deux bouts de papier.

— Et ça, qu'est-ce qu'on en fait ? demanda-t-elle. Ce sont des preuves.

Le capitaine haussa les épaules.

— Peut-être. Je ne sais pas. Si vous voulez, vous pouvez les mettre dans une enveloppe, que je rangerai en lieu sûr.

Betty essaya de réfléchir. Tout semblait la mener à une impasse.

— J'attendrai que nous soyons à Panama. C'est dans combien de temps ?

— Dans trois jours. Vous ne voulez pas aller à terre ?

— Non. Donnez-moi l'enveloppe.

Le capitaine en sortit une d'un tiroir.

Betty y glissa les papiers et la colla. Le capitaine lui tendit un stylo.

— Inscrivez votre nom, s'il vous plaît.

Il l'observait avec une curiosité glacée. En évitant de le regarder, elle lui remit l'enveloppe. Il eut un petit rire.

— Vous êtes en colère contre moi. Mais aujourd'hui, je vous ai rendu un service.

— Un service ? Comment ça ?

— Il y a un serveur à l'hôtel. Il dit qu'une fille est venue voir Alan, mais qu'elle est partie en courant très vite. La police, elle croit que c'est l'épouse. Alors ils demandent au garçon de venir regarder Mme Calder. Il dit : « Non, ce n'est pas la même fille ! » Moi, le capitaine Frascatore, je sais que cette fille, c'est Miss Betty Haverhill. Je ne dis rien. Les policiers sont fatigués. C'est l'heure de la sieste. Cette fille n'a pas d'importance. Alan Calder est mort. Il a un pistolet dans la main, il a un trou dans la tête. Tout est clair. Le pistolet a fait le trou. Un homme avec une femme comme ça ! « *Ay, caramba !* ils disent. Quand elle le quitte, il est très malheureux. Il se tire une balle dans la tête. C'est une affaire très simple. » Maintenant, ils boivent de la bière. Ils aimeraient bien que Mme Calder soit là pour boire avec eux. C'est tout ce qui les intéresse. El Salvador, bah !

Le capitaine se leva et rangea l'enveloppe dans un secrétaire.

— Et voilà, dit-il. Je mets ça sous clé.

On entendit un faible bruit métallique à l'avant du navire.

— C'est l'ancre, dit le capitaine. Nous nous mettons en route. Je dois aller sur la passerelle.

Chapitre IX

1.

Le *Garda* reprit sa route au milieu du sombre océan, laissant derrière lui La Libertad avec quelques dizaines de lumières vacillantes qui finirent par disparaître derrière une langue de terre.

Betty retourna dans sa cabine, où elle se déshabilla et enfila son pyjama. Isabelle et Mik Finsch étaient encore sur le pont. Betty hésita un instant devant la porte, puis elle engagea le verrou. Se sentant plus tranquille, elle se lava les dents et se mit au lit avec un livre, mais le texte ne pénétrait pas son esprit. Elle le reposa et se contenta de rester allongée à écouter le sifflement de l'eau contre la coque.

Il y eut un bruit de pas dans le couloir et la poignée de la porte tourna. Betty se leva.

— Qui est là ?

— C'est moi, naturellement, dit Isabelle avec agacement.

Betty ouvrit et jeta un coup d'œil dans le couloir. Isabelle était seule. Elle entra dans la cabine et regarda autour d'elle d'un air soupçonneux.

— Qu'est-ce que c'est que cette idée de vous enfermer ?

— Disons que c'est un simple caprice, répondit Betty en enclenchant à nouveau le verrou.

— Encore ? demanda Isabelle avec un sourire ironique.

— Oui.

— Le même caprice ?

Betty retourna se coucher.

— Si vous voulez savoir la vérité… j'ai peur.

— Peur ? (Isabelle sembla étonnée.) Peur de quoi ?

— Peur de commettre un suicide, ainsi que ça s'appelle sur le *Garda*.

Isabelle s'assit sur son lit et regarda Betty.

— Que voulez-vous dire par là ?

— Je préfère ne pas répondre.

Les magnifiques yeux gris d'Isabelle lancèrent des éclairs.

— Moi, je préférerais que vous me répondiez ! Je suis la veuve d'un homme qui s'est suicidé, et ce sujet me tient un peu à cœur.

Betty la dévisagea attentivement. L'indignation semblait réelle.

— Vous croyez vraiment que votre mari s'est suicidé ?

— Pourquoi ne le croirais-je pas ? C'est la police qui me l'a dit.

Betty reprit son livre. Mieux valait ne rien ajouter.

Isabelle l'observa un moment en silence. Betty fit semblant de lire. La tension augmenta. Betty tourna nerveusement une page.

— Où voulez-vous en venir exactement ? demanda enfin Isabelle d'une voix douce.

— N'est-ce pas évident qu'Alan ne s'est pas suicidé ?

Isabelle la fixa avec des yeux brillants comme deux pièces d'argent.

— Non, dit-elle simplement, ce n'est pas évident. C'est ce que la police m'a dit, et je l'ai cru. Je continue de le croire.

— Eh bien, vous vous trompez, rétorqua Betty malgré sa résolution de ne pas en dire plus. Alan a été assassiné.

Le visage d'Isabelle resta impassible, à part une légère contraction des sourcils. C'est d'une voix très calme qu'elle dit enfin :

— Vous avez l'air d'en être vraiment sûre.

— Ça me semble assez clair.

— Et à votre avis, qui est l'assassin ?

Betty haussa les épaules.

— Je vous laisse le soin de tirer vos propres conclusions.

Encore un silence tandis qu'Isabelle la regardait fixement.

— Vous êtes en train de me dire que c'est Mik qui a tué Alan, et qu'il a maquillé ça en suicide.

— Je ne suis pas en train de vous dire quoi que ce soit.

La réaction d'Isabelle fut immédiate et tranchante.

— Si. Et vous êtes complètement folle.

— Comme vous voudrez.

Isabelle se leva et s'approcha de Betty, qui replia instinctivement les genoux pour s'écarter. Mais Isabelle se contenta de la regarder avec un léger sourire.

— Je sais pourquoi vous me racontez ça.

— Je ne vous raconte rien du tout.

— C'est parce que vous êtes jalouse.

— Jalouse ? Mais de qui ?

— Quand j'ai embarqué à Los Angeles, Mik vous a laissée tomber comme une vieille chaussette.

Betty bredouilla une protestation indignée, mais Isabelle éclata de rire :

— Je sais tout de l'histoire. Mik me l'a dit.

— Est-ce qu'il vous a dit que j'essayais de lui échapper, qu'il était assis sur moi occupé à déchirer mes vêtements ?

Isabelle eut de nouveau un rire moqueur.

— Est-ce qu'il vous a dit que Ted Bunpole est entré et qu'il lui a flanqué une belle raclée ? Non, ça, il n'a pas dû vous le dire. Et Ted Bunpole s'est suicidé, lui aussi.

— Ha ha. (Le rire d'Isabelle était un peu moins assuré.) Est-ce que tout ça n'est pas un peu mélodramatique ?

— Oui, absolument ! Et je voudrais bien que ça ne le soit pas ! Je préférerais un ennui profond !

Isabelle retourna s'asseoir sur son lit.

— J'aimerais vous poser une question, dit-elle.

— Allez-y.

— Avez-vous quelque chose de concret – au sujet d'Alan –, ou bien n'est-ce que des mots ?

Betty réfléchit.

— Je n'ai pas assisté à la scène, si c'est ce que vous voulez dire.

Isabelle se pencha brusquement en avant.

— Je sais, maintenant ! C'était forcément vous ! C'est vous, la fille qui est venue voir Alan !

— Et alors ?

— Et alors ? La police a cru que c'était moi !

Betty haussa les épaules.

— J'ai dit au capitaine que j'étais là-bas.

Isabelle l'examina avec une hostilité mêlée d'étonnement et d'une pointe de respect.

— Vous avez un sacré sang-froid, dit-elle. Pas étonnant que vous sachiez tout sur tout.

— Je ne sais pas tout sur tout, répliqua Betty.

— Mais vous avez entendu le coup de feu.

— Oui.

— Comment savez-vous qu'Alan ne s'est pas suicidé ?

— Je préfère ne pas le dire. J'ai raconté tout ce que je savais au capitaine.

— Et il ne vous a pas crue ?

— Il pense que je suis une jeune fille hystérique.

Isabelle hocha la tête avec un petit sourire, comme si elle trouvait l'opinion du capitaine parfaitement compréhensible.

— Tout ça se ramène au fait que vous avez entendu Alan se suicider.

— Non, répondit Betty avec assurance.

— Ma chère petite, dit Isabelle d'une voix lasse, Alan avait un pistolet dans la main. Une balle avait été tirée. Et il a laissé un mot.

— Sur sa machine à écrire ?

— Oui, et alors ?

Ce fut au tour de Betty d'éclater de rire.

— Vous n'êtes pas aussi bête que ça, Isabelle. Si vous ne me croyez pas, c'est parce que vous ne voulez pas me croire.

— Ou c'est peut-être simplement parce que je m'en fiche, dit Isabelle d'une voix douce.

— Je vous ai tout dit, conclut Betty. Je ne voulais pas, mais je l'ai fait.

Elle prit son livre et essaya de se remettre à sa lecture.

Au bout d'un moment, Isabelle dit :

— Je n'arrive pas à vous cerner. Avez-vous vu Mik, là-bas ?

— Non.

— Avez-vous entendu sa voix ?

— Non.

— Alors, comment savez-vous qu'il y était ?

— Quelque chose qu'Alan a dit.

— Puis-je vous demander ce que c'était ?

— Non, vraiment, Isabelle, je préfère ne pas en parler !

— Mais pourquoi ? Après tout, Alan était mon mari. Je ne vais pas prétendre que j'ai le cœur brisé – mais il n'empêche, j'ai le droit de savoir.

— C'est simplement parce que tout ce que je peux vous dire, vous vous dépêcherez d'aller le répéter à Finsch.

Isabelle eut un rire faux.

— Peu importe, ce que vous racontez est ridicule. Tenez, si Mik a tué Alan avec le pistolet d'Alan...

— Il s'est servi de son arme à lui.

— Bon, très bien. Donc, s'il s'est servi de son arme, comment se fait-il qu'une balle ait été tirée avec celle d'Alan ? Vous avez entendu un seul coup de feu.

— Il y avait peut-être déjà une cartouche vide dans l'arme d'Alan. Ou Finsch a pu l'envelopper dans une couverture et tirer une balle sans faire de bruit. Il doit y avoir une dizaine de méthodes. Finsch a travaillé dans la police secrète, il doit toutes les connaître.

Betty reprit son livre et essaya encore une fois de lire. Elle avait déjà dit à Isabelle beaucoup plus qu'elle n'en avait eu l'intention. Peut-être trop pour sa sécurité...

Les mots se brouillaient devant ses yeux. Elle referma son livre et éteignit sa lampe de chevet. Isabelle avait déjà éteint la sienne, mais Betty savait qu'elle ne dormait pas. Elle finit par lui demander :

— Tout cela ne vous préoccupe donc pas ?

La voix d'Isabelle se fit entendre, douce et calme dans le noir :

— Non. Parce que je ne vous crois pas.

— Dites plutôt que vous ne *voulez pas* me croire.

Il y eut un silence. Les deux jeunes femmes contemplaient l'obscurité. Les moteurs grondaient faiblement au loin. Le navire montait lentement dans les vagues, puis descendait en s'inclinant légèrement. À travers le hublot, on entendait le sifflement de la coque glissant au milieu des flots.

2.

Le lendemain matin, le *Garda* se trouva loin des côtes, dans une mer agitée. Un fort vent d'est venu du Nicaragua soufflait par intermittence, apportant avec lui des nuages gris et des averses de pluie tiède. Le petit déjeuner fut morose. Ora avait le mal de mer, ou bien elle avait mangé à San Salvador quelque chose qui ne passait pas. Toujours est-il qu'elle était restée dans sa cabine. Harry Mayberry s'était levé du mauvais pied : Nello et lui s'étaient déjà disputés pour une broutille. À présent, chacun boudait dans son coin, devant une tasse de café : Harry, un bébé rose et renfrogné, ses cheveux blancs ébouriffés et en désordre, et Nello déchiquetant férocement son toast. Les ingénieurs allemands marmonnaient des monosyllabes, tandis que le couple de Salvadoriens observait en catimini Finsch et Isabelle, qui terminèrent rapidement leur repas et quittèrent la salle à manger. Alec s'excusa à son tour afin de retourner voir Ora. Nello vint s'asseoir à côté de Betty. Harry Mayberry se leva et sortit d'une démarche raide.

Nello expliqua la cause de leur dispute :

— Il est vieux, ce Harry, mais il ne sait rien. Je lui parle de d'Annunzio, il ne sait rien. Je dis Garibaldi, il ne sait rien. Cavour ? Ignorance. Alors, je dis : « Harry, mon ami, c'est incroyable ! Au moins, vous avez entendu parler de Joe di Maggio ? » Il se met en colère. C'est étrange. Les Américains sont des gens étranges.

— Tous les gens sont étranges, dit Betty.

Nello lui caressa le poignet.

— Vous êtes pâle. Vous vous sentez bien ?

— Je me sens très bien.

— Quand nous serons à Panama, vous et moi, nous irons nous promener ensemble. Qu'est-ce que vous en dites ?

Betty eut un rire bref.

— Je n'arriverai peut-être même pas jusque-là.

— Je crois que vous devriez vous reposer, aujourd'hui. Vous n'avez pas bien dormi la nuit dernière, hein ?

— J'ai très bien dormi. Non, vraiment, Nello ! Vous allez me donner un complexe d'infériorité à force de vous inquiéter pour moi.

— Mais il faut que je m'inquiète. Je suis amoureux de vous. Vous êtes si jolie, vous avez l'air si innocente, comme une boîte de bonbons enveloppée dans du beau papier.

— Merci, Nello. Je suis sûre que ça part d'un bon sentiment.

— J'ai dit quelque chose qu'il ne fallait pas ?

— Rien de grave. Les filles n'aiment pas qu'on leur dise qu'elles ont l'air innocentes.

— Ah, je comprends. Il vaut mieux que je dise que vous n'avez pas l'air innocente.

— Ça ne va pas non plus.

Nello se prit la tête dans les mains avec désespoir.

— Jamais je ne comprendrai !

Betty alla jeter un coup d'œil par le hublot.

— Quelle journée sinistre ! Nello, trouvez quelque chose de distrayant…

— Parlons de ce que nous ferons à Panama.

— Venez, nous allons rendre visite à Ora. Elle se sent peut-être mieux.

Nello fit une grimace.

— Ça ne m'intéresse pas. Mme Ora Cato a une langue acérée. Pourquoi ne pas y aller toute seule ?

— J'ai peur du noir.

— Du noir ? répéta Nello étonné. Il ne fait pas noir.

— Vous avez un esprit littéral, Nello. Je m'exprime par images poétiques.

— Je n'arrive pas à comprendre.

— C'est sans importance. Vous venez ?

— Bon, d'accord, si vous voulez.

Il suivit Betty le long du couloir, puis jusqu'en haut des marches. Des marches en acier tranchant, songea Betty – une chute serait terrible.

La cabine des Cato était vide.

— Ils sont là-haut, dit Betty. Je vais d'abord chercher mon pull.

Ils se rendirent à la cabine n° 2. Betty ouvrit la porte. Isabelle, qui se tenait au milieu de la pièce, referma précipitamment le petit sac de Betty, qui s'arrêta net.

— Qu'est-ce qui se passe ? demanda-t-elle.

— Pas de conclusions hâtives, répondit Isabelle d'une voix rauque. Votre argent est en sécurité. Je voulais essayer votre rouge à lèvres.

De plus en plus étrange ! songea Betty. Serviettes, savon, talc, dentifrice, bonnet de douche, tous ces objets et produits qu'Isabelle s'était appropriés à un moment ou à un autre… Et maintenant, le rouge à lèvres. Quel était le suivant sur la liste ?

Betty fit un geste fataliste. Elle prit son pull et ressortit. Elle monta avec Nello sur le pont.

Ora était recroquevillée sur une chaise longue. Alec était mollement installé à côté d'elle, l'air morose. Betty vint s'asseoir auprès d'Ora.

— Une journée plutôt sinistre, n'est-ce pas ?

— Pour ça, oui, marmonna Ora. Ce vent, cette humidité… et je suis malade comme un chien. Tous ces fichus *tacos* qu'Alec a absolument tenu à acheter. C'est sa faute. J'ai attrapé une dysenterie amibienne, et je serai malade toute ma vie.

Alec prit un air indigné.

— Allons, sois raisonnable. C'est à cause de la bière. La bière verte, ça peut être de la vraie dynamite.

— Je me fiche de ce que c'était. Parlons de quelque chose de plus gai.

Alec se pencha vers Betty avec une certaine curiosité.

— Nous voulions vous demander… Est-ce que vous avez vu Alan Calder, hier ?

— Non. En fait…

Le steward se pencha par-dessus l'épaule de Betty.

— S'il vous plaît, le capitaine, il veut vous voir.

Betty s'excusa et descendit à la cabine du capitaine.

La porte était ouverte. Elle vit le capitaine Frascatore installé derrière son bureau, l'air grave et soucieux. Isabelle et Mik Finsch étaient assis à droite de la porte. Finsch se leva poliment quand Betty entra. Le capitaine lui fit signe de s'asseoir, en évitant de la regarder.

Betty s'exécuta, et Finsch se rassit.

Il y eut un moment de silence. Le capitaine manipulait quelques feuilles de papier sur son bureau. Isabelle regardait fixement par le hublot. Le demi-sourire de Finsch était énigmatique, presque malicieux. Il se trame quelque chose, songea Betty.

— Eh bien, me voilà, dit-elle d'une voix légèrement tremblante. Qu'y a-t-il ?

Le capitaine posa les mains bien à plat devant lui.

— Cette affaire n'est pas très jolie. Je n'aime pas ça sur le *Garda*. M. Finsch est venu se plaindre à moi. C'est très déplaisant.

Mik Finsch prit la parole sur un ton très raisonnable.

— Je regrette beaucoup cette affaire, Miss Haverhill. C'est désagréable pour moi. Mais je ne peux pas accepter que des objets personnels soient pris dans ma cabine. Je suis sûr que vous le comprenez. Mais choisissons la solution la plus simple. Je ne veux causer d'ennuis à personne. Si vous me rendez mon pistolet, j'en resterai là.

Betty le regarda avec étonnement. Elle jeta un coup d'œil au capitaine, et revint à Finsch :

— Je n'ai pas votre pistolet.

— Allons, Miss Haverhill !

— Et vous savez très bien que je ne l'ai pas.

— Comme je l'ai dit, je ne veux d'ennuis à personne. C'est une discussion entre amis. Si vous me rendez mon arme, nous pourrons oublier toute cette affaire.

— Je n'ai pas votre arme – pour une excellente raison !

— Mais si, vous l'avez forcément, protesta Finsch dont le demi-sourire était emprunt de charme et de persuasion. Vous êtes venue dans ma cabine, vous avez ouvert ma valise, vous avez pris mon pistolet. Tout cela, je le sais.

Betty se cala sur sa chaise tandis que Finsch attendait patiemment. Elle se tourna vers Isabelle, qui refusa de croiser son regard. Betty sourit amèrement. Naturellement, Isabelle avait tout répété. Plus moyen de revenir en arrière. Mais Betty n'avait aucune raison de s'inquiéter. Sa position était inattaquable.

— Juste par curiosité, demanda-t-elle, pourquoi aurais-je volé votre pistolet ?

C'était la mauvaise question à poser, car elle offrait une ouverture à Finsch.

— Je ne sais pas pour quelle raison, mais vous l'avez pris. C'est un fait. Je l'ai vu vendredi soir. C'était il y a deux jours. Mme Calder est venue dans ma cabine pour prendre un verre. Elle pourra confirmer qu'il était bien là.

— Oui, dit aussitôt Isabelle d'une voix tendue. Le pistolet était bien là vendredi soir. Je l'ai vu.

— Ce matin, je remarque qu'il n'y est plus. Vous l'avez pris hier matin, après que je suis parti à terre pour m'occuper de mes bagages.

Betty eut un petit rire.

— Le pistolet a disparu, Mik Finsch – mais je ne l'ai pas pris. C'est vous-même qui l'avez emporté.

— Je suis désolé, Miss Haverhill. Le pistolet n'est plus là, et je peux prouver que vous avez fouillé ma valise entre les deux moments que j'ai mentionnés. Vous avez brisé une antiquité très précieuse, et vous avez essayé de cacher ce fait. Il arrive qu'on se montre trop malin. Vous vous êtes trahie. (Il montra un objet enveloppé dans un mouchoir.) Voici ma sphère de jade, mon talisman très précieux. Elle a été brisée et grossièrement réparée avec de la colle. Mme Calder me dit que vous possédez ce genre de colle. Est-ce exact ?

Betty se mordit la lèvre. Le capitaine l'observait attentivement. La situation était embarrassante. Finsch était en train de la faire passer pour une voleuse et une menteuse. Par rapport à l'attitude aimable qu'il affectait, elle devait sembler sournoise et calculatrice. Il fallait qu'elle reprenne de l'assurance, qu'elle réussisse à être aussi convaincante dans ses dénégations que Finsch l'était dans ses accusations courtoises. Elle essaya d'adopter un ton dédaigneux.

— Oui, j'ai bien un tube de colle dans mes affaires, mais ça ne prouve rien du tout.

— C'est vrai, reconnut Finsch. Tout le monde peut avoir de la colle. Mais il n'y a que vous qui pouvez laisser vos empreintes digitales. Ça, c'est une preuve ! Regardez ! (Il déplia le mouchoir.) Tenez ! C'est la boule de jade. Elle est cassée. On voit bien la fissure. Cette tache, c'est de la colle qui n'a pas été essuyée. Le blanc, c'est du talc. Vous voyez cette excellente empreinte ? Elle a été préservée dans la colle.

Betty était consternée. Elle pâlit, regarda l'empreinte, voulut dire quelque chose, mais Finsch l'interrompit d'un geste :

— Je me trompe peut-être. Je ne crois pas, mais c'est possible. Vous pouvez me prouver que j'ai tort. J'espère que vous y arriverez. Je n'aime pas mettre les jolies femmes dans l'embarras. Vous n'avez qu'à nous montrer vos empreintes digitales. Voici du papier, voici un tampon encreur. Vous pouvez faire de jolies empreintes et me montrer que je me trompe. Je vous en prie, allez-y.

Betty se redressa.

— Il n'en est pas question !

Finsch haussa les épaules et regarda le capitaine. Celui-ci se pencha vers Betty et la fixa d'un regard peu aimable.

— C'est une situation très mauvaise. Je suis obligé de croire que…

— Pour l'amour du ciel ! s'écria Betty. Vous ne voyez donc pas ce qu'il cherche à faire ? Il est en train de brouiller les pistes juste sous votre nez !

Le visage du capitaine rosit.

— Je ne sais pas. Examinons les faits. Cette arme, c'est une affaire importante. Alan Calder est mort d'une balle dans la tête. La police dit que c'est un suicide, mais je ne crois pas. Vous êtes à l'hôtel. Je sais que c'est vous, mais je ne le dis pas à la police. J'ai peut-être tort. Je ne veux pas que le *Garda* soit bloqué au port. Je pense que vous n'avez rien à voir avec Alan Calder. Pourquoi l'auriez-vous tué ? Mais maintenant, M. Finsch dit que vous lui avez volé son pistolet. Il a vos empreintes digitales. Je me dis qu'il y a peut-être plus de choses que ce que je crois savoir. Je me dis, cette petite Miss Haverhill, elle prend le vieux capitaine Frascatore pour un imbécile.

— Vous ne voyez donc pas la vérité ? Elle se voit pourtant comme le nez au milieu de la figure ! Finsch a tué Alan Calder, et nous le savons tous ! Pourquoi prétendre autre chose ?

Finsch secoua gravement la tête et sortit un cigare de sa poche.

— C'est une sérieuse accusation, Miss Haverhill. Bien sûr que je n'ai pas tué Alan Calder, et on ne peut pas prouver que je l'aie fait.

Il mit son cigare dans la bouche et l'alluma.

— Pour ça, nous verrons bien, rétorqua Betty. Je sais où vous avez jeté l'arme. Je l'ai vue passer par la fenêtre. Je sais où elle est maintenant.

Finsch dit sèchement :

— Ainsi donc, vous savez où quelqu'un a jeté l'arme. C'est peut-être vous-même qui l'avez lancée ?

Betty éclata de rire.

— Ça n'a absolument aucun sens. Pourquoi aurais-je tué Alan ? Je suis allée le voir parce que la cohabitation avec Isabelle est insupportable. Elle est égoïste et immorale, elle ne lave pas ses dessous, et une douzaine d'autres choses encore. Je voulais embarquer sur un autre bateau. Pourquoi l'aurais-je tué ? Il était le seul à pouvoir m'aider !

— Mais ce n'est pas raisonnable, rétorqua Finsch, puisque vous êtes encore à bord du *Garda*.

Betty rit amèrement.

— Vous avez tué Alan avant que je puisse le voir. Si je n'étais pas aussi lâche, je l'aurais dit à la police.

Finsch secoua la tête d'un air de reproche.

— C'est la deuxième fois que vous m'accusez. C'est une chose très grave à dire à un homme. Bien sûr, c'est tout à fait ridicule. Pourquoi aurais-je tué ce pauvre Alan ?

— À cause d'elle.

— C'est là que vous êtes particulièrement illogique. Nous sommes des hommes et des femmes raisonnables. Admettons qu'Alan ait pu vouloir me tuer. C'est compréhensible. Mais que moi, je veuille le tuer ? Non. Ce n'est pas la réalité de la vie.

Betty commença à paniquer. Est-ce que quelqu'un la croirait ? Si Finsch parvenait à convaincre les autorités qu'elle lui avait volé son pistolet… Elle repensa au reçu et au chèque.

— Vous n'avez donc pas du tout vu Alan ?

— Bien sûr que non.

— Vous avez bien entendu ? dit-elle au capitaine, qui se contenta d'un grognement embarrassé. Je peux prouver que vous avez vu Alan Calder ! Grâce à son écriture, et aussi à la vôtre.

Les yeux de Finsch étincelèrent. Les coins de sa bouche s'étirèrent, laissant voir le reflet brillant de ses dents en or.

— J'aimerais voir cette preuve.

— Vous la verrez – ne vous faites pas de souci pour ça !

— Puis-je vous demander à quel genre de preuve vous faites allusion ? Je vous montrerai qu'elle n'a aucune valeur.

L'attention du capitaine ne se portait plus sur Betty. Il regardait à présent Finsch d'un air dubitatif. Il tapa des deux mains sur la table.

— Nous règlerons cette affaire à Panama. Il y aura une enquête, et nous découvrirons la vérité. C'est un très mauvais voyage pour moi. Je n'aime pas les disputes et les ennuis.

— C'est difficile pour nous tous, dit Finsch. Je serai content quand les choses seront rentrées dans l'ordre. Je pense que Miss Haverhill est très jeune et peut-être un peu hystérique. J'aimerais récupérer mon pistolet. C'est comme un vieux compagnon pour moi. Mais…

Il haussa les épaules et tira sombrement une bouffée de son cigare.

Betty se leva.

— C'est tout ce que vous vouliez, capitaine ?

— C'est tout.

Betty retourna sur le pont supérieur. À son grand agacement, elle constata que ses mains tremblaient et qu'elle avait la nausée. Alec et Nello lisaient. Ora était redescendue dans sa cabine.

Betty se rendit de l'autre côté du pont et se laissa tomber dans un transat. Elle se plongea dans la contemplation de l'océan balayé par le vent. Tout était gris : le ciel, la mer, le bateau. Elle repensa à sa maison, sa chère maison verte et blanche à l'ombre des chênes. Le salon si familier, les fauteuils confortables, les rayonnages de la bibliothèque, la cheminée… Elle aurait tant voulu y être… Impossible. Le *Garda* était une prison flottante, qui se déplaçait à l'allure d'un escargot à travers le plus sinistre des océans. C'était sans conteste le pire moment de toute son existence. Si seulement elle pouvait aller dormir, ou se soûler… Isabelle apparut en haut de l'escalier. Elle s'approcha du bastingage, qu'elle agrippa à deux mains en fixant l'horizon. Elle se retourna, lança un coup d'œil vers Betty. Elle était très pâle, les yeux réduits à deux fentes, les lèvres pincées.

Elle traversa le pont en quatre enjambées, les genoux pliés, tel un monstrueux insecte. Elle s'arrêta. Betty eut juste le temps de percevoir un mouvement. Un choc, un sentiment d'irréalité, une douleur à la joue. Elle y porta lentement la main. Le visage d'Isabelle, comme décharné, était un masque de rage incontrôlée.

— Alors comme ça, je suis sale et immorale ? Eh bien moi, je vais vous le dire, ce que vous êtes !

Elle le dit à Betty, qui se tassa sur elle-même. Elle avait déjà entendu ces mots, elle en connaissait le sens, mais Isabelle les utilisait avec une telle méchanceté venimeuse que c'en était terriblement choquant. Betty la regarda avec stupéfaction. Elle posa les pieds par terre pour se lever, mais Isabelle la repoussa, et Betty vit rouge. Elle enfonça son poing dans l'estomac d'Isabelle et lui donna un coup de pied dans les jambes avant de rouler à bas du transat. Isabelle se rua sur elle et lui donna un coup de pied dans les côtes, dans le dos, à la tête. Betty la saisit par une cheville et tira. Isabelle recula à cloche-pied et heurta le bastingage. Betty réussit à se relever en titubant. Isabelle bondit sur elle en crachant comme une chatte, les doigts tendus comme des griffes. Betty se réfugia derrière la chaise longue, sur laquelle Isabelle trébucha. Betty la saisit par les cheveux et l'attira vers elle. Isabelle tomba à plat-ventre sur le transat. Betty se mit à lui donner la fessée avec une telle force qu'elle en avait mal à la main. Une fois, deux fois, trois fois. En hurlant, Isabelle lui enserra les jambes et lui mordit la cuisse. Betty réagit en pliant brusquement le genou et sentit le contact du crâne d'Isabelle. Elle perdit l'équilibre et tomba à côté du transat, avec Isabelle qui se débattait au-dessus d'elle, mordant, griffant, jurant. Confusion : brefs aperçus de cheveux blonds, d'yeux gris, d'une bouche hurlante. Mouvement : coups de pied, coups de poing, griffures. Sensation et choc, mais pas de douleur. Tension, mais pas de peur. Une impression inhabituelle d'être au-delà des émotions.

Betty se sentit tirée en arrière. Quelqu'un écartait Isabelle. Betty se concentra. Alec s'était emparé d'Isabelle, tandis que Nello la tenait elle-même par la taille.

— Arrêtez, arrêtez ! cria Alec. Pour l'amour du ciel, calmez-vous ! Qu'est-ce que vous cherchez à faire ? Vous entretuer ?

Les deux jeunes femmes étaient pantelantes. Le capitaine arriva en courant, le visage empourpré de colère impuissante.

— Qu'est-ce c'est que ça ? Que se passe-t-il ? Qu'est-ce que vous faites ?

— C'est elle qui m'a frappée ! s'écria Betty, avec des larmes de rage qui ruisselaient sur ses joues. Je veux une autre cabine ! Pas question de dormir dans la même chambre qu'elle !

— Il n'y a pas d'autres cabines. J'en ai assez de ces bêtises ! Vous pouvez dormir où vous êtes ou sur le pont, je m'en fiche !

— Mais…

— Ça suffit ! rugit le capitaine. Il n'y a pas de raison de faire tant d'histoires ! Pourquoi n'arrivez-vous pas à vous entendre ? Si ça se reproduit, je vous enfermerai pendant trois jours !

— J'aimerais autant, marmonna Isabelle.

Sous le bronzage, son visage était pâle comme un crâne desséché au soleil.

— Non ! s'écria le capitaine. Vous êtes des dames et des messieurs de qualité ! Vous ne vous battez pas à bord du *Garda* ! Vous avez votre cabine, c'est là que vous devez dormir. Vous n'avez pas besoin de parler, pas besoin de regarder. Mais vous devez dormir. Ah, Sainte Mère de Dieu, Santa Maria ! Quel voyage !

— Ça, vous pouvez le dire ! lança furieusement Betty en essayant de se dégager. Nello, vous allez arrêter de me souffler dans le cou ?

— Comment pouvez-vous sentir mon souffle, avec tout ce vent ?

— Peu importe comment je le sens !

Betty s'examina. Elle était couverte de bleus, son chemisier était déchiré et ses cheveux en bataille. Elle vit qu'Isabelle n'était pas en meilleur état.

— Je vais dans ma cabine. Il faut que je me nettoie.

— Mais avant, déclara le capitaine, vous devez vous mettre d'accord : plus de bagarre.

— Bien sûr que je suis d'accord ! s'écria Betty. Ce n'est pas moi qui ai commencé !

Isabelle hocha la tête avec indifférence.

— Elle a eu ce qu'elle méritait, c'est tout ce qui m'intéresse.

— Moi, rétorqua Betty, je vous ai plutôt épargnée.

Alec éclata de rire. Même le capitaine sourit.

— Il faut que j'aille faire ma toilette, conclut sèchement Betty.

3.

Sous la douche, Betty examina ses bleus, puis elle se changea. Isabelle entra dans la cabine. L'atmosphère était chargée d'hostilité. Aucune ne dit un mot. Aucune ne regarda l'autre.

Le déjeuner fut encore plus tendu que le petit déjeuner. Nello n'avait rien à dire. Ora était restée dans sa cabine. Harry Mayberry boudait toujours – il était encore plus vexé parce qu'il avait manqué le spectacle de la bagarre. Le capitaine, muré dans un silence hostile, refusait de lever les yeux de son assiette. Le chef mécanicien n'était pas plus sociable qu'à son habitude. Les nouveaux passagers lançaient des regards curieux autour d'eux, et échangeaient des marmonnements perplexes. Betty et Alec tentèrent d'entamer une conversation badine, avant de se taire brusquement. Isabelle et Finsch bavardaient à voix basse, avec ce qui semblait à Betty une profonde malveillance. Un assassin est assis derrière moi, se dit-elle soudain étonnée. Un assassin ! Et je trouve ça parfaitement naturel ! Me voici en train de déjeuner, et lui, assis là-bas, il déjeune aussi ! Un assassin qui me hait et qui a peur de moi – sinon, il ne serait pas allé voir le capitaine ce matin. Isabelle lui a tout déballé, bien sûr. J'en ai trop dit, et maintenant, il rumine ses plans.

Betty remua son café amer et frissonna. Finsch fit grincer sa chaise en se levant.

— Et maintenant, dit-il, une petite sieste – le véritable dessert de ce repas. Il fait moins chaud, aujourd'hui.

Betty le regarda quitter la pièce. Il remplissait presque l'encadrement de la porte. Ses épaules et ses hanches massives, ses bras et ses mains puissamment musclés. Elle se concentra de nouveau sur son café.

Après le déjeuner, Betty et Alec allèrent voir Ora. Arrivé devant la cabine, Alec fit signe de ne pas faire de bruit avant d'ouvrir très doucement la porte

— Je ne dors pas et je ne suis pas au seuil de la mort, fit la voix d'Ora. Pas besoin de toutes ces ruses de chat.

— Tu as de la visite, dit Alec. Betty est venue te voir.

— Ah, très bien. Entrez.

Betty s'assit sur le lit d'Alec, tandis que celui-ci s'adossait au lavabo. Ora examina attentivement Betty.

— Alec me dit que vous avez eu une petite altercation ?

Betty eut un rire gêné.

— Juste un peu de crêpage de chignon. Rien de grave.

Rétrospectivement, cette bagarre avait été presque amusante. Elle avait éprouvé une sensation de liberté et d'abandon comme elle n'en avait jamais connu.

Ora l'observait avec intensité.

— Comment cela a-t-il commencé ?

Betty décrivit les événements qui avaient conduit à la bagarre. Pour les expliquer, elle remonta à la scène dans la cabine du capitaine, ce qui nécessita d'aborder la question de la mort d'Alan Calder, et de fil en aiguille, Betty se trouva à raconter toute l'histoire.

Ora fut très impressionnée, et regarda Betty avec respect :

— Et dire que vous avez gardé tout ça pour vous !

Betty s'agita.

— Je me sens plutôt bête d'avoir paniqué et de m'être enfuie. Je sais que j'aurais dû aller voir la police.

— C'était une situation très difficile, dit Ora avec sympathie. Je ne sais pas ce que j'aurais fait à votre place.

— Si elle était déjà difficile sur le moment, elle l'est encore plus maintenant. J'étouffe rien que d'y penser ! (Elle soupira.) Et en plus, il y a cette chaleur !

— Il fait particulièrement chaud ici, dit Ora. Avec une efficacité typiquement italienne, notre ventilateur refuse de fonctionner.

Il y eut un court silence. Betty eut de nouveau un soupir mélancolique.

— Le pire, dit-elle, c'est que j'ai peur.

Alec haussa les sourcils.

— Oh, je ne pense pas que les choses en arrivent là. Si Finsch envisageait une quelconque violence, il ne vous aurait pas fait venir devant le capitaine. Il se rend compte que votre témoignage pourrait lui nuire, et il essaie de vous discréditer par avance.

— Oui, mais il ne savait pas encore que j'ai le reçu et le chèque.

— Il le sait, maintenant ?

— Oui, je pense. J'ai encore été incapable de me taire…

Ora rit doucement.

— Et maintenant, il se demande comment vous avez bien pu les récupérer.

Alec secoua la tête.

— Je ne vois pas en quoi le reçu et le chèque peuvent changer grand-chose à la situation. Finsch est à même de prouver de façon convaincante que vous lui avez volé son arme. Isabelle confirme qu'elle se trouvait dans la valise et que la boule de jade était intacte avant La Libertad, et qu'après, le pistolet avait disparu et la boule de jade était brisée. Et il y a vos empreintes sur cette boule.

— Comment Finsch peut-il être sûr que ce sont celles de Betty ? demanda Ora.

— C'est une déduction assez simple.

— Pas pour moi, dit sèchement Ora. Pourquoi ne serait-ce pas celles de quelqu'un d'autre ?

— Il a une bonne idée du moment où la boule a été brisée. Pendant ce temps, nous étions tous à San Salvador. Bien sûr, il est possible qu'il n'ait eu que de simples soupçons, et qu'il ait trouvé un moyen de les confirmer…

Betty se redressa.

— Je m'étais posé la même question. Maintenant, je sais. C'est l'empreinte de mon pouce droit qui se trouve sur la sphère de jade, là où j'ai appuyé pour maintenir les deux moitiés en place. Isabelle a pu très facilement prendre mon permis de conduire dans mon sac. En fait, maintenant que j'y repense, j'ai failli la prendre sur le fait. Elle a dit qu'elle voulait m'emprunter mon tube de rouge à lèvres ! En réalité, elle devait être en train d'y remettre mon permis. Bon, toujours est-il que l'empreinte de mon pouce droit y figure, ce qui est bien commode pour M. Mik Finsch. Il *sait* que c'est moi qui ai fouillé dans sa valise.

Alec leva la main.

— Permettez-moi de continuer. Ce que je veux dire, c'est que le reçu et le chèque en votre possession n'ont que peu de poids.

— Je ne vois pas pourquoi, protesta Betty. Ils prouvent que…

— La raison est qu'il n'y a que votre parole pour les relier à Finsch. Il peut dire : « Oui, bien sûr, je suis allé voir Alan. Il a exigé de l'argent, que je lui ai donné. Nous nous sommes quittés en bons termes. Quelqu'un est venu ensuite, a tué Alan avec mon pistolet et a emporté ces papiers. Betty Haverhill m'a volé mon arme. C'est peut-être elle qui a tué Alan. Je ne sais rien. »

Betty rit nerveusement.

— Mais pourquoi aurais-je tué ce pauvre Alan ?

— C'est idiot, bien sûr, mais il n'empêche : les preuves concrètes pointent vers vous aussi fortement que vers Finsch. Même plus fortement, car on vous a vue à l'hôtel, et pas lui. Une interprétation des éléments de preuve – la vôtre – est que l'avarice et le ressentiment ont poussé Finsch à tuer. Il rejette cette accusation en riant, naturellement. Pour lui, quelques milliers de *colones* ne représentent pas grand-chose. Selon sa propre interprétation, vous lui avez volé son arme et vous avez tué Alan. Il ne sait pas pourquoi. La chaleur rend cette jeune femme hystérique.

— Oh, Alec, arrête un peu ! s'exclama Ora. C'est agaçant !

— Excuse-moi, ma chérie. Pardonne-moi de me servir de mon cerveau.

Ora se tourna vers Betty en soupirant :

— N'épousez jamais un homme qui se flatte d'avoir de l'esprit. Il vous descendra en flammes.

Alec alluma sa pipe sans rien dire. Ora se redressa sur son lit :

— On étouffe, là-dedans. Malade ou pas, il faut que j'aille sur le pont. Ah, ce maudit ventilateur. Je me suis déjà plainte au capitaine, il m'a dit que l'électricien allait le réparer. La porte coince, le robinet fuit…

— En bref, un vaisseau tout droit sorti de l'enfer, dit Alec. (Il ouvrit la porte.) Allons prendre l'air sur le pont.

4.

— Ora n'est pas à prendre avec des pincettes, ce matin, fit remarquer Alec. Elle a faim, elle a chaud, elle a mal au cœur.

— Ces raisons me paraissent suffisantes, dit Betty.

— Elle pense aussi qu'elle serait capable de concevoir, de construire, de lancer et de piloter un bateau bien supérieur au *Garda*.

Betty soupira tristement.

— J'aimerais tant être chez moi…

Ora apparut et se laissa tomber dans une chaise longue.

— Quel fichu bateau… Le loquet de la salle de bain s'est détaché. Maintenant, on ne peut plus verrouiller la porte. J'espère que l'hélice ne va pas faire pareil.

Alec suçota sa pipe.

— Il y a là matière à de merveilleuses réminiscences.

Ora eut un petit rire lugubre.

— Pour ça, c'est un voyage que nous ne sommes pas près d'oublier !

— Ceux d'entre nous qui survivront, précisa Betty.

Alec secoua la tête en souriant.

— Pour ce qui est de Finsch, c'est votre parole contre la sienne. Il lui suffit d'attendre et de tout nier en bloc.

— Pas nécessairement, intervint Ora. Suppose qu'il y ait d'autres preuves dont Finsch connaît l'existence, mais qui nous auraient échappé ?

— Dans ce cas, bien sûr, Finsch devient un homme très dangereux.

— Exactement, dit Ora.

Betty frissonna. Soudain, elle se sentit glacée.

— Je vais m'enfermer à double tour dans ma cabine, et je n'en sortirai plus tant que nous ne serons pas à quai.

Alec fit un grand geste avec sa pipe.

— Il ne peut pas vous tirer dessus puisqu'il n'a plus son pistolet. Il ne peut pas vous empoisonner sans impliquer le steward dans le complot. Il ne peut pas vous étrangler à moins…

— Tu es en train de terroriser cette malheureuse ! l'interrompit sèchement Ora.

— Oui, c'est vrai, Alec, dit Betty. (Elle fut agacée d'avoir la voix tremblante.) Je ne suis pas courageuse.

Ora foudroya Alec du regard. Elle se tourna vers Betty.

— Bien sûr que vous serez en sécurité. Soyez prudente, c'est tout. Une femme avertie en vaut deux. Et naturellement, nous serons toujours à votre disposition.

— S'il y a un quelconque problème, Ora saura dire à Finsch ce qu'elle pense de lui, déclara Alec.

— Chut, fit Ora. Le voilà qui arrive.

Finsch apparut en haut des marches. Il portait un short marron, une chemise bleue à manches courtes et son grand chapeau. Il s'arrêta un instant pour regarder vers l'arrière du bateau, puis il secoua la tête d'un air désapprobateur et rejoignit le petit groupe. Il s'arrêta derrière la chaise longue d'Ora.

— Regardez le sillage du bateau, dit-il. Vous voyez comme il est tordu ? L'homme à la barre ne connaît pas son métier.

Ora se tordit le cou dans son transat.

— Oui. Il semble que nous divaguions.

Finsch s'approcha du bastingage et examina le ciel.

— Ce soir, il y aura une pluie très forte. C'est comme ça qu'elle tombe à cette époque de l'année. Demain, il y aura du soleil et de la chaleur – la vraie chaleur des tropiques ! Demain, vous devrez prendre du sel, parce que demain, vous allez transpirer ! (Il ôta son chapeau et s'éventa.) Excusez-moi, j'aperçois les ingénieurs allemands. Ça fait des années que je n'ai pas parlé allemand. Je voudrais réapprendre.

Il traversa le pont d'un pas tranquille et approcha une chaise longue des deux Allemands. Betty le vit pointer du doigt vers le sillage. Les deux ingénieurs se tournèrent vers Finsch tandis que celui-ci expliquait l'incompétence du timonier.

— Encore deux jours, et nous serons à Panama, dit Betty. Moins que ça. Trente-six heures.

— Ne vous inquiétez pas, dit Ora. Évitez simplement de vous promener seule. Verrouillez la porte de votre cabine, et hurlez à pleins poumons s'il s'approche de vous.

— Quel voyage, marmonna Betty. Quel voyage…

— Où est Isabelle ? demanda Ora.

— Je ne l'ai pas vue depuis le déjeuner. D'habitude, elle est avec Finsch quand elle n'est pas sous la douche.

Ora fronça le nez.

— Moi, je n'oserais pas me doucher, avec le verrou qui ne marche plus. N'importe qui pourrait entrer. Alec, tu veux bien le signaler au capitaine ? Ce n'est pas que je sois particulièrement prude, mais il y a des limites.

— Oui, ma chérie. Je vais faire en sorte que tes réclamations soient entendues.

5.

Les heures passèrent. Le *Garda* poursuivit sa route au milieu des flots gris, laissant derrière lui un sillage d'écume irrégulier. Des frégates noires suivaient le vaisseau, plongeant à quelques centimètres seulement de la surface pour remonter aussitôt vers le ciel dans les courants ascendants. Sous les lourds nuages, le jour tomba rapidement. Le vent perdit de sa force, puis cessa complètement. L'océan prit une teinte d'ardoise vernissée. Avec la nuit arriva la pluie, d'abord quelques grosses gouttes, puis un torrent qui ruisselait sur le pont et s'écoulait dans l'océan en rugissant.

Le dîner, comme le petit déjeuner et le dîner, fut silencieux. Pâle et les traits tirés, Ora fit une apparition et essaya de manger un morceau de poulet. De son côté, Harry Mayberry avait succombé à la même maladie et restait enfermé dans sa cabine. Betty mangea à peine plus qu'Ora, consciente à chaque instant de la présence de l'homme assis deux mètres derrière elle.

Après le dîner, Alec, Ora, Nello et Betty jouèrent au bridge tandis que le navire continuait de monter et descendre au rythme des vagues, et que la pluie martelait les hublots. Assis l'un en face de l'autre, Finsch et Isabelle faisaient chacun une réussite. Le demi-sourire de Finsch était figé. Isabelle semblait s'ennuyer. Finsch finit par jeter ses cartes d'un air dégoûté. Il se tourna vers les ingénieurs allemands, qui proposèrent du cognac. Finsch accepta, et Isabelle déclina l'invitation.

Pendant une demi-heure, Finsch et les ingénieurs bavardèrent en allemand, tandis qu'Isabelle continuait de faire ses réussites d'un air maussade.

Les joueurs de bridge arrêtèrent après une seule partie. Personne n'avait vraiment envie de poursuivre. Il ne restait maintenant plus qu'à aller se coucher. Betty jeta un rapide coup d'œil vers Finsch, qui était en train de boire le cognac généreusement versé par les Allemands. Ils semblaient apprécier sa compagnie, et se penchaient vers lui d'un air attentif pour écouter ses histoires.

Betty grimaça en frissonnant. Je devrais demander une protection au capitaine. Je devrais exiger que Finsch soit placé sous surveillance… Elle sourit amèrement, en imaginant la réaction du capitaine devant une telle requête.

Ora pivota sur sa chaise et se leva.

— C'est l'heure d'aller au lit. Il fait frais dans la cabine, et je vais lire un peu.

— Je crois que je vais y aller, moi aussi, dit Betty.

C'était le bon moment. Finsch, qui continuait de boire, ne pouvait pas l'intercepter dans le couloir. Il y avait encore sa douche, mais ce soir, poisseuse ou pas, elle serait obligée de s'en passer.

Betty et Ora s'engagèrent dans la coursive, encore plus longue et plus sombre que jamais. Elles gravirent les marches métalliques et Ora s'arrêta, car leurs chemins se séparaient là.

— Tout ira bien, maintenant, dit-elle en tapotant le bras de Betty. Fermez votre porte à clé et vous serez en parfaite sécurité.

— J'aimerais être aussi confiante que vous, répondit Betty. Je me sens au bord de la crise d'hystérie.

— Allons, allons, fit Ora. Ne soyez pas bête.

Betty jeta un coup d'œil dubitatif dans le couloir.

— Je ferais peut-être mieux de demander au capitaine Frascatore de poster un garde devant ma porte, quelque chose comme ça…

Ora s'esclaffa.

— Il vous rirait au nez.

— Oui, très probablement.

Un bruit de voix germaniques se fit entendre plus bas.

— Le voilà qui arrive, dit Ora. Allez, dépêchez-vous.

— Bonne nuit.

— Bonne nuit, et ne vous faites pas de souci !

Betty courut jusqu'à sa cabine. Elle entra, alluma la lumière, referma aussitôt la porte et la verrouilla. Debout au milieu de la pièce, elle regarda autour d'elle, en imaginant vaguement des pièges qui auraient pu y être installés.

La cabine semblait normale. Betty regarda sous le lit et inspecta les placards, sans rien trouver d'inquiétant. *Jusque-là, tout va bien…* Avec un tout petit peu plus d'assurance, elle enfila son pyjama et s'installa en tailleur sur son lit. Elle se mit à lire tout en tendant l'oreille. Un quart d'heure s'écoula. Il y eut un bruit de pas rapides dans le couloir, et la poignée de la porte tourna.

Betty s'en approcha.

— Qui est là ?

— C'est moi !

Isabelle semblait agacée.

Betty tira le verrou et entrebâilla la porte. Isabelle poussa le battant d'un geste impatient. Betty referma la porte et la verrouilla.

Isabelle l'observait avec un mépris amusé.

— Vous avez encore peur ?

— Je n'ai pas confiance dans votre petit ami, répondit Betty. En fait, c'est un assassin.

Isabelle haussa les épaules.

— À force de le répéter, vous finirez par le croire. (Elle s'assit sur son lit et se débarrassa de ses sandales.) Je suis désolée d'avoir provoqué cette bagarre, si ça peut vous consoler.

— Oh, fit Betty, c'était en partie ma faute. Je n'aurais pas dû vous traiter de vilains noms. Pas devant vous, en tout cas.

Isabelle, qui était en train de se déshabiller, s'interrompit un instant.

— Je ne sais pas ce qui m'a prise. Ce n'était vraiment pas dans mes intentions. Je n'ai aucune raison de me battre, pas d'ennuis, pas de soucis. Pour la première fois de ma vie.

— Ça doit être très agréable.

Isabelle la regarda avec un petit sourire.

— Vous vous êtes fourrée dans un drôle de pétrin. Pourquoi avez-vous cassé son talisman ? Ça le chagrine beaucoup, plus que tout le reste.

— Et vous, pourquoi avez-vous pris mon permis de conduire, puisqu'on en est à poser des questions ?

Isabelle haussa les épaules.

— Il voulait le voir. Ça n'a pas d'importance. Si vous êtes coupable, vous êtes coupable. Si vous ne l'êtes pas, vous ne l'êtes pas.

— Je ne suis pas coupable.

— Vous avez pris le pistolet de Mik. Ça, vous ne pouvez pas le nier.

— Bien sûr que je le nie ! J'ai fouillé cette valise après être remontée à bord. Après avoir entendu le coup de feu, après avoir vu le pistolet voler par-dessus la falaise. Je voulais vérifier que c'était l'arme de Finsch. C'était bien la sienne, aucun doute là-dessus.

Isabelle respira profondément.

— Je ne veux pas y penser. Je ne veux pas savoir.

— Mais supposons que vous ayez la certitude, la certitude absolue, que Finsch a tué Alan…

— Alan a peut-être sorti une arme le premier.

— Non, il n'aurait pas fait ça. Je les ai entendus discuter ensemble. Alan a dit quelque chose comme : « On va déposer ce chèque à la banque, on va l'encaisser tout de suite ! » Et là, il y a eu le coup de feu. Finsch ne voulait tout simplement pas perdre cet argent.

Isabelle fit un petit bruit irrité du fond de la gorge.

— Je ne veux pas savoir ces choses-là. Je veux oublier toute cette histoire !

— Vous avez peur d'apprendre la vérité ?

— Ça ne m'intéresse pas, c'est tout.

— Supposons que vous la sachiez ?

— Mais je ne sais rien.

— Supposons juste un instant.

Isabelle semblait agacée.

— Je ne sais pas ce que je ferais. Qu'est-ce que ça change, de toute façon ? Je n'approuve pas le meurtre, si c'est là que vous voulez en venir. Si j'étais sûre, absolument sûre, je le quitterais. Mais je ne sais pas, et je ne veux pas qu'on cherche à me convaincre. J'ai foi en Mik. Je refuse d'entendre quoi que ce soit contre lui.

Betty poussa un soupir de soulagement. Au fond d'elle-même, elle avait craint qu'Isabelle ne vienne en aide à Finsch, qu'elle devienne sa complice. Là, elle n'aurait pas eu l'ombre d'une chance…

— J'ai peur de lui, dit-elle simplement. Est-ce que vous me promettez de ne pas ouvrir la porte ni de la déverrouiller pendant la nuit ?

Isabelle rit nerveusement.

— Vous avez vraiment l'air terrifiée.

Betty acquiesça.

— Alors, j'ai votre parole ?

— Si ça peut vous rassurer. (Isabelle remarqua le pyjama de Betty.) Vous ne prenez pas de douche ce soir ?

— Non.

— Ah, là, je vois que vous avez vraiment peur. Vous êtes réglée comme une horloge suisse. Levée à 7 heures, brossage de dents. Après le dîner, douche, brossage de dents, et au lit.

— Ce soir, ce sera uniquement un brossage de dents. Je n'ai pas l'intention de quitter cette pièce.

— Eh bien, moi, je vais aller me doucher. Je me sens toute poisseuse, et je ne le supporte pas. Je me demande comment vous faites.

Betty haussa les épaules.

— Dix minutes après une douche, je me sens tout aussi poisseuse. Je ne me donne pas cette peine. Pas ce soir, en tout cas.

— Il fait chaud et humide, et c'est là que je me mets vraiment à transpirer. (Isabelle se défit de ses vêtements et enfila son peignoir blanc.) Si la porte est verrouillée, comment vais-je faire pour me doucher ?

— Je vous ouvrirai. Quand vous reviendrez, frappez deux coups.

— Vous ne prenez aucun risque, on dirait…

— J'espère bien. Je crois que votre petit ami veut me tuer.

Isabelle prit le bonnet de douche rouge accroché au porte-serviette.

— Mik est aussi inoffensif qu'un ours en peluche. J'en fais ce que je veux.

Elle mit le bonnet sur ses cheveux blonds. *Mon* bonnet, songea Betty, trop lasse pour protester.

Elle alla à la porte, posa la main sur le poignée, tendit l'oreille...

— Ah, pour l'amour du ciel, dit Isabelle agacée. Ouvrez donc ! Vous avez vraiment des idées bizarres. Là, laissez-moi faire.

— Non, je m'en occupe.

Betty tira le verrou et entrebâilla la porte pour jeter un coup d'œil au-dehors. Le couloir semblait désert.

Isabelle sortit, et Betty referma aussitôt. Elle resta un moment à écouter, mais s'il y avait un bruit particulier, il était noyé par celui de la pluie et des flots glissant le long de la coque.

Elle retourna se coucher et prit son livre. Elle finit par s'apercevoir qu'elle ne comprenait rien de ce qu'elle lisait. Elle se frotta les yeux, recommença...

Rien à faire. Ses paupières étaient lourdes. Elle reposa son livre et ferma les yeux en attendant Isabelle.

Le temps passa. La partie de son esprit attentive au retour d'Isabelle commença à s'impatienter. Betty s'agita, se réveilla, regarda l'autre lit vide. Isabelle avait eu largement le temps de prendre trois ou quatre douches. Peut-être était-elle allée rendre visite à Mik Finsch.

Betty s'apprêtait à se rallonger quand elle se figea en entendant un léger bruit dans le couloir... Isabelle ? Elle regarda fixement la porte. La poignée de cuivre trembla, tourna doucement. Betty était fascinée. La poignée tourna à fond. Le battant s'incurva légèrement, poussant contre le verrou.

La pression se relâcha, la poignée revint lentement à sa position initiale.

Cinq minutes s'écoulèrent. Betty se leva et s'approcha de la porte sur la pointe des pieds. Elle tendit l'oreille : pas un bruit.

Elle finit par retourner se coucher, en s'efforçant de ne pas faire grincer le sommier.

Une heure s'écoula. Où était Isabelle ? Avec Finsch ? Qui avait essayé d'ouvrir la porte ? Si Isabelle était avec Finsch, quelqu'un d'autre avait-il voulu lui rendre une visite discrète ? Qui ?

Betty se réveilla à deux heures du matin sans s'être rendu compte qu'elle s'était endormie. La pluie avait cessé. Le bourdonnement des machines était comme un battement de cœur, tandis que le *Garda* poursuivait sa route dans les ténèbres.

L'esprit embrumé, Betty s'interrogea sur Isabelle avant de sombrer de nouveau dans le sommeil.

6.

Betty fut réveillée par le soleil matinal. Le ciel était brillant comme un plateau d'argent. Elle se leva paresseusement, et constata que le lit d'Isabelle était toujours vide. Étrange.

Elle enfila son peignoir et s'apprêtait à sortir quand elle s'arrêta net. C'était terrible d'avoir peur d'aller aux toilettes… Elle pouvait attendre.

Elle se brossa les dents, s'habilla et retourna à la porte. Elle posa une main hésitante sur le verrou. Et si quelque chose de puissant et massif se ruait dans la cabine, la prenant par surprise et étouffant ses cris avant qu'elle ne puisse appeler au secours ? Betty retira sa main.

Elle resta un moment indécise. Elle avait vraiment besoin d'aller dans la salle de bain, et elle s'en voulait d'avoir peur. Elle entendit des voix italiennes dans le couloir, un bruit de pas. Elle tira aussitôt le verrou et sortit de la cabine.

Peut-être par coïncidence, Mik Finsch se tenait devant la porte de sa cabine, comme s'il venait lui-même d'en sortir. Il semblait fatigué, le visage défait. Leurs regards se croisèrent et il y eut un instant de totale communication. Betty suivit le lieutenant et le second mécanicien jusqu'au niveau supérieur, puis elle les quitta pour se rendre rapidement à la cabine des Cato. Elle frappa à la porte en regardant nerveusement par-dessus son épaule. La porte s'ouvrit et Ora apparut.

— Ah, bonjour ! dit-elle. Je vois que vous êtes encore parmi nous.

— Je ne le serai plus si je n'arrive pas à aller dans la salle de bain. Je n'ose pas y aller seule.

— Juste deux secondes. Je vais monter la garde devant la porte.

— Je sais que c'est ridicule.

— Pas de problème. Il n'y a rien de ridicule à être prudente.

En descendant vers la salle à manger, Ora s'intéressa à Isabelle.

— Comment ça s'est passé, entre vous ? D'autres disputes ?

— Non, répondit Betty. En fait, elle s'est excusée. Ensuite, elle est allée prendre une douche et elle n'est pas revenue. J'imagine qu'elle a passé la nuit avec Finsch.

Ora grogna.

— Elle se soucie très peu de ce que les autres peuvent penser.

Betty éprouva une étrange envie de défendre Isabelle. La veille au soir, pour la première fois, elle avait trouvé quelque chose de sympathique sous l'extérieur blond et bleu. Mais elle ne dit rien. Dans la salle à manger, Finsch était assis seul à la table du fond. Il leva les yeux quand Betty et Ora entrèrent, et s'intéressa de nouveau à son pamplemousse. Isabelle doit être en train de s'habiller, songea Betty.

Le petit déjeuner se termina, et toujours pas d'Isabelle. Harry Mayberry, redevenu égal à lui-même, posa la question. Betty haussa les épaules.

— Je ne sais pas où elle est.

— Est-ce qu'elle est malade ? demanda le capitaine. Je peux envoyer le steward avec du café et du jus d'orange.

— Je ne sais pas. Elle n'était pas dans la cabine. Peut-être que M. Finsch l'a vue.

— Moi ? dit Finsch. Non, je ne l'ai pas vue. Pas depuis hier soir.

Betty le regarda un instant, puis elle se tourna vers le capitaine.

— Isabelle est allée prendre une douche hier soir. Elle n'est pas revenue.

Le capitaine reposa sa tasse de café et se leva aussitôt.

— Venez, nous allons la chercher.

Isabelle n'était pas à bord du *Garda*.

Betty remarqua que tout le monde la regardait d'un air bizarre, même les Cato.

Chapitre X

1.

Le *Garda* naviguait au large d'une côte verdoyante et escarpée, avec Punta Guionos derrière lui et le Cabo Blanco devant. La chaleur était lourde. La surface de l'océan semblait en feu, et l'horizon lointain scintillait dans la brume.

L'endroit le moins inconfortable à bord était sous l'auvent du pont supérieur, dans la brise générée par le déplacement du bateau. C'est là qu'étaient installés les passagers dans leurs tenues les plus légères, regardant défiler les montagnes et les vallées du Costa Rica.

Aussitôt après que la disparition d'Isabelle eut été confirmée, Finsch et le capitaine se réunirent dans son bureau, tandis que Betty ne tenait pas en place dans son transat.

— Qu'est-ce qu'ils peuvent bien se raconter ? maugréa-t-elle.

Alec et Ora étaient assis à sa droite, et un peu plus loin, Harry Mayberry et Nello.

— Je devine assez facilement, dit Alec.

Ora ne dit rien. Ses lèvres étaient plissées en une forme ronde assez particulière, comme un bouton de rose desséché.

— C'est incroyable, dit Betty. Isabelle n'est certainement pas partie de son plein gré. Mais qui a pu vouloir s'en prendre à elle ?

— Exactement, répondit Alec. Finsch n'avait rien à y gagner.

Betty se tut. Personne ne semblait disposé à faire la conversation.

Quelques minutes plus tard, le steward s'approcha et demanda poliment à Betty de bien vouloir se rendre dans la cabine du capitaine, qui souhaitait lui parler. Il y eut un silence de mort quand Betty se leva, mais elle était encore en haut des marches quand elle entendit la voix sarcastique d'Ora. Elle se sentit rougir de colère et d'humiliation. Qu'est-ce qui était donc passé par la tête de tous ces gens, tout à coup ?

Le capitaine, qui semblait mécontent et nerveux, était assis comme la dernière fois derrière son bureau, tandis que Finsch était installé à gauche sur une petite chaise cannelée. Malgré la chaleur, Finsch semblait souffrir du froid. Sa peau était sèche et tendue sur ses os puissants. Ses yeux luisaient comme du graphite. Son demi-sourire était crispé en une grimace de renard.

Le capitaine fit signe à Betty de s'asseoir.

— Nous devons discuter de cette terrible situation, commença-t-il. Il y aura une enquête à Panama, mais vous souhaitez peut-être nous dire quelque chose maintenant.

Betty se redressa sur sa chaise avec indignation.

— Dire quelque chose ? À quel sujet ?

— Au sujet de la disparition de Mme Calder, naturellement.

— Je vous ai dit tout ce que je savais. Elle a quitté la cabine vers vingt et une heures trente pour prendre une douche. C'est la dernière fois que je l'ai vue.

— Vous êtes-vous disputées ?

— Non, pas du tout ! Elle m'a dit qu'elle était désolée, pour la bagarre. Nous étions redevenues de bonnes amies.

Finsch secoua légèrement la tête, comme s'il avait peine à le croire. Betty le foudroya du regard et dit au capitaine :

— Je n'aime pas le ton de vos questions.

Le capitaine ne montra aucun signe de vouloir s'adoucir. En fait, son visage se fit encore plus sévère.

— C'est une situation terrible. Pensez à la publicité. On va en parler dans les journaux. Le *Garda* de la Mediterranean Line, commandé par le capitaine Alberto Frascatore.

— Ce n'est pas agréable, dit Finsch.

— C'est plus que pas agréable. C'est terrible. Je n'ai jamais connu un voyage comme celui-là. Je pose donc la question : Où est Mme Calder ?

— Je n'en ai pas la moindre idée. Demandez à M. Finsch.

Celui-ci écarta les mains en haussant les sourcils, niant toute connaissance de l'affaire.

— Je ne sais pas, dit-il. Regardons les choses en face. Vous m'avez accusé à propos d'Alan Calder. C'est stupide, mais… (il fit une légère grimace)… c'est possible. Et maintenant, Mme Calder. C'est stupide, et en plus, c'est impossible. De toutes les personnes qui sont sur ce bateau, elle est la dernière à qui je voudrais du mal. Maintenant, remontons dans le passé. Ce n'est pas agréable, mais nous devons regarder la réalité en face. Miss Haverhill se dispute avec M. Bunpole parce qu'il l'a suivie à bord. M. Bunpole disparaît – un suicide. À La Libertad, elle prend mon pistolet – non, je vous en prie, laissez-moi terminer – et M. Alan Calder est retrouvé avec une balle dans la tête. Un suicide. Hier, elle se dispute avec Isabelle Calder, et la nuit dernière, Isabelle Calder disparaît. N'est-ce pas étrange ?

Betty ne pouvait plus contenir sa rage.

— Comment osez-vous déformer les choses comme ça ? Vous savez bien que ce n'est pas vrai ! Vous êtes un menteur et un assassin !

— Moi ? C'est complètement absurde ! (La voix de Finsch, puissante et sonore, fit trembler les vitrines de la bibliothèque du capitaine.) Je suis connu dans beaucoup d'endroits dans le monde, et aucun homme n'a jamais osé me traiter de ces noms.

Betty répondit d'une voix douce et calme :

— Mais ils sont vrais, n'est-ce pas ?

— Non, ils ne sont pas vrais. Tout ça, c'est des bêtises. Vous devez savoir que je ne ferais aucun mal à Isabelle.

— Peut-être bien, concéda Betty, mais vous voulez m'en faire à moi. Et pour votre information, une chose m'est venue à l'esprit quand vous avez parlé d'Alan Calder. Une chose qui prouve que c'est vous qui l'avez tué, et pas moi – comme vous aimeriez le faire croire aux autres. Nous serons à Panama demain. Ça vous laisse le temps de vous ronger les sangs. (Elle se leva.) Encore une chose, capitaine. Pouvez-vous faire réparer le verrou de la salle de bain des femmes ? Tout de suite ? Je n'ose pas…

Betty n'alla pas plus loin. Elle regardait Finsch, et soudain, le mystère de la disparition d'Isabelle se trouva élucidé. Tout était clair comme du cristal. Finsch avait commis une tragique erreur. Une erreur terriblement pathétique, irrésistiblement comique. Betty éclat d'un rire strident en pointant du doigt vers Finsch :

— Non seulement vous êtes un menteur et un assassin, mais en plus, vous êtes un imbécile !

Les dents de Finsch étincelèrent. Il fit mine de se lever, mais il se rassit et se tourna vers le capitaine.

— Je crains que Miss Haverhill ne soit pas bien. Je suggérerais…

— Non, non, fit Betty. Ne vous inquiétez pas, je vais très bien, je vous remercie, et j'ai l'intention de continuer comme ça. Jusqu'à Panama. Et là, je crois que je vais me soûler.

Elle se dirigea vers la porte.

— Où allez-vous ? demanda le capitaine d'une voix bourrue.

— Dans ma cabine. Où je vais fermer la porte à clé. Vous voyez, je n'ai pas l'intention de disparaître moi aussi entre maintenant et demain.

— Elle n'est pas bien, répéta Finsch de sa grosse voix. Ça explique tout.

Le capitaine posa les mains à plat sur la table pour indiquer que l'entrevue était terminée.

— Il y aura une enquête à Panama. Je vais les prévenir par radio.

— S'il vous plaît, capitaine, n'oubliez pas de faire réparer le verrou de la salle de bain !

— Non, je n'oublierai pas. Je n'oublie rien.

Betty courut dans le couloir de traverse jusqu'à sa cabine et verrouilla la porte. Pauvre Isabelle, qui avait chèrement payé l'utilisation d'un bonnet de douche rouge !

Elle s'assit sur le lit. L'enchaînement des événements était clair. D'abord, tout le monde savait que Betty prenait régulièrement une douche avant de se coucher. C'était devenu un élément immuable de sa routine. Deuxièmement, Finsch savait que le bonnet de Betty était rouge alors que celui d'Isabelle était bleu. Betty l'avait croisé à plusieurs reprises dans le couloir. Isabelle et Betty portaient toutes deux un peignoir blanc. Elles avaient la même stature. Finsch devait guetter l'arrivée de Betty par sa porte entrebâillée. Il avait vu Isabelle entrer dans la salle de bain, coiffée du bonnet rouge de Betty. Il avait au préalable mis le verrou hors d'usage. Se faufilant hors de sa cabine, probablement pieds nus, il était entré à son tour dans la salle de bain. Isabelle, derrière le rideau de douche, avec le robinet qui coulait, n'avait sans doute rien vu, rien entendu. Et là… deux mains puissantes se glissant à travers le rideau, saisissant le cou fragile, l'écrasant comme une tige de fleur. Isabelle n'avait pas dû beaucoup se débattre. Quelques coups de pied, une vaine tentative de desserrer ces mains qui l'étranglaient, avant de s'écrouler, un corps sans vie. C'est à ce moment-là, en écartant les rideaux, que Finsch avait découvert sa méprise. Un moment d'horreur, même pour lui. Mais il était bien obligé d'aller jusqu'au bout. Il avait dû jeter d'abord un coup d'œil dans le couloir, guetter les bruits… puis se diriger rapidement vers l'avant en portant le cadavre dans ses bras. Monter sur la passerelle, une petite pause pour inspecter les lieux, descendre l'échelle pour atteindre le pont des embarcations… Là, une autre pause, puis deux pas rapides pour rejoindre l'ombre derrière les canots de sauvetage. Maintenant – faire passer le corps par-dessus le bastingage et lâcher… Le corps s'était sans doute enfoncé un moment dans le sillage, puis il avait dû flotter, une forme pâle au milieu des vagues sombres, tandis que le *Garda* poursuivait sa route dans la nuit.

C'était moi qu'il visait, songea Betty. Il était retourné dans sa cabine, il s'était assis sur son lit en se frottant le menton. Puis il s'était rendu à pas de loup jusqu'à la cabine n° 2, où il avait essayé d'ouvrir la porte. Elle était fermée à clé, et il était reparti.

À présent, il devait être assis quelque part, fumant un cigare et plongé dans ses réflexions. Betty avait été imprudente. Elle lui avait dit qu'elle pouvait prouver qu'il avait tué Alan Calder. Il savait peut-être ce qu'elle voulait dire. Encore vingt-quatre heures avant d'arriver à Panama…

2.

La chaleur dans la cabine était accablante. Betty dégoulinait de sueur, les draps étaient trempés. Elle eut un soudain accès de colère. Pourquoi devait-elle rester allongée dans une chaleur pareille ? Elle n'était coupable de rien, absolument rien !

Elle se leva et se passa un peu d'eau froide sur le visage. Les sous-vêtements d'Isabelle, restés entassés dans un coin, lui adressaient un reproche muet. Elle les rangea dans le placard.

Elle hésita un instant devant la porte, puis elle tira courageusement le verrou et l'ouvrit toute grande. Elle s'engagea dans le couloir désert et monta sur le pont.

Tous les passagers étaient assis le long du bastingage, répartis en trois groupes. Finsch et les deux Allemands s'étaient installés d'un côté de l'auvent, derrière une table chargée de bouteilles de bière vides et à moitié vides. Le couple de Salvadoriens était assis dans des postures identiques, petites jambes étendues, mains grassouillettes agrippant les accoudoirs, contemplant la côte tels des patients cataleptiques. À l'arrière, Alec, Ora, Harry Mayberry et Nello bavardaient nonchalamment. La conversation s'interrompit quand Betty arriva derrière eux.

— Oh, hello, fit Ora.

D'un air embarrassé, Alec approcha une chaise longue. Personne ne regardait directement Betty. Le silence se prolongea et devint gênant. Incroyable ! songea-t-elle. Comme ils avaient rapidement changé de visage... Elle éprouva un profond ressentiment. Elle les examina tour à tour. Alec, avec son regard de hibou et son air satisfait ; Ora, avec ses cheveux écarlates et ses opinions arrêtées ; Harry Mayberry, huileux et mauvais ; Nello, bouffi d'arrogance. Ils étaient assis là, ses amis d'autrefois, cherchant à éviter toute implication, s'abstenant de croiser son regard.

Elle fit une grimace de mépris. En secret, ils adoraient toute cette excitation, du moment qu'ils pouvaient l'observer de loin. Ils composaient déjà dans leur tête les histoires qu'ils raconteraient à leurs amis ! Du diable si elle allait les laisser se régaler de ses ennuis ! Du diable si elle allait jouer leur jeu, prétendre qu'il ne s'était rien passé et qu'ils étaient tous bons amis !

— Ne faites pas attention à moi, leur lança-t-elle. Je ne suis qu'une simple meurtrière. Continuez votre conversation. (Harry Mayberry eut un petit rire nerveux. Ora se figea.) Aucun de vous ne semble étonné. Mais c'est vrai que vous êtes déjà arrivés à cette conclusion.

— Personne n'est arrivé à quelque conclusion que ce soit, dit sèchement Alec. Nous sommes perplexes.

Betty rit amèrement.

— « Perplexes » ! C'est un joli mot.

Ora se pencha vers elle avec une petite grimace.

— Nous sommes perplexes et horrifiés.

Betty commençait à détester Ora autant qu'elle avait détesté Isabelle.

— Faisons comme si Isabelle s'était suicidée. Après tout, nous l'avons bien fait pour Ted Bunpole. Et ensuite, nous pourrons jouer aux cartes tout l'après-midi.

Les yeux d'Ora lancèrent des éclairs.

— Je ne vois aucune excuse à votre attitude, à moins que ce ne soit de l'hystérie pure et simple.

Alec se racla la gorge.

— Nous sommes tous un peu à cran. La chaleur, les événements…

Betty éclata d'un rire sarcastique.

— Vous connaissez la théorie de Finsch ? Les gens qui se disputent avec moi disparaissent. Alors, je vous conseille la prudence.

— Ce n'est pas vraiment un sujet de plaisanterie, marmonna Alec.

— Plaisanterie ! Vous voyez quelqu'un rire ?

— Pas Isabelle, en tout cas, dit Ora.

— Ni Ted, ajouta Betty. Mais vous devez vous demander pourquoi j'ai tué Alan Calder.

Elle examina les visages. Elle avait réussi à les mettre mal à l'aise, ce qui était déjà une bonne chose. Mais il y avait aussi une lueur de curiosité dans leurs yeux.

— Vous pensez vraiment que j'ai fait ça, dit-elle doucement. Que j'ai poussé Isabelle dans l'eau.

— Non, bien sûr que non, protesta Alec. C'est hautement improbable…

Il n'alla pas plus loin.

— Quelqu'un est coupable, reprit calmement Betty. Jamais Isabelle ne se serait jetée toute seule à l'eau ! Mais pourquoi Finsch l'y aurait-il aidée ?

Du coin de l'œil, elle vit Finsch relever brusquement la tête en entendant prononcer son nom.

Alec sortit sa pipe de sa poche.

— Naturellement, nous nous posons des questions. C'est dans la nature humaine de s'attendre à l'inattendu. Je me refuse à formuler une opinion. Je n'ai pas assez d'éléments factuels.

Betty ricana.

— Je vais vous en donner un, moi, d'élément factuel. Hier soir,

Isabelle m'a emprunté mon bonnet de douche rouge. Elle portait un peignoir exactement comme le mien.

Il y eut un bref silence.

Alec bourra sa pipe.

— Hmm… Voilà qui explique bien des choses.

Ora ne dit rien, mais Betty la vit lancer un rapide coup d'œil vers Finsch, qui était en train de vider sa troisième bouteille de bière. Nello semblait interloqué.

— Je comprends pourquoi vous êtes contrariée, déclara Harry Mayberry. Vous avez la frousse.

Alec retira sa pipe de la bouche et l'examina attentivement.

— Et si vous dormiez avec Ora cette nuit, pendant que je prends votre cabine ? demanda-t-il enfin. Vous vous sentiriez plus en sécurité.

Ora tourna rapidement la tête vers son mari.

— Non, je vous remercie, dit Betty au grand soulagement d'Ora. Il pourrait y avoir encore une méprise.

— Non, non, protesta Alec sans grande conviction. Je serais heureux…

Betty l'interrompit.

— Je suis en sécurité, une fois ma porte verrouillée.

Elle regarda au-delà du couple de Salvadoriens et des ingénieurs. Finsch lui fit un clin d'œil amical. Betty détourna aussitôt les yeux, avec une sensation de nausée.

— Pourquoi ce fichu bateau ne va-t-il pas plus vite ? dit-elle d'une voix âpre qui lui sembla étrange. Je n'ai jamais été sur quelque chose que je détestais autant…

3.

Plus par habitude que parce qu'ils avaient réellement faim, les passagers descendirent déjeuner. Betty avala deux bouchées de son steak, mangea une orange, but un verre de vin. Le visage figé, le capitaine resta les yeux fixés sur son assiette pendant tout le repas, sans dire un mot à qui que ce soit. Alec fit une ou deux tentatives facétieuses, qui furent aussitôt étouffées par Ora. Finsch mangea seul à la table du fond, avec son appétit habituel.

Betty se leva de table alors que Finsch en était encore aux fruits. Elle courut à sa cabine, où la chaleur était toujours aussi oppressante. Elle prit un livre et se rendit sur le pont.

Elle s'y trouva seule. Nerveusement, elle jeta un coup d'œil vers l'escalier. C'est ridicule de s'inquiéter autant ! lui dit une partie de son cerveau. Non, lui dit une autre, ce n'est pas ridicule du tout. Tu as une bonne raison d'être prudente, et même plusieurs ! Parce que Mik Finsch doit être aux abois... Et pourtant, il semblait parfaitement à l'aise pendant le déjeuner ! Quelle était la raison de ce calme olympien ? Demain, le *Garda* arriverait à Panama et le bateau grouillerait de policiers. À l'évidence, Finsch projetait de la tuer ce soir. Betty sentit son cœur battre plus fort. C'était incroyable, mais bien réel !

Elle vit apparaître le chapeau à larges bords en haut des marches, puis le visage placide et le cigare. Le cœur de Betty, qui battait déjà la chamade, fit un bond dans sa poitrine. Finsch regarda tranquillement autour de lui, comme un agent immobilier examinant une propriété. Il salua courtoisement Betty, qui l'observait en bandant tous ses muscles.

Finsch ôta son chapeau et s'éventa, puis il commença à s'approcher d'elle.

Betty se tourna aussitôt pour se diriger vers l'escalier menant au poste de pilotage. Là, elle s'arrêta un instant. Finsch haussa les épaules et alla s'installer avec un soupir d'aise dans un transat près du bastingage. Betty retourna à l'ombre et s'assit à un endroit d'où elle pouvait surveiller chaque mouvement de Finsch. Il ne lui prêta pas attention.

Alec et Ora apparurent sur le pont et s'installèrent dans les chaises longues qu'ils occupaient avant le déjeuner. Betty les rejoignit.

Devant le navire, une longue langue de terre s'étendait dans l'océan.

— Punta Burica, dit Alec. Moitié Costa Rica, moitié Panama. Nous nous apprêtons à traverser le golfe de Chiriqui, et nous ne verrons plus la terre avant d'arriver au canal. Nous passerons au large de la péninsule d'Azuero dans la nuit, puis nous mettrons le cap presque plein nord. Mon expertise en matière de navigation est toute récente, je viens de l'acquérir dans la salle des cartes. Il fallait que je la dégurgite avant d'avoir tout oublié.

Betty était figée sur son transat. Elle contemplait l'océan, à présent d'un bleu tropical, transparent et lumineux. Elle s'agita et finit par se pencher pour murmurer quelques mots à l'oreille d'Ora, qui hocha la tête en disant :

— Ne vous inquiétez pas. Je vais le surveiller.

Pleine de reconnaissance, Betty redescendit.

4.

Le verrou de la salle de bain avait été réparé. Relativement rassurée de savoir qu'Ora montait la garde, Betty se doucha et se changea, puis elle remonta sur le pont avec un livre.

L'après-midi s'écoula lentement. À 16 heures, elle redescendit avec les Cato pour prendre le thé, et elle fit des réussites pendant près d'une heure. Nello tenta d'engager la conversation, mais Betty l'ignora et il finit par partir. Après cette matinée, elle ne pourrait plus jamais avoir de relations vraiment cordiales avec ses compagnons de croisière. Comment avaient-ils pu penser d'aussi vilaines choses à son sujet ? Ils devaient pourtant savoir… mais peut-être attendait-elle trop d'eux. Ce n'étaient que de simples connaissances, elle ne pouvait exiger leur loyauté.

En soupirant, Betty battit ses cartes et les étala devant elle. En deux semaines, elle avait beaucoup mûri. La jeune et élégante Betty Haverhill qui avait embarqué sur le *Garda* n'était déjà plus qu'une image lointaine et indistincte. Pourquoi l'expérience apportait-elle toujours des désillusions ? Pourquoi les idéaux ne pouvaient-ils être confirmés au lieu d'être pulvérisés ? Cette démolition systématique des beaux rêves… était-ce cela, la maturité ?

Le garçon du mess arriva pour dresser les tables, et Betty rangea ses cartes. Elle n'avait pas réussi à découvrir le sens ultime de la vie, mais elle ne détestait plus Alec, Ora, Harry et Nello. Mik Finsch, c'était une autre affaire. On pouvait haïr Mik Finsch sans réserve. Toute la journée, il était resté assis, placide, presque somnolent. Quelles pensées traversaient son esprit ? Quels plans échafaudait-il ? L'imagination de Betty créait une série de visions tellement macabres qu'elle frissonna et gémit doucement. Le garçon la regarda du coin de l'œil.

Betty se leva et alla vérifier dans le couloir : personne en vue. Elle rassembla son courage et gravit rapidement les marches jusqu'à la passerelle pour se rendre à la cabine du capitaine.

Elle entendit des voix à l'intérieur, qui s'interrompirent quand elle frappa. La porte s'ouvrit et la tête du chef steward apparut dans l'entrebâillement.

— Je voudrais parler au capitaine, dit Betty.

— Entrez ! lança le capitaine.

Betty entra. Il y avait sur la table une bouteille de vermouth et trois verres. Le capitaine était en train de prendre l'apéritif avec le chef steward et le chef mécanicien. Son visage, rubicond et jovial, avec le nez plus rose que d'habitude, changea rapidement d'expression quand il vit Betty.

— Ah, Miss Haverhill, dit-il poliment. Asseyez-vous donc. Vous prendrez peut-être un verre de vermouth ?

— Merci bien.

Il semblait plus facile d'accepter que de refuser.

Il y eut un silence tandis que Betty sirotait son vermouth. Les trois hommes ne la quittaient pas des yeux. Le capitaine attendait d'un air impassible. Il essaie de me rendre les choses aussi difficiles que possible, songea Betty. Il sait parfaitement de quoi je veux lui parler.

Le chef steward se leva et dit quelques mots au capitaine. Le chef mécanicien fit de même. Mais le capitaine leur fit signe de se rasseoir.

Betty réprima sa colère et son indignation. Le capitaine la regarda avec curiosité.

— Eh bien, Miss Haverhill, vous avez quelque chose à me dire, peut-être ?

Son ton avait quelque chose de faux, presque mielleux. En un éclair, Betty comprit : il croit que je suis venue me confesser ! Elle serra le pied du verre avec une telle force que ses phalanges blanchirent. Elle résista à l'envie de lui jeter le vermouth à la figure.

— Non, dit-elle sèchement, je n'ai rien à vous dire.

— Mais alors, pourquoi venez-vous ?

— Parce que j'ai peur. Je veux une protection !

Le capitaine se cala dans son fauteuil et fit une moue pensive.

— Je croyais que vous étiez venue me dire quelque chose. De quoi avez-vous peur ?

— De mourir, évidemment ! J'ai peur de Finsch !

— Ah ha ! M. Finsch vous a menacée ?

Betty le regarda avec stupéfaction et rage.

— Pour l'amour du ciel, capitaine, ne vous faites pas plus bête que vous ne l'êtes ! Vous savez très bien ce que Finsch a fait. Il a tué...

— Juste un instant, Miss Haverhill ! Je suis bête, je ne suis que le capitaine Frascatore. Mais je suis suffisamment intelligent pour n'accuser personne. C'est une chose très dangereuse d'accuser sans preuve.

— Mais j'ai une preuve !

— Bah ! Ce n'est pas une preuve. J'ai regardé, j'ai posé la question à M. Finsch. Il rit. Il dit : « Comment cette fille a-t-elle trouvé ces papiers ? C'est étrange. » Et je dis : « Oui, c'est étrange. »

— Mais...

— Juste un instant. Je n'accuse pas. Je ne dis rien. Mais je connais M. Finsch. Il est très raisonnable, ce n'est pas une jeune fille hystérique. Pourquoi ferait-il des choses folles comme ça ? Il n'y a pas de raison. M. Ted Bunpole ? Pas de raison. M. Alan Calder ? Pas de raison. Mme Calder ? Pas de raison. C'est ridicule !

— Ridicule ou pas, s'écria Betty, il l'a fait ! C'est un mégalomane, un égotiste.

Le capitaine haussa les épaules.

— Je ne connais pas ces mots. Je ne comprends pas.

— Ce n'est pas les mots, c'est la nature humaine que vous ne comprenez pas ! Si...

— Ha ! s'exclama le capitaine avec une grimace qui découvrit ses dents en or étincelantes. C'est vous, la jeune fille, qui comprenez, et moi, le capitaine Frascatore, je suis l'imbécile. Très bien, c'est ce que vous pensez. Mais quelquefois, je ne suis pas aussi stupide ! J'ai entendu parler des délinquants juvéniles ! Je sais que...

— Est-ce que vous allez m'écouter, à la fin ?

— Très bien, j'écoute. (Le capitaine croisa les bras, l'air impassible et magistral.) Qu'est-ce que vous voulez ?

— Je veux l'assurance que je serai en sécurité !

Le capitaine hocha la tête.

— C'est une demande raisonnable. Je vais vous donner l'assurance. Est-ce que vous êtes en danger en ce moment ?

— Non, bien sûr.

— Êtes-vous en danger dans la salle à manger ?

— Non.

— Êtes-vous en danger dans votre cabine ?

— Pas quand la porte est fermée à clé, mais…

— Où êtes-vous en danger ?

— Je ne sais pas ! Je voudrais…

Le capitaine se leva.

— Venez. Je vais vous accompagner jusqu'à votre cabine. Vous pourrez vous enfermer. Pour le dîner, je viendrai. Nous descendrons ensemble. Après le dîner, je vous raccompagnerai à votre cabine et vous pourrez encore mettre le verrou. Je vous donne l'assurance.

Folle de rage et d'impuissance, Betty se leva et partit en courant. Derrière elle, les voix reprirent. Le rire sarcastique du capitaine la suivit dans le couloir.

5.

Betty resta dans sa cabine jusqu'à l'heure du dîner, et n'ouvrit la porte que lorsqu'elle entendit des voix dans le couloir.

Finsch était déjà à sa place quand elle arriva, concentré sur son potage. Betty passa à côté de lui en frissonnant et s'assit à droite d'Alec.

Les conversations furent rares pendant le repas. Betty but un demi-bol de soupe, chipota vaguement dans son assiette de poisson, but un demi-verre de vin, consciente à chaque instant de la présence de cet homme assis deux mètres derrière son dos. Elle entendait le crissement de ses couverts, le grincement de sa chaise, le bruit de sa mastication. Elle le sentait lui-même conscient de sa présence, absorbé par le problème qu'elle lui posait, et elle perdit le peu d'appétit qui lui restait.

Elle attendit que les Cato se lèvent de table et les suivit aussitôt. Ils montèrent l'escalier pour se rendre sur le pont, illuminé par un magnifique coucher de soleil rouge et or. Des traînées de nuages s'étendaient sur des dizaines de kilomètres à travers le ciel, et l'océan scintillait de mille couleurs. Un instant, Betty crut saisir le sens de ce message incandescent : l'espoir et la tragédie de l'espoir, les ultimes victoires encore loin dans le futur, une émotion au-delà du pouvoir des mots. Le coucher de soleil s'estompa, les couleurs furent vaincues par le gris du crépuscule, le message doré fut perdu.

L'océan était voilé par la pénombre. On n'apercevait aucune terre à l'horizon, et le *Garda*, progressant au milieu des flots indistincts, était la seule réalité de l'univers.

Le temps passa, en propos à voix basse et hypothèses réservées. À dix heures et demie, les Cato s'étirèrent en bâillant et parlèrent d'aller se coucher. Betty serait bien restée là toute la nuit, mais seul Nello perçut son intention, et Betty lui dit non. Elle allait se coucher, elle aussi. Alec l'accompagna jusqu'à sa cabine. Ils examinèrent la porte, vérifièrent le verrou et les gonds, puis ils regardèrent sous les lits et à l'intérieur des placards.

— Tout semble normal, déclara Alec. (Il hésita un instant sur le seuil.) À moins que… hem… vous n'ayez besoin de… ahem… pendant que j'attends ?

— C'est probablement une bonne idée.

Alec attendit son retour.

— Personne dans les parages ? demanda-t-il.

— Non, apparemment, dit Betty en s'efforçant de sourire. Dans le cas contraire…

— Vous n'aurez qu'à crier. Mais ne vous inquiétez pas, vous êtes en parfaite sécurité.

— Oui, sans doute. (Betty regrettait maintenant de ne pas avoir accepté d'échanger les lits, malgré la désapprobation d'Ora.) Bonne nuit, Alec.

— Bonne nuit.

La porte se referma. Betty poussa le verrou et tira sur la poignée pour s'assurer que tout était en ordre.

Elle se déshabilla, en gardant son slip et son soutien-gorge : il faisait trop chaud pour mettre un pyjama. Elle se mit au lit et essaya de lire. Mais son livre n'était qu'un objet solide sur lequel poser les mains. Comment pouvait-elle penser à autre chose qu'à elle-même, à Finsch et à Panama ? Et aux autres visages qu'elle avait regardés, auxquels elle avait parlé : Ted Bunpole, Alan Calder, Isabelle, tous disparus à présent. Elle frissonna et posa son livre sur sa table de chevet. Quel cauchemar, ce voyage !

Betty se redressa sur son lit en entendant un *tap tap tap* à la porte.

Elle se leva et s'approcha lentement. On frappa de nouveau, la poignée tourna, le battant grinça…

— Qui est là ? lança Betty.

— C'est moi, le capitaine Frascatore. N'ouvrez pas, je vérifie simplement. Tout va bien ?

— Oui.

— Vous êtes donc en sécurité ?

— Pour l'instant.

— Très bien. N'ouvrez pas la porte, et vous n'aurez rien à craindre.

— Je n'ai pas l'intention de l'ouvrir.

— Parfait. Dormez bien.

Betty retourna se coucher. Elle éteignit sa lampe, mais la ralluma aussitôt… Qu'est-ce que Finsch pouvait bien faire en ce moment ? Il ne dormait certainement pas. Son cerveau devait bouillonner du désir et du besoin de la tuer… Mais comment ? En imaginant qu'elle soit animée du même désir, comment s'y prendrait-elle pour tuer une personne enfermée dans une cabine ? D'abord, persuader la victime d'en sortir. Betty sourit. Finsch pouvait toujours essayer de la persuader… Il devait s'en rendre compte, et c'était là son problème. Il ne pouvait pas l'attirer au-dehors. Il ne pouvait pas entrer. Et pourtant, il fallait qu'il la tue. Il ne pouvait pas tirer sur elle à travers le hublot : il n'y avait aucun endroit où il puisse se tenir, même s'il possédait une autre arme. Il ne pouvait pas l'empoisonner… à moins que ? Betty décida de ne pas se laver les dents, ce qu'elle avait négligé de faire ce soir de toute façon. Il aurait pu mettre du cyanure dans le dentifrice. Il y avait peut-être un piège dans l'armoire à pharmacie, une bombe à retardement dans la valise… Un boomerang, des machettes, une araignée venimeuse… Elle commençait à se laisser emporter par son imagination.

Betty somnola, se réveillant en sursaut au moindre bruit : une voix lointaine, des pas dans le couloir.

Le silence s'établit progressivement à bord du navire, jusqu'à ce qu'on n'entende plus que le battement régulier des machines, le chuintement de l'eau le long de la coque, un léger bourdonnement permanent provenant de la dynamo et des souffleries d'air.

À onze heures et demie, Betty éteignit de nouveau et resta allongée dans le noir. Elle transpirait beaucoup, et son drap était comme un journal humide, son oreiller sentait mauvais.

Minuit. De légers bruits dus au changement de quart, des portes brièvement ouvertes et fermées. Dix minutes plus tard, le navire redevint silencieux.

C'était maintenant le moment dangereux, quand l'activité à bord atteignait son niveau le plus bas… Minuit et quart, minuit vingt, vingt-cinq, minuit et demie. Betty attendait dans le noir.

Maintenant. Elle sentit un frisson d'expectative. Un très léger bruit quelque part. Sur le pont au-dessus ? Un grincement. Betty alluma sa lampe. La poignée de contrôle du ventilateur au plafond tournait lentement. Quelqu'un était en train de l'ouvrir. Betty le regarda fixement. Qu'est-ce qu'il cherche à faire ? Elle sauta pour saisir la poignée et refermer le ventilateur. Il y eut une série de chocs métalliques dans la gaine, et un objet tomba dans la cabine en sifflant comme un serpent. Betty fit un bond en arrière. L'objet heurta le sol et explosa, répandant aussitôt un épais nuage de fumée.

Betty sentit un gaz âcre la prendre à la gorge. Ses yeux commencèrent à piquer, des larmes jaillirent. Du gaz lacrymogène. Le gaz lacrymogène de Finsch. Elle ouvrit la bouche pour crier. Sa gorge semblait remplie d'acide, et elle ne put émettre qu'un son rauque. De l'air, de l'air ! Elle était en train d'asphyxier ! C'était donc ça, le plan de Finsch ! Il voulait la forcer à sortir de la cabine. Mais non. Pas tant qu'elle était encore capable de réfléchir. Le hublot. Elle pourrait respirer de l'air frais par le hublot, crier au secours. En sanglotant, les yeux douloureux, elle rampa par-dessus le lit d'Isabelle. Le hublot était un disque noir donnant sur le néant. Elle y passa la tête, mais un réflexe la lui fit retirer aussitôt. Juste à temps. Une corde terminée par un nœud coulant remonta. Elle lui aurait enserré la gorge et coincé la nuque contre la partie supérieure du hublot. Un coup sec – la mort. Mais la corde ne fit que lui toucher la pointe du menton et lui relever la tête contre le volet du hublot. Betty tomba à la renverse sur le lit et roula à terre en se cognant le front contre le placard.

Elle avait absolument besoin de respirer. Elle avala une goulée de gaz qui lui brûla horriblement la gorge. Elle n'arrivait plus à penser. Sans air, elle allait suffoquer. Finsch l'attendait au-dessus du hublot avec son garrot. Elle allait devoir ouvrir la porte, appeler au secours. Finsch le savait, et il allait accourir en dévalant les marches. Il fallait qu'elle se dépêche. Elle n'avait que quelques secondes…

Elle se releva péniblement, et sans se soucier de sa tenue plus que légère, elle se dirigea vers la porte en titubant. Elle tâtonna à la recherche du verrou. Où était-il ? Elle le tira. Et maintenant, ouvre la porte ! Respire ! Hurle ! Enfuis-toi !

La porte s'ouvrit et elle fit un pas en chancelant. Finsch était là, pieds nus et en short, se ruant vers elle dans le couloir tel un monstre fabuleux – un gorille sans poils, un ours sans fourrure. Ses yeux étince-laient, un large rictus découvrait toutes ses dents. Betty essaya de crier, mais sa voix s'étrangla dans sa gorge. Ses genoux plièrent sous elle. Les mains de Finsch se refermèrent sur son cou, un sifflement envahit son cerveau, et elle perdit connaissance.

Sans hésiter une seconde, il la hissa sur son épaule et repartit en cou-rant dans le couloir. Il n'y avait eu aucun bruit, à part un faible gémis-sement et un frottement de pieds nus sur le sol. Personne ne l'avait vu, personne ne savait.

Il émergea dans l'obscurité et dévala l'escalier menant au pont des embarcations. Là, une pause – très brève, Finsch n'avait pas une seconde à perdre. Il traversa le pont d'un bond pour s'abriter derrière les canots de sauvetage, puis il souleva le corps inerte par-dessus le bastingage et le lâcha. Au dernier moment, Betty reprit suffisamment conscience pour tenter de s'agripper. Ses doigts trouvèrent le bord du pont. Elle resta suspendue en se balançant contre la coque, avec les eaux noires qui sifflaient au-dessous d'elle. Finsch se baissa et tor-dit les doigts fragiles. Betty bascula en arrière et tomba sur le dos au milieu des vagues.

Quand elle remonta à la surface, elle ouvrit la bouche pour res-pirer, pour crier… Une vague la frappa au visage et elle étouffa. La coque noire glissa à côté d'elle. Elle recracha l'eau et tenta d'appeler au secours, mais elle ne réussit à émettre qu'un coassement plaintif. Elle entendit un sourd grondement : les hélices. Elle fut saisie et emportée par le sillage bouillonnant, transportée sur une distance incalculable dans les sombres profondeurs. Sans effort conscient de sa part, elle finit par remonter à la surface.

Elle avala désespérément une goulée d'air, et cette fois, elle réussit à crier. On aurait dit l'appel d'un oiseau de mer errant dans la nuit à travers l'océan. Elle vit la poupe du *Garda*, une forme noire er trapue au-dessus du bouillonnement lumineux du sillage, qui montait et descendait, de plus en plus petite, surmontée d'un fanal.

Le sillage s'aplanit, le bouillonnement cessa. Le *Garda* poursuivit sa route.

Betty continua d'appeler et de crier jusqu'à ce qu'elle n'ait presque plus de voix. On n'entendait plus le bruit des hélices, et le fanal n'était plus qu'un faible point lumineux. Betty le regarda tristement et des larmes jaillirent de ses yeux. Elle se sentait si effroyablement seule ici dans les ténèbres, au milieu du sombre océan, sous le ciel noir, et son seul lien avec la vie était le lointain fanal du *Garda*... Le point lumineux finit par disparaître, et elle se retrouva seule. Elle entendait le léger soupir du vent, le doux murmure des vagues, mais rien d'autre.

6.

Debout derrière les canots de sauvetage, Finsch reprit lentement son souffle. Il tendit l'oreille, scruta le pont : pas un bruit, pas un mouvement. Un carré de ciel se découpait sous la passerelle haute : l'officier de quart et le matelot de veille étaient de l'autre côté du bateau. Avec une grande agilité, Finsch traversa le pont et escalada l'échelle menant à la passerelle. Il jeta un coup d'œil dans la coursive : déserte. Le navire dormait. Les faibles bruits qui avaient pu se produire – le souffle rauque, les pieds nus sur le pont, la porte qui s'ouvrait –, personne ne les avait entendus. Il flottait une odeur âcre dans le passage, mais elle se dissiperait très vite.

Finsch se rendit dans la cabine n° 2 et referma la porte. Il ramassa soigneusement les fragments de la grenade lacrymogène et les mit dans sa poche, presque affectueusement : ils lui avaient rendu un grand service. Il refit le lit et effaça toute trace de désordre. Il prit ensuite un mouchoir en papier et ouvrit le tiroir du bureau. En se protégeant les doigts avec le mouchoir, il en sortit un stylobille et une feuille de papier. En lettres majuscules bien arrondies, il écrivit :

JE SUIS DESOLÉE. BETTY.

Il examina le message et secoua la tête. Ce n'était pas fameux. Avec un peu plus de temps à sa disposition, il aurait pu faire mieux… mais il devrait s'en contenter.

Il posa le papier sur l'oreiller et jeta un coup d'œil autour de lui. Le livre : il le prit, le referma et le reposa sur l'étagère.

Il vit le sac à main. Il l'ouvrit et examina le contenu du portefeuille. Il hésita un instant en voyant l'argent, mais il le remit à sa place. Il n'y avait rien d'autre d'intéressant, à part le permis de conduire. Il compara la signature avec le mot qu'il venait d'écrire et hocha la tête. C'était mieux qu'il n'avait espéré. Il procéda à une dernière inspection de la pièce, puis il alla coller son oreille contre la porte. Avec un coin de la serviette, il l'entrebâilla et jeta un coup d'œil dans la coursive, puis il sortit, referma doucement et regagna sa cabine.

Quelques minutes plus tard, il fut de retour. Encore une fois, un rapide coup d'œil dans le couloir avant d'ouvrir la porte. Il sortit de sa poche un bonnet de douche rouge, qu'il jeta dans le lavabo. En souriant, il retourna à sa cabine, où il s'allongea sur son lit. Il poussa un profond soupir de satisfaction, et s'endormit.

Chapitre XI

1.

Le *Garda* avait disparu. Le fanal de poupe s'était réduit à un simple point lumineux avant de s'évanouir dans la nuit. Les réalités étaient au nombre de deux : au-dessus, le ciel noir rempli d'étoiles, et au-dessous, le gouffre sombre. Il y avait aussi elle, sa conscience, le faible mouvement de ses bras et de ses jambes... mais ce n'étaient que des demi-réalités. Elle s'étirait, flottait, montait et descendait, parfaitement détendue. Les incertitudes étaient à présent derrière elle. Elle se trouvait désormais au-delà des limites de la peur. Elle faisait partie de la grandeur même du cosmos. Tout était calme, paisible, et elle savait que si elle osait ouvrir son esprit, une terrible exaltation s'emparerait d'elle... C'était néanmoins bien triste de disparaître ainsi, seule au milieu de l'immensité de l'océan désert. Finsch avait triomphé. Il l'avait obligée à quitter son refuge, il l'avait jetée avec mépris dans le tréfonds des ténèbres. Il poursuivait à présent son voyage bien au chaud sur le *Garda*. Elle était vaincue et abandonnée. Finsch : l'émotion était immense, trop vaste pour être ressentie.

Elle se retourna et flotta sur le dos. Jamais la nuit ne lui avait paru aussi belle. Les étoiles étaient très distinctes, douces et claires. Il y avait l'étoile polaire. Il devait y avoir une terre au nord-est, à une distance inconnue. Une terre ? se dit-elle pensivement. Lorsque le soleil s'était couché, aucune terre n'était visible à l'horizon. Ils étaient en train de traverser un golfe ou une échancrure dans la côte du Panama. Betty regarda vers le nord-est, sans rien distinguer d'autre que les ténèbres. Elle écouta : rien d'autre que le bruit des vagues et du vent.

Elle se mit à nager, une sorte de brasse indienne qu'elle avait toujours trouvée efficace. La terre ne devait pas être vraiment trop loin. Elle pouvait nager à quelle vitesse ? Deux kilomètres à l'heure, peut-être ? Combien de temps pouvait-elle nager ? Difficile à dire. Elle n'était en aucune façon une athlète, mais elle était en bonne santé et bien musclée... La terre ! Cette idée la galvanisait. Mais... et les requins ? Jusqu'ici, elle avait refusé d'y penser. Soudain, l'obscurité lui sembla moins hostile. Elle la cacherait des requins... Betty se mit à nager un peu plus vite, mais il n'y avait pas grand-chose à faire. S'ils devaient l'attraper, ils l'attraperaient...

Elle observa l'étoile polaire, Polaris. Dans cette région, la côte du Panama était pratiquement orientée est-ouest, et elle devait donc nager vers le nord-est. Si seulement elle savait à quelle distance se trouvait la côte ! Et que dire des courants ? Ils l'entraînaient peut-être vers le large aussi vite qu'elle nageait vers la terre... Mais ces questions étaient stériles. Ses possibilités d'action étaient désormais réduites au minimum. Elle avait le choix entre nager et couler. Quand elle se sentait fatiguée, elle se reposait. Mais maintenant, quand elle se reposait, elle pensait aux profondeurs de l'océan, à ce gouffre immense dans lequel seul l'air contenu dans ses poumons lui permettrait de survivre, ce qui l'encourageait à nager davantage que ce que ses muscles appréciaient.

Le temps passa. Elle nageait plus lentement, maintenant. Elle avait mal aux épaules et une douleur sourde pulsait dans la paume de ses mains. Elle n'y prêtait pas attention, c'était sans importance. Des brasses lentes, régulières, deux kilomètres à l'heure. Elle se mit à compter : cent brasses sur un côté, puis repos. Cent brasses sur l'autre côté, puis repos. Ensuite, cent brasses sur le ventre. Elle n'osait pas nager le crawl, de peur que son battement de pieds n'attire l'attention.

Cent brasses, repos. Cent brasses, repos. Le temps : des minutes, des heures. Des étoiles disparaissaient à l'horizon, d'autres apparaissaient. Le vent se leva, souffla par bourrasques pendant quelques minutes, puis tomba brusquement.

Elle continua de nager, presque au bord de l'épuisement. Ses jambes et ses bras étaient lourds, il lui fallait un immense effort pour les faire bouger. Elle nageait beaucoup plus lentement, maintenant.

Au-dessus d'elle, un nuage bas cachait le ciel. La pluie se mit à tomber. Les étoiles étaient obscurcies. Comment pourrait-elle s'orienter ? La pluie s'intensifia, il y eut un éclair, un grondement de tonnerre. Je suis fatiguée ! songea-t-elle. Mais je ne peux pas m'arrêter. Si je m'arrête, je vais m'endormir. Si je m'endors, je vais mourir noyée.

La pluie la rafraîchit, mais cessa trop rapidement. Les éclairs continuèrent. Elle remarqua quelque chose, et son cœur s'arrêta de battre un instant. Elle attendit en scrutant les ténèbres jusqu'à ce qu'un autre éclair illumine l'océan : oui, là-bas ! La masse sombre d'une montagne, basse et terriblement lointaine.

Presque au même instant, elle vit une lumière beaucoup plus proche, guère plus de cinq cents mètres. Cela semblait être un petit bateau, avec un seul homme à bord. Un pêcheur. Elle se mit aussitôt à nager vers la lumière, en mettant toute son énergie dans chacune de ses brasses. Malgré cela, elle avançait beaucoup trop lentement. Et s'il lançait son moteur et s'en allait avant qu'elle n'ait pu l'atteindre ? Ce serait plus qu'elle ne pourrait supporter…

Brasse indienne, brasse ventrale, sans compter, sans se reposer. La douleur dans ses bras, dans ses jambes, dans ses mains, était telle qu'elle avait l'impression d'avoir été battue.

Le pêcheur bougeait à peine, sauf pour plonger son filet à la lueur de sa lampe. Betty le distinguait nettement, un petit homme maigre au teint basané, vêtu d'une chemise bleue et d'un pantalon de toile déchiré.

Elle était proche, à présent. Cent mètres, cinquante mètres – trente, quinze. Mais elle était sauvée, sauvée ! Elle se mit à sangloter de joie.

— Hello ! lança-t-elle. Hello, *señor* ! Je suis là-bas, dans l'eau !

Le pêcheur leva la tête, se mit debout et se tourna dans sa direction tandis qu'elle atteignait la limite du halo de la lampe.

— N'ayez pas peur ! cria-t-elle joyeusement. Je suis tombée d'un bateau !

L'homme devint pâle comme la mort, les yeux exorbités. Il poussa un cri rauque et se précipita vers son moteur.

— Non ! cria Betty. N'ayez pas peur ! Je ne suis pas un fantôme ! J'ai nagé pendant des heures ! Je vous en supplie, laissez-moi monter dans votre bateau !

Le moteur refusa de démarrer. L'homme tremblait en tirant sur la corde. Betty approcha encore – dix mètres, cinq… Le visage du pêcheur était un masque d'épouvante. Il saisit une rame et tenta de la frapper. Il reprit sa corde, l'enroula, tira. Le moteur démarra et le bateau commença à s'éloigner.

— Ne partez pas ! lança Betty. S'il vous plaît, ne partez pas ! Je suis si fatiguée… Prenez-moi avec vous !

Mais l'homme ne l'écoutait pas. Le bateau s'éloigna aussi vite que son moteur pouvait le pousser. En sanglotant, Betty lui cria une dernière fois :

— Revenez, je vous en supplie, ne me laissez pas là !

Elle entendit encore un long moment le bruit du moteur, de plus en plus faible, puis il se tut. Et maintenant, le sombre océan lui sembla plus silencieux que jamais.

Elle resta longtemps à flotter simplement, les larmes ruisselant sur ses joues. Elle avait abandonné tout espoir, tout désir de vivre, elle s'était résignée à la mort… jusqu'à ce qu'elle voie le bateau. Là, l'espoir était revenu en force, jamais la vie ne lui avait semblé aussi désirable… À présent, elle était accablée, horriblement fatiguée. Ses bras pendaient de ses épaules comme deux bûches, ses jambes étaient douloureuses. Le moment était peut-être venu de se laisser aller. Il était plus facile de se noyer que de vivre.

Elle se prépara mentalement, essaya de s'endormir pour que la mort soit plus douce. L'eau remonta par ses narines et elle se mit à tousser… Elle allait essayer de continuer de nager. La côte ne devait pas être trop loin. L'orage avait cessé, les étoiles étaient de nouveau visibles, toutes sauf la Grande Ourse, qui semblait perdue… Dans ce cas, elle devait nager dans la direction opposée aux étoiles qu'elle voyait, vers la zone sombre dans le ciel.

Cent brasses d'une infinie lassitude, repos. Cent autres brasses d'une infinie lassitude, repos. Son esprit se mit à vagabonder, elle se sentait engourdie. Ses bras et ses jambes s'agitaient tout seuls, sans volonté ni direction de sa part. Elle n'était venue que pour observer. Une baignade au petit matin. Car c'était maintenant le matin, avec une faible lueur jaune citron à l'est. Les montagnes étaient là : elle les remarqua brusquement. Finalement, la côte n'était pas si loin que ça. Elle crut même entendre les vagues qui s'y abattaient.

Elle força ses membres épuisés à poursuivre leur travail. Cent brasses, repos. Cent brasses lentes et molles, repos. Elle avait l'impression de passer simplement ses mains dans l'eau, de la caresser.

L'aube éclaira le ciel, la mer devint grise et lourde. Avec la visibilité vint la peur qu'elle avait contenue tant qu'elle était dans l'obscurité : les requins. Le rivage était à cinq cents mètres à peine, et le courant semblait l'aider autant que ses brasses. Les requins. Des créatures effrayantes. Elle sentit son pied heurter quelque chose de ferme, gros, résistant... Elle ouvrit la bouche pour crier, mais l'eau y pénétra et elle s'étrangla à moitié. Elle oublia son épuisement, elle oublia la douleur dans ses bras et ses jambes. Elle se mit à plat ventre, sur la crête des vagues, et nagea de toutes ses forces, les yeux fixés vers le rivage, sans regarder à droite ni à gauche.

La plage remontait en pente douce vers une masse de végétation dense et sombre, derrière laquelle se dressaient des montagnes basses tapissées de forêts. Betty regardait fixement la plage, comme hypnotisée. Pour elle, plus rien d'autre n'existait. Les requins ? Au plus profond d'elle-même, elle éclata de rire. Ils avaient peur d'elle. Elle était morte, et pourtant, elle vivait toujours. Elle était la reine des requins. Ils nageaient à côté d'elle telle une escorte respectueuse. La peur, la prudence – des mots dépourvus de sens. Elle avait triomphé de la mort, rien ne lui était impossible. Elle était aussi vieille que la vie, aussi sage que les montagnes, aussi indifférente au bien et au mal que la pluie... Les vagues la projetèrent sur le rivage, et elle resta immobile, tremblante, allongée sur le sable. Une autre vague la saisit et la ramena en arrière, comme si l'océan l'aimait et n'acceptait qu'à contrecœur de la laisser partir. Elle enfonça les doigts dans le sable et rampa hors de l'eau. Les rayons rougeâtres du soleil qui se levait jouèrent sur son corps nu et épuisé.

2.

Elle rampa jusqu'à la limite des vagues et s'écroula dans le sable fin, sans plus aucune force dans les membres. Elle se sentait merveilleusement bien dans le sable. Elle se serait endormie si elle n'avait pas éprouvé un tel sentiment de bonheur. Elle gratta le sable soyeux avec une jouissance intense. De ma vie, songea-t-elle, je n'ai été aussi heureuse. Je n'ai rien gagné. Je n'ai que ce que j'avais déjà. Pourquoi n'étais-je pas heureuse avant ? Je prenais la vie comme allant de soi. Peut-on imaginer un pire gâchis ? Maintenant que j'ai franchi la mort, je connais l'extase de l'existence. Chaque instant de conscience est un miracle de joie, chaque sensation est un délice ! Plus jamais je ne serai blasée ou indifférente. Il me suffira de me souvenir de cette plage, et je serai aussitôt heureuse ! Et tout le reste de ma vie, j'aurai pitié des gens qui existent sans joie. J'ai de la chance ! Je remercierais presque Mik Finsch !

Finsch… Elle repensa à lui et au *Garda*. Elle se retourna lentement pour s'asseoir, et regarda un moment l'océan en imaginant le chemin qu'elle avait dû parcourir. Elle finit par se lever – chancelante au début, puis avec plus d'assurance. Elle n'avait rien à gagner à rester allongée sur la plage – surtout alors qu'elle voulait se rendre à Panama. Elle éclata d'un rire rauque. Quel bonheur ! Mik Finsch allait être surpris…

Il y avait quelques problèmes à régler. Elle se frotta pour se débarrasser du sable collé à sa peau. Des vêtements. Elle allait avoir besoin de se couvrir un peu mieux qu'avec ses dessous en nylon. Elle trouverait peut-être quelque chose le long de la plage, mais sinon, elle tiendrait quelques grandes feuilles devant elle… Ce n'était guère important. Elle était vivante, vivante ! En étirant fièrement ses bras, elle se tourna vers l'océan. Vénus sortant des eaux… Ah, mon Dieu, je suis vraiment fatiguée ! Mais je ne veux pas dormir. J'ai faim, mais je ne veux pas manger.

Elle commença à marcher le long de la plage vers le soleil levant. Je suis une nymphe, songea-t-elle – nue, libre de toute contrainte. L'air, qui était encore frais, lui caressait la peau. Le sable crissait agréablement sous ses pieds.

La plage s'étendait sur sept ou huit cents mètres, puis elle était barrée par un éperon rocheux qui s'avançait dans la mer. Sur la gauche, en arrière de la plage, se dressait une jungle apparemment vierge, avec de petites collines au-delà.

À mi-chemin des rochers, la jungle laissait place à une plantation de bananiers. Une banane, ça devrait être bon, songea Betty. Elle remonta rapidement la pente, mais elle hésita en arrivant au bord de la zone cultivée, qui était en partie couverte d'une herbe épaisse parsemée de

belles-de-jour. Des serpents pourraient bien s'y cacher… Ou des tarentules… Elle aperçut une branche chargée de fruits jaunes quelques
mètres plus loin. Une énorme guêpe noire passa en bourdonnant à
côté de son oreille et se posa sur la banane qu'elle s'apprêtait à cueillir.
L'insecte commença à s'y promener, les ailes scintillantes, le thorax fré-
missant. Betty se figea, osant à peine bouger. Les yeux noirs la fixaient,
à cinquante centimètres à peine de son visage.

— Excuse-moi, murmura Betty en reculant lentement.

Une fois à bonne distance, elle attendit. La guêpe finit par s'envoler.
Betty cueillit quatre bananes et arracha deux grandes feuilles, puis elle
retourna sur la plage. Elle mangea les bananes et reprit son chemin.
Maintenant, si elle rencontrait quelqu'un, les feuilles lui permettraient
de se couvrir décemment…

Au bout de la plage, elle trouva une hutte en ruine où elle récupéra
un vieux sac de toile ayant contenu du café. Elle alla le rincer dans
la mer, pour le débarrasser de la terre et de la vermine. Elle en retira
ensuite quelques fils, en déchira des morceaux, et à l'aide d'une série
de nœuds, elle réussit à se fabriquer une sorte de pagne et un haut tout
juste adéquat.

Et voilà, se dit Betty. Ça n'est pas très conventionnel, mais au moins,
je serai décente.

Au pied de l'éperon rocheux, elle repéra une amorce de sentier et
commença à l'escalader, en restant attentive aux éventuels serpents.
Arrivée au sommet, elle s'arrêta pour examiner les environs. Devant
elle s'étendait une autre plage qui s'incurvait vers la gauche. Presque
au-dessous, de la fumée s'élevait de trois huttes.

Betty descendit aussi vite qu'elle le pouvait. Dans la première hutte,
elle trouva un vieil homme aux cheveux blancs, aux yeux laiteux et au
teint couleur tabac, une grosse femme d'une cinquantaine d'années
vêtue d'une robe noire crasseuse, et deux fillettes aux grands yeux qui
portaient des robes taillées dans de la toile de jute.

— *Buenos dias*, dit Betty pleine d'espoir. Est-ce que quelqu'un parle
anglais ?

La femme examina Betty et sa tenue improvisée d'un air ébahi.

— Je veux aller à Panama, expliqua Betty. Je paie *mucho dinero*.

La femme sortit précipitamment de sa hutte en agitant les bras.

Incapable de déterminer si elle était agressive ou simplement excitée, Betty recula prudemment d'un pas.

La femme jeta un coup d'œil le long de la plage, puis elle posa une question.

— Je suis venue dans un bateau, dit Betty. (Elle pointa vers l'océan.) J'ai nagé, ajouta-t-elle en mimant des mouvements de brasse. Je veux aller à Panama !

La femme pivota sur ses talons et appela les deux fillettes. Elle leur donna quelques brèves instructions en une rafale de syllabes, conclut par un large geste de la main et sembla se désintéresser complètement de l'affaire.

Les petites filles commencèrent à s'éloigner en regardant timidement par-dessus leur épaule. Apparemment, elles attendaient de Betty qu'elle les suive.

Elles l'emmenèrent sur une centaine de mètres le long de la plage avant de s'engager au milieu des arbres dans un chemin d'argile rouge incrustée de quartz blanc. À voir les ornières, il avait dû être autrefois emprunté par des charrettes, mais la végétation commençait maintenant à l'envahir, en quête de soleil.

Sans cesser de guetter la présence de serpents, scolopendres, tarentules, scorpions et autres créatures venimeuses, Betty suivit le chemin. Les deux fillettes marchaient cinq mètres devant elle, en jetant un coup d'œil par-dessus leur épaule ou en avançant parfois à reculons. Comme elles ne semblaient pas regarder particulièrement où elles posaient les pieds, Betty prit plus d'assurance et commença à apprécier cette promenade dans la jungle.

Le chemin serpenta à travers un bosquet de bambous et se termina brusquement sur une butte de terre rouge qui surplombait une rivière aux eaux vert foncé. Une dizaine de mètres plus loin, il y avait un village : quelques boutiques, une petite église en pierre, une trentaine de huttes de différentes tailles, certaines misérables, d'autres plus élaborées.

Les fillettes emmenèrent Betty jusqu'à l'église. Là, elles partirent en courant et revinrent avec un jeune prêtre barbu vêtu d'une soutane couleur rouille. Betty eut l'immense plaisir de découvrir qu'il parlait l'anglais.

3.

Le village s'appelait Morales. Il était situé au milieu de la péninsule d'Azuero, près du promontoire connu sous le nom de Morro de Puercos. Le bateau de ravitaillement qui faisait escale à Morales trois fois par mois n'était prévu que dans une semaine. Il n'y avait pas de routes, pas de transports publics, pas de bateaux suffisamment grands pour emmener Betty jusqu'à la zone du canal.

— Je vais rester coincée ici une semaine, dit-elle avec découragement. Il faut pourtant *absolument* que je me rende à Panama !

— Je suis désolé, dit le prêtre. (Soudain, il se frappa le front, qui luisait déjà de sueur dans la chaleur matinale.) Ah, mais si ! Vous avez peut-être de la chance !

Il commença à l'entraîner, mais il se ravisa :

— Attendez-moi ici, si vous voulez bien.

Il revint avec une robe et une paire de sandales en paille tressée.

— Ah, c'est merveilleux ! s'exclama Betty. Vous n'imaginez pas comme ce sac peut gratter !

— Je sais, dit tristement le prêtre. Quelquefois, je dois moi-même en porter un.

La robe était noire avec un volant bleu. Elle était beaucoup trop serrée et sentait le camphre, mais Betty la porta avec un grand soulagement.

Le prêtre l'emmena sur un ponton au bord de la rivière. Après un bref marchandage, un jeune Indien, vêtu en tout et pour tout d'un short délavé, amena un canot équipé d'un moteur hors-bord, et ils embarquèrent.

Ils remontèrent la rivière pendant une demi-heure. Ils passaient parfois au milieu d'îlots couverts d'une végétation luxuriante ponctuée de fleurs rouges, ou sous des surplombs de terre basaltique drapés de guirlandes de lianes.

Il n'y avait pas d'autre bruit que le grondement du moteur. Devant eux, l'eau était lisse comme du verre, avec une fine pellicule soyeuse. Plusieurs fois, le prêtre indiqua des alligators, et Betty vit une magnifique grue blanche battant lentement des ailes.

Ils entrèrent dans une région où les arbres sur la rive se dressaient à des hauteurs prodigieuses, et la rivière finit par s'élargir pour devenir un lac. Le canot se dirigea vers un groupe de bâtiments et d'abris en tôle ondulée. Sous l'un d'eux étaient garés un bulldozer jaune vif et une jeep, à côté de fûts d'essence rouges. Un hangar à bateaux s'avançait dans le lac, et sous le ponton flottait un petit hydravion. Un grand panneau au-dessus du bureau principal affichait :

HAWORTH ET COMPAGNIE
BOIS TROPICAUX

— Maintenant, nous allons voir, dit le prêtre. Si nous avons de la chance, Lionel sera dans son bureau.

Lionel était un jeune homme mince au visage volontaire, avec un nez retroussé et des cheveux jaune paille.

— Ah ça, dit-il, qui voilà donc ? Vous êtes la bienvenue. Dire que je suis étonné serait un euphémisme.

— Moi aussi, je suis étonnée d'être ici, répondit Betty.

— Je vous en prie, entrez. (Lionel les conduisit jusqu'à son bureau.) Puis-je vous proposer un Coca ?

Betty et le prêtre acceptèrent. Lionel sortit trois cannettes du réfrigérateur et les ouvrit.

— Cette jeune dame est tombée d'un bateau la nuit dernière, expliqua le prêtre. Elle a nagé jusqu'à la côte, et elle voudrait se rendre à Panama.

Lionel fit une grimace.

— Vous êtes tombée par-dessus bord ?

— J'ai été *jetée* par-dessus bord, précisa Betty.

— Vous n'avez pas l'air de vous en porter plus mal.

— Non. Je suis tellement heureuse d'être en vie… Je ne serai plus jamais triste ni en colère ni fâchée.

— Exactement le genre de fille que je cherche, dit Lionel. Qui vous a poussée ? Un mari ? Un petit ami ?

— Non. Juste un homme.

— Je vois. Vous voulez sans doute le faire arrêter.

— Oui. Je ne le hais plus – enfin, pas trop –, mais je veux voir la tête qu'il fera quand je réapparaîtrai dans des vêtements secs.

Lionel jeta un coup d'œil à l'horloge électrique.

— Je peux vous emmener là-bas en avion à une… non, à deux conditions.

— Tout ce que vous voudrez, dit Betty. Absolument tout – du moment qu'il ne s'agit pas de nager.

— Non, pas de natation. D'abord, je veux venir avec vous pour voir la tête de cet homme. Et ensuite, j'aimerais vous inviter à dîner ce soir.

Betty hocha la tête.

— C'est d'accord.

— Eh bien, allons-y. À quelle heure votre bateau doit-il accoster ?

— Vers 11 heures.

— Nous ne pourrons pas y être à temps pour l'accueillir, mais il ne s'en faudra pas de beaucoup.

— Heu… est-ce que je peux vous emprunter un peu d'argent ? Je voudrais payer pour le canot et la robe.

— Je vais m'en occuper. Vous pourrez me rembourser plus tard.

Tandis que Lionel dégageait l'hydravion de sous le hangar, Betty lui demanda en se sentant un peu coupable :

— Vous n'allez pas avoir des ennuis, en m'emmenant comme ça ? Votre patron ne va pas être fâché ?

Lionel désigna le panneau « BOIS TROPICAUX HAWORTH ».

— Il se trouve que je m'appelle Lionel Haworth, ce qui me donne un certain degré de liberté.

— Vous êtes Haworth et compagnie en personne ?

— Oh, non. Oncle Ed est Haworth. Je ne suis qu'un membre mineur de la compagnie. Ici, c'est le Camp Numéro Six. Mais ne vous inquiétez pas pour l'avion. Je devais me rendre à Panama demain de toute façon.

Ils grimpèrent dans la cabine. Betty agita la main pour dire adieu au prêtre qui les regardait d'un air plutôt mélancolique.

Le moteur cliqueta, démarra, rugit un instant, passa au ralenti. L'hydravion commença à traverser le lac. Arrivé à l'autre bout, il pivota et le moteur passa à plein régime. L'avion glissa sur la surface et s'éleva au-dessus des arbres, cap à l'est.

Le prêtre poussa un soupir et monta dans le canot.

Le moteur démarra, une pâle imitation de celui de l'hydravion. Le bateau repartit. La clairière était silencieuse, à part les chants d'oiseaux. Dans la forêt, on entendit le bruit lointain de tronçonneuses, suivi de celui de la chute d'un arbre.

Chapitre XII

1.

Le *Garda* se balançait sur son ancre au large de l'embouchure du canal, en compagnie d'une demi-douzaine d'autres navires sur lesquels flottaient autant de pavillons différents : norvégien, japonais, libérien, britannique, allemand, hollandais – tous, à l'exception du *Garda*, attendant un pilote du canal et une autorisation de passage. Le transit du *Garda* avait été repoussé en attendant la fin de l'enquête menée par la police.

Betty et Lionel Haworth se trouvaient à bord d'un canot officiel, escortés par un policier en civil appartenant à la police fédérale des États-Unis. Pour Betty, le *Garda* semblait un spectacle aussi familier que sa propre maison. Là – le hublot de sa cabine. Et là – elle frissonna et se cacha le visage dans les mains.

— Allons, fit Lionel, qu'est-ce qu'il y a ?

Betty essaya vainement de maîtriser sa voix.

— Je ne sais pas si je suis capable de me retrouver face à face avec cet homme. Je vais probablement m'évanouir, ou faire quelque chose de ridicule.

— Ça doit être un type intéressant.

— Oui. Ce voyage a été intéressant.

Le canot longea la grande coque noire et se dirigea vers l'échelle de coupée.

— Je serai bien contente quand tout ça sera terminé, marmonna Betty. Je me sens gênée – comme si je faisais quelque chose d'impoli.

Lionel rit nerveusement.

— Vous êtes vraiment quelqu'un d'étrange. Si c'était moi... (Il réfléchit.) Bon, de toute façon, ça ne va pas prendre longtemps. Ou plutôt si, ça pourrait prendre du temps, mais il faut absolument le faire.

— Oui, vous avez sans doute raison.

Le canot s'arrêta et ils sautèrent tous les deux sur l'échelle, suivis du policier en civil. Le matelot de veille les regarda avec stupéfaction. Le policier lui dit :

— Conduis-nous auprès du capitaine, fiston. Tu comprends ? *El Capitano !*

Bouche bée, en jetant sans cesse des coups d'œil à Betty par-dessus son épaule, le matelot les emmena à l'intérieur du navire.

De retour ! Les couloirs sombres, l'activité dans la cambuse, les odeurs et les bruits à la fois si familiers et si repoussants…

Ils gravirent les marches menant à la passerelle de commandement et se rendirent à la cabine du capitaine. Le policier frappa à la porte, qui fut ouverte par un homme grand et mince vêtu d'un costume bleu clair.

— Hello, Hank. Qui nous amènes-tu là ?

— Un des acteurs principaux de ton enquête : Miss Haverhill, je vous présente le lieutenant Colby.

— Haverhill ? Miss Betty Haverhill ?

— Oui, c'est bien moi. J'ai pas mal de choses à vous raconter.

— Entrez, je vous en prie.

Le capitaine Frascatore était assis derrière son bureau, tassé dans son fauteuil, l'air harassé. Il ouvrit une bouche toute ronde en voyant Betty. Il se pencha en avant et pointa un doigt tremblant :

— C'est elle – c'est la femme !

Betty s'avança lentement.

— Je suis quelle femme ?

— Vous êtes Betty Haverhill ! Qu'est-ce que vous faites là ?

2.

Betty raconta son histoire. Le capitaine, le visage figé, se contenta de regarder ses mains. Le lieutenant Colby, le policier en civil et Lionel Haverhill écoutèrent avec sympathie.

— Vous avez manifestement vécu une terrible expérience, dit le lieutenant.

— Un instant, intervint sèchement le capitaine. Je n'accuse personne, bien sûr, mais nous ne devons pas oublier qu'il n'y a encore aucune preuve. Nous sommes obligés d'être prudents.

— Capitaine, dit Betty d'une voix douce, je sais ce que vous avez en tête. Vous vous inquiétez pour votre retraite. C'est beaucoup plus simple de me présenter comme une coupable qui se suicide que de m'avoir ici bien vivante. Vous avez peur que je vous cause des ennuis. Vous avez raison d'avoir peur. C'est ce que je vais faire. J'ai l'intention de poursuivre en justice la Mediterranean Line, et je compte lui faire payer de quoi m'acheter le *Garda*.

Le capitaine haussa les épaules.

— Vous devez d'abord prouver ce que vous dites.

Betty éclata de rire.

— Vous croyez que j'ai sauté dans l'océan de ma propre volonté ?

— On a vu des choses plus étranges.

— Allons, capitaine, intervint le lieutenant Colby, jamais rien d'aussi étrange que ça.

Le capitaine fut bien obligé de le reconnaître.

— C'est juste une possibilité, rien de plus.

— Je crois que nous allons poser quelques questions à M. Finsch, déclara Colby. Nous ferions peut-être mieux d'aller dans la salle à manger. On manque un peu de place, ici.

Dans la salle à manger, Betty s'assit le dos à la cloison, avec Lionel Haworth à côté d'elle. Le capitaine s'installa à sa place habituelle. Le lieutenant Colby et le policier en civil restèrent debout. Le steward sortit pour aller chercher Mik Finsch.

On entendit des bruits de pas, et Mik Finsch entra dans la pièce. Il portait son costume gris clair et une chemise de sport jaune. Avec un sourire aimable, il salua le capitaine et balaya la pièce des yeux. En apercevant Betty, il se raidit. Personne ne dit rien. Finsch regarda rapidement autour de lui. Tout le monde l'observait. Sa bonhomie s'était évaporée. D'une voix qui sonnait faux, il demanda :

— Qu'est-ce qu'elle vous a raconté ?

— Elle dit que vous êtes un assassin, l'informa le lieutenant Colby.

— C'est un mensonge. C'est elle, l'assassin. Elle a sauté dans l'eau parce qu'elle ne pouvait pas affronter les conséquences.

Betty eut un pâle sourire.

Finsch respira profondément.

— C'est une habile menteuse. Ne croyez pas un mot de ce qu'elle dit. J'ai été policier, je connais bien les menteurs. Je peux prouver ce que je dis. Je peux prouver qu'elle m'a volé mon pistolet, qu'elle a tué Alan Calder.

— Je peux prouver que je ne l'ai pas fait, rétorqua Betty.

— C'est impossible !

— Attendez deux secondes, dit le lieutenant Colby. Procédons dans l'ordre. Tout cela est très intéressant. Quelle est cette preuve dont vous parlez ?

— Je vais vous la montrer, répondit Finsch. Il faut que j'aille la chercher dans ma cabine.

— Moi aussi, je dois aller dans ma cabine, dit Betty. Je vous montrerai la mienne.

3.

Cinq minutes plus tard, Betty revint avec le policier qui l'avait accompagnée. Elle s'était changée : elle portait à présent son blue-jean, son polo blanc, et tenait à la main son petit sac blanc.

Finsch était déjà là devant la table, où sa boule de jade verte était posée sur un mouchoir. Il était en train de parler avec volubilité à Colby, en lui montrant les empreintes digitales.

— Ce sont bien mes empreintes, dit Betty. Je le reconnais. Je les y ai laissées après qu'Alan Calder a été tué.

— C'est ce que vous dites, ricana Finsch. Où est votre preuve ?

— Regardez-moi : je *suis* la preuve. Ce sont les vêtements que je portais quand je suis descendue à terre. J'étais sur le canot avec les Cato, Harry Mayberry et Nello. Où ai-je caché le pistolet ?

Personne ne répondit, car c'était inutile. Le pantalon moulait Betty comme une deuxième peau. Le polo aurait difficilement pu cacher un bouton. Quant à son sac, il était juste assez grand pour contenir son tube de rouge à lèvres et un portefeuille.

— Nello a pris des photos, poursuivit Betty. La pellicule est dans son appareil.

Finsch saisit son talisman de jade. Les muscles de son visage se tordirent comme des cordes. Il lança la sphère avec une force prodigieuse. Betty se baissa. Le jade alla frapper le mur derrière elle et se brisa en mille morceaux.

Finsch avait déjà fait deux pas vers la porte.

— Un instant, M. Finsch, lui dit le lieutenant Colby.

Finsch l'ignora. Le policier en civil lui barra le passage.

— Ne bougez plus, M. Finsch.

— Essayez donc de m'arrêter, dit Finsch.

4.

Assis au bar du Panama Hotel, Betty et Lionel Haworth buvaient des cocktails. Il lui tenait la main, tandis qu'elle regardait pensivement son verre.

— Allons, dit Lionel, le passé, c'est le passé.

— Je sais. Mais je ne redeviendrai pas moi-même avant longtemps. Peut-être jamais.

— Qui serez-vous, alors ?

— Oh, vous savez bien ce que je veux dire ! Quand je repense…

— N'y repensez pas. Pensez à maintenant.

— J'aimerais bien, mais je ne peux pas. Je me sens toute bizarre…

Lionel frotta le bleu qu'il avait à la joue, là où le poing de Finsch l'avait frappé – personne ne s'en était sorti indemne.

— Ça me chiffonne de vous voir partir.

— Je vais rester ici une semaine. Les gens de la Mediterranean Line sont très gentils avec moi – voyage en première classe jusqu'en Italie sur le *Fiesole*, retour en première classe quand je voudrai, tous frais payés dans cet hôtel…

— Ils préfèrent que vous ne leur fassiez pas de procès.

Betty éclata de rire.

— Le capitaine Frascatore peut garder sa pension. Mais j'aimerais bien lui tordre le nez. (Elle bâilla.) Bon, ma foi…

— Il ne s'en faudrait pas de beaucoup pour que je parte en Europe avec vous.

Betty lui tapota la main.

— Allons, Lionel, ne soyez pas impulsif. N'oubliez pas le Camp Numéro Six.

— En ce qui me concerne, le Camp Numéro Six peut bien glisser dans le lac.

Betty fit tourner le liquide dans son verre et contempla un instant le tourbillon orangé. Elle finit par hausser les épaules.

— Il faut que j'arrête de me morfondre. (Elle but son cocktail, reposa le verre et embrassa Lionel sur la joue.) Et maintenant, je vais me coucher. Je suis très fatiguée. Je n'ai pas dormi la nuit dernière.

Ils se levèrent.

— Et quand pourrai-je vous revoir ? demanda Lionel.

— Dès que vous voudrez.

— Demain ?

— Demain. Bonne nuit.

— Bonne nuit.

Betty retourna dans sa chambre. Seule, elle éprouvait une sensation de malaise, une vague angoisse… Non, c'est ridicule, songea-t-elle, il faut que j'arrête. Elle se déshabilla et s'allongea sur le lit. Bien sûr que je suis heureuse, se dit-elle. Je suis vivante !

Les larmes jaillirent. Elle pleura longuement, le visage enfoui dans son oreiller.

Le téléphone sonna. C'était Lionel.

— Je voulais juste m'assurer que tout allait bien.

— Oui, Lionel, tout va bien. (Si elle n'était pas aussi fatiguée… Mais non. Sois raisonnable, Betty.) Je vais merveilleusement bien !

— Surtout, pas d'idées noires.

— Non. Bonne nuit, Lionel.

— Bonne nuit.

Elle éteignit la lumière et finit par s'endormir.

Jack Vance est né en 1916 en Californie, dans une famille aisée qui a connu des revers de fortune alors que Jack était encore enfant. Jeune homme, il est donc obligé d'occuper une série d'emplois ingrats avant de pouvoir suivre des cours à l'université de Californie, à Berkeley : génie minier, physique, journalisme et littérature anglaise. À la fin de ses études, alors que l'Amérique entre en guerre, il s'engage comme simple matelot dans la marine marchande. Plus tard, il travaille comme mécanicien de chantier, arpenteur, céramiste et charpentier avant que sa production de romans et de nouvelles dans les domaines de la science-fiction, de la fantasy et du policier ne lui permette de vivre de son écriture et de s'y consacrer à plein temps.

En plus de soixante ans de carrière, sa production a été prodigieuse et lui a valu de nombreux honneurs : trois prix Hugo, un prix Nebula, un prix World Fantasy pour l'ensemble de son œuvre ainsi qu'un prix Edgar-Allan-Poe décerné par l'Association américaine des auteurs de romans policiers. L'Association des écrivains de SF et de Fantasy lui a décerné le titre de Grand Maître, et il a été admis dans le Science Fiction Hall of Fame en 2001.

Il a su explorer une variété de genres en en repoussant les limites, que ce soit de la fantasy sombre (en particulier le cycle de la Terre mourante, qui a influencé de nombreux auteurs), des space opéras interstellaires, de la fantasy héroïque (la trilogie Lyonesse), ou encore des romans policiers dont le personnage principal est shérif d'un comté rural de Californie (la série Joe Baine). Une histoire vancienne est souvent centrée sur un protagoniste extrêmement compétent plongé dans des situations périlleuses sur une planète où l'aventure est son lot quotidien, ou encore sur une jeune personne qui s'embarque pour une odyssée semée d'embûches dans des régions peuplées d'ennemis redoutables…

Vers la fin de sa carrière, un groupe de fans à travers le monde s'est constitué pour rétablir ses œuvres sous leur forme originale, en restaurant des textes malmenés ou amputés par des éditeurs surtout préoccupés par le nombre de pages qu'ils pouvaient caser dans un magazine « pulp ». Le résultat a été la Vance Integral Edition, version définitive de l'œuvre vancienne en 44 volumes magnifiquement reliés. Spatterlight publie à présent les textes du projet VIE sous la forme d'ebooks et de livres imprimés à la demande.

Ce livre a été imprimé en utilisant Adobe Arno Pro comme police de caractères principale, avec NeutraFace pour la couverture.

Cet ouvrage a été créé à partir des archives numériques de la Vance Integral Edition, une série de 44 volumes produits sous l'égide de l'auteur par un groupe de ses lecteurs répartis à travers le monde. Le projet VIE exprime sa reconnaissance à l'aide éditoriale que lui a apportée Norma Vance, ainsi qu'à la collaboration du Département des collections spéciales de l'université de Boston, dont la collection consacrée à John Holbrook Vance a été une source importante de matériau textuel.

Remerciements particuliers à R.C. Lacovara, Patrick Dusoulier, Koen Vyverman, Paul Rhoads, Chuck King, Gregory Hansen, Suan Yong et Josh Geller pour leur aide précieuse dans la préparation des versions finales des fichiers sources.

Composition et mise en page : Joel Anderson

Direction artistique et dessin de couverture : Howard Kistler

Correction : Patrick Dusoulier

Quatrième de couverture : Matt Hughes

Direction : John Vance, Koen Vyverman